Per scoprire
la verità, a volte
bisogna sporcarsi
le mani.

Oceani. 225

Della stessa autrice, presso la nave di Teseo

La cameriera

Nita Prose
L'ospite del mistero

Traduzione di Licia Vighi

La nave di Teseo

Titolo originale: *The Mystery Guest*

First published by Ballantine Books, an imprint of Random House,
a division of Penguin Random House LLC, New York.

ISBN 978-88-346-1561-4

Prima edizione La nave di Teseo novembre 2023

A Paul, mio padre

Prologo

Un giorno, la nonna mi raccontò una storia su una cameriera, un ratto e un cucchiaio. Diceva:

C'era una volta una cameriera, che lavorava al servizio di facoltosi possidenti in un castello. Puliva e cucinava, li serviva e riveriva.

Una mattina, mentre la cameriera portava a tavola lo stufato, la signora si accorse che le mancava il cucchiaio d'argento. La cameriera era certa di averlo posato accanto alla ciotola, ma quando guardò vide che era sparito.

La cameriera si scusò, ma non riuscì a calmare la signora, né il signore, che si infuriò, accusandola di essere una ladra e di aver rubato l'argenteria.

La cameriera venne cacciata dal castello, ma non prima che lo stufato, preparato con cura, fosse gettato sul grembiule bianco, lasciando una macchia indelebile.

Molti anni dopo la morte dei signori, quando la cameriera aveva dimenticato quell'esperienza, alcuni costruttori che l'avevano conosciuta vennero assunti con il compito di ristrutturare il castello. Quando sollevarono il pavimento della sala da pranzo, scoprirono un rifugio contenente la carcassa di un ratto accanto a un cucchiaio d'argento.

1.

La nonna ha lavorato tutta la vita come cameriera e io ho seguito le sue orme. È una figura retorica, non posso seguirle perché non ne lascia più: è morta quattro anni fa, quando avevo venticinque anni (ergo, un quarto di secolo). Anche se il suo percorso si è interrotto bruscamente anni prima, con grande dolore, a causa di un'improvvisa malattia.

Il punto è questo: è morta. Andata per sempre, ma non dimenticata. Oggi, i miei piedi seguono orme immaginarie, eppure ho un debito di gratitudine nei confronti della nonna, perché mi ha permesso di diventare la persona che sono.

Mi ha insegnato tutto ciò che so: lucidare l'argento, leggere i libri e le persone, e preparare una tazza di tè come si deve. Grazie alla nonna ho ottenuto un avanzamento di carriera come cameriera presso il Regency Grand Hotel, un albergo a cinque stelle, che vanta un'eleganza e un decoro adeguati ai tempi moderni. Credetemi quando dico che ho cominciato dal basso e ho combattuto fino a raggiungere una posizione autorevole. Come ogni cameriera che abbia oltrepassato le sfavillanti porte girevoli del Regency Grand, ho cominciato da tirocinante. Ora, invece, se vi avvicinate alla targhetta che ho posato sul cuore, potete leggere in grandi lettere maiuscole:

MOLLY

Il mio nome, seguito dai delicati caratteri serif:

Governante

Lasciate che ve lo dica: non è una passeggiata scalare la gerarchia aziendale di un hotel di lusso. Però posso affermare, con orgoglio, di aver mantenuto una posizione di rilievo per più di tre anni e mezzo, dimostrando di non essere soltanto una persona affidabile ma, come ha detto di recente il signor Snow, il direttore dell'albergo, durante una riunione dello staff: "Molly è una dipendente che dimostra un indissolubile senso di gratitudine."

Ho sempre faticato a comprendere il vero significato che si nasconde dietro le parole della gente, ma la capacità di decifrare le persone è migliorata, persino quando si tratta di sconosciuti, ed è per questo che so a cosa state pensando. Credete che il mio lavoro sia umile e susciti vergogna, non orgoglio. Lungi da me volervi suggerire dei pensieri, ma AMMP (ovvero: A Mio Modesto Parere), state commettendo un grosso errore.

Chiedo scusa, sono stata sgarbata. Quando la nonna era ancora tra noi, mi dava dei consigli sui toni e mi avvertiva ogni volta in cui rischiavo di essere offensiva. Sapete una cosa curiosa? Non c'è più, eppure ne avverto ancora la voce. È strano quanto una persona possa essere presente dopo la morte come lo era in vita. È un pensiero fisso.

Comportati con gli altri come vorresti essere trattata.
Siamo tutti uguali in modi diversi.
Andrà tutto bene, alla fine.

Grazie a Dio c'è ancora la voce della nonna, perché oggi non è stata una bella giornata. In realtà è il giorno peggiore degli ultimi quattro anni e quelle sagge parole mi donano la forza di affrontare la "situazione" nella quale mi trovo. Quando dico "situazione" non intendo la definizione che ne dà il dizionario: "circostanza" o "stato delle cose", ma il modo nel quale il signor Snow usa il termine a indicare "un problema di proporzioni epiche con soluzioni limitate".

Non voglio minimizzare una catastrofe: questa mattina un uomo famoso è morto sul colpo, è stramazzato sul pavimento della sala da tè. La mia amica Angela, la capocameriera del ristorante, il Social Bar & Grill, riassume la "situazione" così: "Molly, un'enorme borsa piena di escrementi ha appena urtato le pale del ventilatore." Voglio bene ad Angela e le perdono l'uso di VVV: Volgarità Volutamente Velate. Soprassiedo anche sulla malsana ossessione per la cronaca nera, che spiega l'eccitazione alla morte di un VIP dentro l'albergo.

Oggi avrebbe dovuto essere un giorno molto speciale al Regency Grand. J.D. Grimthorpe, il maestro del giallo di fama mondiale, con oltre venti bestseller e vari premi all'attivo, aveva in programma di fare un annuncio importante nel salone da tè appena ristrutturato.

Questa mattina stava andando tutto bene. Snow mi aveva affidato la responsabilità del tè e, sebbene debba ancora assumere personale specializzato nei grandi eventi, sapevo quanto sarebbe stata orgogliosa la nonna nel vedermi acquisire nuove responsabilità; anche se non può guardarmi, perché è morta.

Oggi ho iniziato il turno in anticipo. Ho sistemato con cura l'elegante sala e disposto il servizio da tè per cinquantacinque ospiti (non uno di più, né uno di meno) ai quali è stato concesso il pass riservato ai VIP. Tra questi c'erano molte esponenti delle GREGGI, il Gruppo di Estimatrici del Genere Giallo Internazionale, che avevano prenotato le camere al quarto piano alcuni giorni prima dell'evento. Durante le ultime settimane i bisbigli e le congetture si sono rincorsi lungo i corridoi dell'hotel: perché J.D.

Grimthorpe, uno scrittore solitario e riservato, avrebbe improvvisamente fatto un annuncio pubblico? Soltanto per lanciare un nuovo libro? O forse intendeva comunicare che aveva scritto il suo ultimo romanzo?

A quanto pare, è chiaro che abbia scritto l'ultimo, sebbene sia stata una sorpresa per lui quanto per tutti quelli che lo hanno visto collassare sul motivo a spina di pesce del pavimento della sala da tè, quaranta minuti fa.

Prima che l'autore salisse sul palco, i VIP amanti del giallo, i critici letterari e i cronisti erano in fermento. La stanza era inondata da un fastidioso chiacchiericcio e dal tintinnio delle posate d'argento, mentre gli ospiti riempivano le tazze da tè e trangugiavano i tramezzini. L'attimo nel quale è apparso J.D. Grimthorpe è calato il silenzio. In piedi, davanti al leggio, si stagliava una figura affusolata ma imponente, con gli appunti in mano. Gli sguardi erano puntati sull'autore intento a schiarirsi la voce.

"Tè," ha pronunciato al microfono, chiedendo una tazza con un gesto. Grazie a Dio ero stata informata riguardo alle abitudini che gli permettevano di astenersi dall'alcol e avevo chiesto ai collaboratori della cucina di preparare un carrello secondo precise istruzioni: il miele e non lo zucchero. Lily, la tirocinante alla quale avevo affidato la responsabilità dei carrelli del signor Grimthorpe durante il suo soggiorno, è entrata in azione. Con dita tremanti, ha versato una tazza all'autore ed è corsa verso il palco.

"Non basta," ha detto lui, ritirandola dalle mani di Lily. È sceso dal palco e si è diretto verso il carrello. Ha rimosso il coperchio d'argento del vasetto di miele e ha aggiunto alla bevanda il nettare giallo. Con lo stesso cucchiaino, che sfiorava i bordi della tazza, ha mescolato il tè, producendo un inquietante rumore metallico. Lily, che si era precipitata dall'autore con l'intento di servirlo, non sapeva come comportarsi.

L'intera sala ha guardato il signor Grimthorpe sollevare la tazza, bere un lungo sorso e sospirare. "Un uomo amaro ha bisogno di una dose di miele in più," ha chiosato, suscitando qualche risata tra il pubblico.

L'irritabilità è sempre stata una caratteristica della sua fama: più si comporta male, più libri vende. Chi può dimenticare quel triste episodio che, qualche anno fa, è diventato virale su YouTube? Un ammiratore (un cardiochirurgo in pensione) si era avvicinato all'autore, chiedendo: "Vorrei provare a scrivere un romanzo. Mi può aiutare?"

"Certo," aveva risposto Grimthorpe. "Non appena mi avrà prestato il bisturi. Vorrei provare a eseguire un intervento al cuore."

Il sorriso malizioso che è affiorato sulle labbra dello scrittore mi ha ricordato quel video. Prima di salire sul palco e trangugiare un altro sorso, ha posato la tazza accanto al leggio e ha rivolto il viso verso il pubblico adorante. Ha gettato uno sguardo agli appunti, ha inspirato faticosamente e ha cominciato a parlare, spostando impercettibilmente il peso da una gamba all'altra.

"Sono certo che vi stiate chiedendo perché vi ho invitato qui," ha detto. "Come sapete preferisco scrivere piuttosto che parlare. L'isolamento è da sempre un rifugio, la mia vita privata è una fonte di mistero. Tuttavia, mi trovo nella scomoda posizione di dovervi fare alcune rivelazioni, cari ammiratori, in questo momento critico della mia lunga carriera."

Si è fermato un attimo e ha atteso le risate, che sono giunte puntuali. Ho avvertito un brivido quando lo sguardo penetrante dell'uomo ha ispezionato la sala. Non saprei dire chi o cosa cercasse.

"Vedete," ha continuato, "ho custodito un segreto che, senza dubbio, vi sorprenderà."

Si è interrotto bruscamente. Le dita affusolate hanno raggiunto il colletto della camicia nell'inutile tentativo di allentarlo. "Quello che sto cercando di dire..." ha gracchiato, ma nessun'altra parola sembrava voler abbandonare la gola. La bocca si apriva e chiudeva. D'un tratto è sembrato molto instabile e ha oscillato da una parte all'altra del leggio. Mi ha ricordato l'immagine di un pesciolino rosso che, una volta, avevo visto saltare fuori dalla boccia e precipitare sul pavimento di un negozio di animali, agonizzante e con la bocca aperta.

Grimthorpe ha afferrato ancora una volta la tazza di tè e ha bevuto un sorso. Poi, prima che qualcuno potesse evitarlo, è stramazzato a terra: è precipitato in mezzo al pubblico direttamente addosso a Lily, la mia sfortunata tirocinante. Sono atterrati sul pavimento con un tonfo clamoroso, mentre la tazza di porcellana si rompeva in innumerevoli frammenti e il cucchiaio sbatteva contro il pavimento a spina di pesce.

Il silenzio si è impadronito della sala: nessuno riusciva a credere ai propri occhi. Poi si è scatenato il panico e i presenti: ammiratori e ospiti, inservienti e critici, si sono precipitati verso l'uscita.

Snow si è rannicchiato alla sinistra dell'autore, colpendolo più volte sulla spalla. "Signor Grimthorpe! Signor Grimthorpe!" continuava a ripetere. Serena Sharpe, l'assistente, era alla sua destra e gli stava posando due dita sul collo. Lily cercava disperatamente di divincolarsi dal corpo. Volevo aiutarla, così le ho allungato un braccio. Lei mi ha afferrato la mano e l'ho tirata verso di me.

"Fate spazio! Indietro!" ha urlato la Sharpe, mentre gli ammiratori si spintonavano tra loro.

"Chiamate un'autoambulanza! Subito!" ha ordinato il direttore con voce autoritaria. Camerieri e ospiti, fattorini e addetti alla reception sono scappati in ogni direzione.

Ero così vicina alla "situazione" da percepire le parole di Serena mentre rimuoveva le dita dal collo del signor Grimthorpe:

"Temo sia troppo tardi. È morto."

2.

Sono nell'ufficio del signor Snow, in piedi, con in mano una tazza di tè. Le dita fremono, il cuore batte forte. Il pavimento oscilla come se fossi in un labirinto degli specchi.

Il tè non è per me: è destinato a Lily Finch, la tirocinante che ho assunto tre settimane fa. Lily è minuta e tranquilla, ha i capelli neri lunghi fino alle spalle e gli occhi vivaci. Ora sta tremando sulla poltrona di pelle rossa del direttore, con le lacrime che le rigano il volto. L'immagine mi riporta al passato, all'istante in cui sedevo nella stessa posizione e ribollivo di ansia, aspettando che qualcun altro decidesse il mio destino.

Accadde quattro anni fa. Stavo pulendo la suite al quarto piano, quando mi imbattei in un ospite che pensavo stesse dormendo, ma anche chi riposa profondamente non smette di respirare. Un rapido controllo del polso del signor Black rivelò che, in realtà, era morto nel letto della camera. E anche se feci del mio meglio per gestire quella "situazione" molto insolita, tutte le dita vennero puntate contro di me come se fossi l'assassina. Molte persone che mi giravano intorno, inclusa la polizia e un numero preoccupante di colleghe, credettero che avessi ucciso Black.

Sono un'addetta alle pulizie, non un'omicida. Non ho ammazzato quell'uomo, né a sangue freddo né tiepido, peraltro. Venni accusata ingiustamente. Però, con l'aiuto di alcune brave persone, fui assolta. Tuttavia, quell'esperienza lasciò degli strascichi dentro di me e mi ricorda quanto può essere rischioso il lavoro di una cameriera. Il pericolo maggiore non è costituito dalla fatica sfiancante, dagli ospiti esigenti o dall'uso reiterato di prodotti chimici. È il presupposto che le cameriere siano delle delinquenti, delle assassine e delle ladre: è sempre colpa nostra. Pensai seriamente che la dipartita di Black fosse l'inizio della fine, ma tutto andò per il meglio, proprio come la nonna aveva sempre predetto.

Ora, nell'ufficio di Snow, tengo lo sguardo fisso su Lily e avverto la sua paura come il filo di una corrente elettrica agganciato direttamente al mio cuore. Chi poteva biasimare lo spavento? Io no di certo. Chi crederebbe che le cameriere possano uccidere un autore di fama mondiale davanti a una folla di ammiratori e giornalisti intenti a scattare foto? E quale cameriera potrebbe mai immaginare di servire lo scrittore, non solo fino al momento della morte, ma di servire *da* letto di morte?

Povera Lily. Povera ragazza.

Non sei sola. Sarò sempre al tuo fianco: le parole della nonna riecheggiano nella mente. Se solo Lily riuscisse a sentirle.

"Un buon tè guarisce tutte le malattie," dico, allungandole la tazza che stringo tra le mani.

Lily la accetta, ma non parla. Al solito: ha qualche difficoltà a usare le parole, anche se di recente è migliorata, specialmente quando ci sono io. Ha fatto enormi progressi dal giorno del colloquio che ha sostenuto davanti a me e a Snow. Era andato così male che gli occhi del direttore si erano spalancati, dietro gli occhiali dalla montatura color tartaruga, quando avevo annunciato: "Lily Finch è la candidata favorita."

"Ha parlato a malapena per tutta la durata del colloquio!" aveva detto Snow. "Non è riuscita a tirar fuori una risposta nemmeno quando le ho chiesto di descrivere le sue migliori qualità. Molly, perché dovremmo scegliere lei?"

"Devo ricordarle, signor Snow," avevo detto, "che l'eccessiva sicurezza di sé non è la caratteristica principale da prendere in considerazione quando si assume una cameriera. Ha presente quell'ex dipendente così arrogante che si è rivelato una pessima persona?"

Snow aveva annuito impercettibilmente, ma la buona notizia è che ora riesco a decifrarlo meglio rispetto a quando avevo cominciato a lavorare presso il Regency

Grand Hotel, sette anni e mezzo fa. Quel lieve cenno con la testa suggeriva la disponibilità a lasciare a me la decisione finale su Lily.

"La signorina Finch è senza dubbio silenziosa," avevo detto. "Ma da quando la loquacità è un requisito fondamentale per una cameriera? 'Con bocca e lingua castigate, molte pene ti saranno risparmiate.' Non è ciò che dice sempre lei, signor Snow? Lily ha bisogno di un periodo di prova, me ne occuperò di persona, ma si capisce che ha buona volontà. È un'ape operaia e ha tutte le qualità per diventare un membro stimato dell'alveare."

"Molto bene, Molly," aveva detto il direttore, sebbene le labbra arricciate suggerissero che non fosse convinto.

Durante le settimane di prova, Lily è migliorata di giorno in giorno. Proprio l'altro ieri, quando abbiamo incontrato i signori Chen, gli ospiti abituali del Regency, fuori dalla suite all'ultimo piano, è riuscita a parlare. È stata la prima volta.

"Buon pomeriggio, signor e signora Chen," ha detto, con una voce delicata simile al suono dello scacciapensieri. "È un piacere avervi incontrato. Io e Molly abbiamo lasciato le camere in uno stato di perfezione."

Le mie labbra si sono schiuse in un sorriso: che gioia sentire la sua voce dopo così tanto silenzio tra di noi. Abbiamo lavorato fianco a fianco e le ho insegnato ogni mansione: come rifare un letto con le lenzuola ripiegate negli angoli, come lucidare un rubinetto fino a renderlo uno specchio, come sprimacciare un cuscino fino a raggiungere il massimo turgore. Lily, senza dire una parola, ha seguito i consigli. L'impegno è stato impeccabile e gliel'ho fatto notare.

"Sei tagliata per questo lavoro," ho ripetuto più volte.

Oltre ad avere occhio per i dettagli, è una ragazza discreta. Si muove all'interno dell'hotel pulendo e lucidando, lustrando e strofinando come un aereo caccia invisibile ai radar. Può darsi che sia silenziosa, persino enigmatica, ma non commette errori: Lily è una cameriera di talento.

Ora, seduta sulla poltrona nell'ufficio di Snow, sistema la tazza intonsa sulla scrivania e si tormenta le dita in grembo. Quando la guardo mi sento svenire, perché rivedo me stessa. Ci sono già passata e non voglio che succeda un'altra volta.

Come siamo arrivati qui?

Questa mattina splendeva il sole quando sono uscita di casa alle 7:00 in punto. Non era un giorno come gli altri per due motivi. Il primo: lo scrittore di successo J.D. Grimthorpe avrebbe fatto un annuncio durante la conferenza stampa presso l'albergo. Il secondo: l'assenza del mio fidanzato, Juan Manuel, con il quale condivido una quotidianità di pura gioia da oltre tre anni e con cui ho lavorato in hotel per un tempo più lungo. È partito da tre giorni, è andato a trovare la famiglia in Messico e devo dire che l'assenza spegne la passione. Più precisamente: fa venire l'orticaria. Ergo, mi manca da morire.

È il primo ritorno a casa di Juan Manuel dopo tanti anni, un viaggio per il quale abbiamo risparmiato con attenzione. Quanto avrei voluto essere accanto a lui a vivere una nuova avventura, ma purtroppo non è stato possibile: Juan in Messico e io inchiodata qui. Pazienza, so che andrà tutto bene. Sono contenta che Juan trascorra del tempo con la famiglia, soprattutto con la madre, che ha sentito la mancanza del figlio per anni, proprio come manca a me in questo istante.

Anche se starà via solo due settimane, non vedo l'ora che torni. La vita è più bella quando c'è Juan. Stamane mi ha mandato un messaggio che ho letto prima di andare al lavoro:

"Oggi sarà una giornata fantastica! AMMP, non c'è niente di cui preoccuparsi. *Te amo.*"

Quando mi dice che mi ama, sento le farfalle nello stomaco, nonostante l'uso improprio degli acronimi.

"PTI," gli ho risposto, "non ho idea di cosa tu abbia scritto. Per Tua Informazione."

"Significa che ti amo."

"Quello l'ho capito."

"A mio modesto parere, sei incredibile e oggi sarà una giornata spettacolare," concluse.

Ho desiderato disperatamente andare in Messico con Juan, ma il dovere mi chiamava o, meglio, il direttore mi chiamava, e ho capito subito che non sarei andata da nessuna parte.

"Conosci lo scrittore J.D. Grimthorpe?" mi ha chiesto Snow al telefono, qualche settimana fa.

"Certo," ho risposto, senza aggiungere altro.

"La sua assistente ha appena chiesto la disponibilità del Regency Grand per un evento esclusivo. Il signor Grimthorpe intende fare un annuncio molto importante. E… ha chiesto il salone da tè."

Ho avvertito l'eccitazione del direttore: era una notizia meravigliosa. Quando lo scandalo dell'omicidio del signor Black ci travolse, Snow ebbe la brillante idea di attrarre nuovi clienti riportando un vecchio magazzino accanto all'atrio ai fasti di una sala da tè art déco. La ristrutturazione era quasi terminata e l'albergo aveva bisogno di un evento che lo rilanciasse pubblicamente. Era perfetto!

Non solo: Snow ha delegato la supervisione a me e al mio staff. L'ho detto a Juan.

"Quando il destino bussa, bisogna farsi trovare pronti," ha replicato. "Cancelliamo il viaggio, ci andremo un'altra volta."

Nemmeno per sogno. "*Mi amor*," ho replicato. "Vai senza di me. Lo faremo un'altra volta insieme."

"Davvero? Non ti dispiace?"

"Ti prego," ho detto. "Non possiamo far aspettare tua madre un minuto di più."

Mi ha abbracciato forte e coperto il viso di baci. "Uno per ogni giorno in cui sarò via," ha detto. "E anche qualcuno in più. Sei sicura che starai bene senza di me?"

"Certo. Cosa potrà mai succedere?"

Juan è salito sull'aereo qualche giorno fa e io sono rimasta a casa, tenendo occupati i pensieri con i preparativi per l'annuncio di Grimthorpe.

Questa mattina mi sono avviata verso l'evento con passo impaziente. Ero eccitata e nervosa allo stesso tempo.

Appena ho svoltato l'ultima via del centro, ho visto l'albergo davanti a me. Eccolo: il Regency Grand si stagliava senza tempo tra l'orrore urbano dei volgari cartelloni pubblicitari e i moderni palazzi di uffici. Il tappeto rosso abbelliva la rampa di scale verso il maestoso colonnato.

Le scintillanti ringhiere d'ottone incorniciavano l'entrata. L'atrio era gremito di ospiti intenti a conversare e trascinare bagagli, così come i cronisti e gli autori di podcast, che varcavano le porte girevoli con l'ingombrante attrezzatura dedicata all'evento.

A metà dei gradini, nello spiazzo davanti al colonnato, c'era il signor Preston, il portiere del Regency Grand in servizio da molto tempo. Indossava il solenne cappello e il lungo soprabito sul quale spiccava lo stemma dell'hotel. "Buongiorno Molly," mi ha detto quando l'ho incrociato. "Oggi è un grande giorno."

"Già," ho risposto. "Ma siamo pronti. Ha visto la sala da tè? È perfetta."

"Sì. Senti, Molly, stavo pensando: anche se Juan non c'è, domenica possiamo pranzare insieme come al solito? Non vedo il motivo di mangiare da soli. E poi volevo parlarti di una cosa."

"Ma certo," ho risposto. "Vediamo come va la settimana: sarà intensa e non so se riuscirò a cucinare senza Juan."

Il signor Preston ha annuito e sorriso. "So quanto lavori e di sicuro non voglio disturbarti."

Il pranzo con lui è una tradizione da diversi anni: ogni settimana ci incontriamo nella cucina del nostro appartamento in un'atmosfera intima. È un'occasione che celebriamo con un brindisi, consapevoli che un'altra settimana di lavoro sia finita. I piatti sono semplici ed è un momento nel quale ci scambiamo dei racconti sugli incontri strani degli ultimi sette giorni. Bisogna ammettere che al Regency Grand la stravaganza è all'ordine del giorno: proprio domenica scorsa ho descritto nei minimi dettagli a Juan e Preston la Camera 404, che io e Lily avevamo pulito quel giorno.

"Era talmente piena di rifiuti, scatole e raccoglitori," ho detto, "che sembrava la tana di un topo. Chiunque fosse, stava facendo incetta di shampoo dell'hotel. C'erano centinaia di flaconcini."

"A chi ne possono servire così tanti per fare la doccia?" ha chiesto Juan Manuel.

"I flaconcini non erano in bagno," ho detto. "Erano sul minibar accanto a un mucchio di stuzzichini e un barattolo di burro d'arachidi con un cucchiaino infilato dentro."

Preston e Juan sono scoppiati a ridere, mimando un brindisi con lo champagne come se stringessero tra le mani i flaconcini di shampoo del Regency Grand.

Lascio andare quel ricordo e guardo Preston sul tappeto rosso delle scale. Ha più capelli grigi nella chioma e qualche ruga in più sul viso, ma riesce ancora a gestire bene il lavoro. Ho un debole per quest'uomo: è sempre stato così gentile con me, e conosceva la nonna. Tanto tempo fa, prima della mia nascita, Preston e la nonna si innamorarono e si fidanzarono, anche se i genitori di lei osteggiavano l'unione. E così Preston sposò un'altra donna con la quale costruì una famiglia. Tuttavia, rimasero amici per sempre. Nonna gli ha voluto bene fino al giorno della morte. Era diventata amica anche della moglie, Mary, anche se ora non c'è più, e Charlotte, la figlia, che mi aiutò dopo la morte del signor Black, se n'è andata lontano. Continuo a chiedermi se Preston non si senta solo. Credo sia questo il motivo per il quale i pranzi domenicali sono così importanti. Ultimamente si è mostrato persino più premuroso nei miei confronti e sto cercando di capirne il motivo.

"Se oggi la situazione si mette male là dentro, sappi che sono qui," ha detto Preston questa mattina. "Ci sono davvero poche cose che non farei per te, Molly. Ricordatelo."

"Grazie," ho risposto. "È gentile da parte sua, signor Preston."

L'ho salutato e ho attraversato le porte girevoli del Regency Grand che conducono verso il maestoso atrio. La vista mi toglie il fiato persino dopo tanti anni: i pavimenti di marmo italiano emanano un profumo di cera al limone, i corrimani dorati della scalinata con le balaustre sono a forma di serpente e i divani in velluto disegnano una esse; negli anni sono stati testimoni di innumerevoli incontri romantici.

C'era fermento nell'atrio e gli addetti alla reception, vestiti in bianco e nero come pinguini, dirigevano portieri e ospiti nelle diverse direzioni. Al centro svettava un'insegna dalla cornice dorata che avevo lucidato il giorno prima, facendola brillare:

Oggi
J.D. Grimthorpe
Rinomato autore di romanzi gialli
Conferenza stampa VIP, ore 10:00
Regency Grand Tearoom

Non c'era tempo da perdere, mancavano ancora molte cose da preparare. Mi sono precipitata sulle scale del seminterrato verso l'area adibita al personale. I corridoi bassi e angusti erano illuminati da luci fluorescenti che conducevano a un labirinto di stanze, inclusa la lavanderia, le dispense, la cucina dell'albergo traboccante di vapore e, ovviamente, il mio preferito: il reparto pulizie.

Mi sono diretta verso l'armadietto nel quale ho trovato appeso e avvolto in una sottile pellicola aderente un oggetto di rara bellezza: la mia divisa. Quanto la amo. È composta da una camicia candida, fresca, inamidata e una gonna nera attillata in fibra elastica, in grado di consentire quei piegamenti che sono parte del lavoro di una cameriera.

Mi sono cambiata e ho applicato orgogliosa la targhetta da governante sopra il cuore. Mi sono guardata allo specchio a figura intera, ho lisciato alcune ciocche scure e ribelli del caschetto sempre in piega, e mi sono pizzicata le guance fino a colorare il pallore del viso. Soddisfatta del risultato, ho notato qualcuno riflesso dietro di me: era Lily, la mia copia, l'immagine di una cameriera distinta e raffinata. Indossava accuratamente la divisa e aveva la targhetta da tirocinante appuntata come la mia: dritta sul cuore.

Mi sono voltata e le ho lanciato uno sguardo. "Sei in anticipo."

Lily ha annuito.

"Sei venuta prima per aiutarmi?"

"Sì," ha risposto a bassa voce.

"Ragazza mia," ho detto. "Sei un tesoro. Mettiamoci al lavoro."

Ci siamo dirette verso l'uscita, ma una figura ingombrante ha bloccato il passaggio. Era Cheryl, la ex governante. Non si faceva scrupoli a pulire i lavandini degli ospiti con lo stesso straccio che usava per i gabinetti. Una volta era la mia capa, ma non è mai stata il mio superiore. Il signor Snow la declassò dopo la tragedia del signor Black e mi diede il ruolo.

"Perché sei così in anticipo?" ho chiesto.

Non era mai successo, Cheryl era sempre in ritardo, armata di un catalogo di scuse. Suscitava una rabbia così profonda da far venire voglia di mandarla a quel paese, ma anche di darle fuoco. È un pensiero meschino, lo ammetto.

"Giornata piena, oggi," ha detto Cheryl, sfregandosi il naso con il dorso della mano.

Le spalle mi si sono irrigidite dal ribrezzo.

"Pensavo che a te e alla tua tirocinante in erba potrebbe servire una cameriera d'esperienza."

Lily è rimasta immobile senza aprire bocca. Parlava di rado in presenza di altri membri dello staff. In compenso ha scrutato le proprie scarpe lucide.

"Quanto sei generosa, Cheryl," ho risposto. Per la cronaca: non lo pensavo. Negli anni ho imparato che un sorriso non significa felicità e, spesso, un complimento è finto. Se lodavo la "generosità" di Cheryl, in realtà stavo ricorrendo all'ironia, perché ci sono poche persone al mondo motivate da interessi personali come lei.

"Ho un'idea," ha suggerito. "Oggi Lily potrebbe pulire le camere degli ospiti e io aiutarti a servire il tè durante l'evento di Grimthorpe. L'ho avvantaggiata, sistemando la suite dei Chen."

Potrebbe averlo fatto, ma ero sicura che il fine fosse quello di intascarsi la mancia degli ospiti più generosi: una ricompensa destinata a Lily, non a lei.

"No grazie," ho detto, cercando di passare. L'ho obbligata a togliersi dai piedi. "E, Cheryl," ho aggiunto, guardandola per l'ultima volta. "Lavati le mani prima di rimetterti al lavoro. Ricorda: l'igiene è un nostro dovere."

Ho fatto cenno a Lily di seguirmi e ce la siamo lasciata alle spalle.

Una volta in corridoio, dopo aver superato il reparto pulizie, ho chiesto a Lily di andare in cucina a controllare i preparativi per il ricevimento. "Hai la responsabilità di entrambi i carrelli del tè," ho detto. "Portane uno in camera sua, adesso. Bussa tre volte e lascialo fuori dalla porta. Poi preparane un altro per l'evento. Accertati che lo staff della cucina predisponga entrambi i carrelli attenendosi alle indicazioni del signor Grimthorpe."

Lily ha annuito e si è diretta verso il corridoio che conduceva alla cucina. Nel frattempo ho raggiunto di corsa le scale del seminterrato e sono andata dritta verso il salone da tè del Regency, oltrepassando il cordone bordeaux che bloccava l'entrata.

Mi sono fermata ad ammirare la splendida vista. La stanza, dai soffitti alti, era abbellita da un lucernario a cupola che inondava ogni cosa di un bagliore scintillante. Le pareti erano ricoperte di carta da parati art déco color oro, con archi che si innalzavano trionfanti verso le cornici del soffitto stile impero. I tavolini tondi erano apparecchiati da tovaglie di lino bianco che avevo sistemato con cura, il tessuto dei tovaglioli formava dei boccioli di rosa e i centrotavola floreali mettevano in risalto gli eleganti fiori di loto. In poche parole, il salone era magnifico: un glorioso ritorno a un'epoca di infinite possibilità.

L'estasi è stata interrotta dal trambusto dei giornalisti riuniti in fondo alla sala, intenti a collegare cavi e sistemare le telecamere, mormorando tra loro sui misteriosi motivi che avrebbero spinto J.D. Grimthorpe a fare un'apparizione pubblica. Davanti alla sala scorgevo il capo del signor Snow: annuiva ripetutamente a una giovane donna affascinante con in mano una cartella portadocumenti, intenta a provare il microfono davanti al leggio. I librai a fianco del palco stavano preparando un tavolo sul quale esporre i libri di maggior successo di J.D. Grimthorpe, incluso *La cameriera nella villa*, il romanzo che gli aveva permesso di entrare nell'olimpo degli scrittori di bestseller. Sulla copertina dell'edizione più recente appariva un sentiero tortuoso costeggiato da rose rosse che conduceva a una villa. Dalla finestra del piano superiore filtrava una luce. Un brivido mi percorse la schiena mentre guardavo la pila di copie. Sapevo molte cose su quel libro e sull'uomo che lo aveva scritto.

In quell'istante, Snow mi ha visto e mi ha fatto segno di raggiungerlo. Ho attraversato la sala tra i tavoli ricoperti da tovaglie bianche, finché non mi sono ritrovata davanti al direttore e alla giovane.

"Molly," ha detto Snow. "Ti presento la signorina Serena Sharpe, l'assistente di J.D. Grimthorpe."

La donna indossava un vestito blu elettrico perfettamente aderente al corpo e tutti gli occhi nella stanza erano puntati su di lei. La Sharpe mi ha sorriso soltanto con le labbra, gli occhi da gatta erano imperturbabili. Mi ricordava una sfinge e non riuscivo del tutto a decifrarla.

"Sono Molly Gray, la governante," ho detto.

"La signorina Sharpe sta rivedendo gli ultimi dettagli dell'evento del signor Grimthorpe," ha spiegato Snow. "Le ho assicurato che nessuno senza un pass riservato ai VIP potrà entrare in questa sala. Inoltre, agli ospiti verranno serviti tè e stuzzichini alle 9:15 in punto, in attesa dell'entrata dell'autore alle 10:00."

La scaletta di Snow non riservava sorprese dato che, il giorno precedente, avevo trascorso ore a ripassare ogni dettaglio.

"Apprezzo molto il fatto che ci accolga in questa nuova sala con così poco preavviso," ha detto Serena Sharpe. "So che richieste del genere mettono a dura prova lo staff."

Proprio così. Gli operai avevano dovuto ultimare in fretta le rifiniture al pavimento, gli chef e la brigata avevano preparato un raffinato menù per la colazione, con tanto di tramezzini, e Preston aveva organizzato delle misure di sicurezza extra. A me era stato affidato il compito di scovare, nei magazzini, quindici raffinati servizi da tè con posate abbinate. Tempo fa avevo acquisito un vero talento nel lucidare l'argento, così ho pulito personalmente ogni articolo fino all'ultimo cucchiaio.

"È un piacere servire il tè," ho detto all'assistente di Grimthorpe. "Spero che le piaccia la nostra sala."

"Senza dubbio," ha risposto. "È tutto perfetto. Siamo in anticipo sulla tabella di marcia. Se può interessarvi, posso far arrivare J.D. un po' prima e fargli firmare alcune copie per lo staff."

Le sopracciglia di Snow sono sfrecciate verso la stempiatura. "Sarebbe fantastico!" ha esclamato, sfilando il telefono dal taschino del doppiopetto con l'intento di fare qualche telefonata.

Nel giro di pochi minuti un gruppo impaziente di dipendenti dell'albergo si è schierato dietro il cordone bordeaux all'entrata della sala. Angela, con indosso il grembiule nero da barista, era al centro della fila, mentre Cheryl rivendicava il diritto a stare davanti. Lily è emersa dal fondo, arrancando dietro a vari cuochi, lavapiatti e cameriere.

"Molly, falli entrare in modo ordinato," ha detto Snow, e così ho condotto i colleghi al tavolo con i libri, davanti a una sedia vuota che attendeva l'arrivo dell'autore.

Serena Sharpe ha bussato a una porta nascosta dietro il rivestimento a pannelli accanto al palco. Si è aperta cigolando ed è emerso il signor Grimthorpe: magro, agile, con occhi da falco, un chioma grigia e ribelle, e un passo sicuro. Ha preso posto al tavolo del firmacopie e l'assistente gli ha allungato una penna stilografica nera e dorata. La sala si è riempita di mormorii e un esercito di cellulari si è preparato registrare dei video, contendendosi l'inquadratura migliore.

"Molly, non dimenticarti di metterti in fila," mi ha spronata il signor Snow. "È l'unica possibilità di farsi firmare una copia dal maestro del giallo in persona."

Ho avvertito la rigidità delle gambe come fossero tronchi d'albero, ma le ho esortate a muoversi, prendendo posto dietro a un fattorino che saltellava impaziente.

L'ho toccato sulla spalla. "Per caso qualcuno ha detto al signor Preston del firmacopie?"

"Certo," ha replicato. "Ha detto che non gli interessava e preferiva respirare aria fresca piuttosto che inchinarsi davanti allo scrittore."

"Ha detto davvero così?"

"Già," ha risposto il giovane, prima di rivolgere l'attenzione al personaggio più famoso della sala.

Il sudore mi imperlava la fronte, la coda si riduceva a poco a poco e i dipendenti si allontanavano entusiasti, con la copia firmata dell'ultimo libro di J.D. Grimthorpe sotto il braccio.

"Tocca a te, Molly," mi ha sussurrato Snow accanto alla spalla. "Avanti." E così mi sono ritrovata di fronte allo scrittore.

"Come si chiama?" ha domandato Grimthorpe, scrutandomi con occhi rapaci.

"M-M-Molly," sono riuscita a dire.

"È un piacere conoscerla. Sono J.D. Grimthorpe," ha detto, come se non lo sapessi.

Ha scarabocchiato il mio nome su una pagina bianca seguito dalla firma. Ha allungato il braccio verso di me, mi ha consegnato il romanzo e gli sguardi si sono incrociati un'altra volta.

Com'era possibile che io ricordassi ogni cosa e lui non sapesse nulla di me?

3.

Prima

Nella mente riaffiora un ricordo.

Ho dieci anni e sono seduta sui sedili in finta pelle di un taxi. Accanto a me c'è la nonna. Stringo la maniglia della portiera mentre ci allontaniamo dal centro città verso la periferia, dove ogni abitazione sembra più grande ed elegante. Ci stiamo dirigendo in un posto speciale e sono impegnata in un trucco da illusionista che mi riesce bene: disegno su una lavagna mentale un'esperienza spiacevole e poi la cancello, facendola scomparire dai pensieri. Se non per sempre, almeno per un po'.

La nonna, con i capelli grigi e gli occhiali appollaiati sulla punta del naso, sta ricamando una federa. È il suo passatempo preferito. Una volta le ho domandato perché le piacesse ricamare.

"Perché trasformo una cosa ordinaria in qualcosa di straordinario," aveva risposto. "Inoltre, il ricamo allevia lo stress."

Continua a lavorare con l'ago, inserendo i fili dai colori sgargianti uno alla volta nella stoffa bianca. Ha completato la prima riga del cuscino: *Dio concedimi la serenità,* e ha iniziato la successiva.

"Cosa c'è dopo?"

La nonna sospira e si interrompe. "Magari lo sapessi."

"Ha a che fare con il cambiamento," le ricordo.

"Intendi quello che viene dopo sul cuscino. '*Dio concedimi la serenità di accettare le cose che non posso cambiare, il coraggio di cambiare quelle che posso...*'"

"*... e la saggezza per conoscere la differenza,*" dico.

"Giusto," replica la nonna.

"Sei sicura di potertelo permettere?" chiedo, mentre mi sposto sul sedile cigolante e risistemo la cintura di sicurezza, stringendola in vita."

"Permettermi cosa?"

"Il taxi. Ci costerà caro, no? Il risparmio è il miglior guadagno."

"Ogni tanto possiamo fare una spesa pazza, non sempre. Oggi, tua nonna può far mostra di avere un po' di denaro." Sorride e riprende in mano l'ago.

"Raccontami ancora del posto in cui stiamo andando," dico.

"È una grande residenza, ben arredata con prati ondulati, giardini curati e tante stanze."

"È più grande di casa nostra?"

Fa una pausa, l'ago rimane alzato. "Cara bambina, è una villa sontuosa con otto camere da letto, una biblioteca, una sala da ballo, una serra con le vetrate, uno studio e un soggiorno pieno di oggetti antichi. È l'antitesi del nostro modesto appartamento."

Non riesco ancora a immaginarlo: le dimensioni, la magnificenza. Provo a rievocare il luogo più lussuoso che abbia mai visto in televisione, una casa in un episodio di *Colombo* con lucernari, giardini all'inglese e l'edera rampicante. Ma è solo quando il tassista gira l'ultimo angolo e la nonna dice, "Eccoci qua," che mi rendo conto di non aver mai visto nulla di simile, né nella vita reale né in televisione.

Il taxi si ferma davanti a un imponente cancello in ferro battuto sul quale spiccano minacciose rifiniture a forma di lance. L'entrata è fiancheggiata da due austere colonne in pietra. Poco distante c'è una torre d'osservazione a tre piani: è grigia e ha le finestre oscurate.

"Faccio un salto fuori. La guardia ci farà passare tramite il citofono," dice la nonna. La osservo scendere dall'auto, premere un pulsante beige invisibile su una delle colonne di pietra e parlare attraverso delle asticelle camuffate.

Ritorna verso il taxi e apre la portiera. "Vieni," dice. Io scendo con il cuscino stretto al petto e il tassista abbassa il finestrino.

"Vi posso accompagnare dentro, signora," si offre l'autista. "Non c'è problema."

"Non è necessario," risponde la nonna. Apre la borsa ed estrae numerose banconote guadagnate durante un'intera vita di lavoro.

"Le prendo il resto," dice il tassista, aprendo il cruscotto.

"No, no," risponde la nonna. "Lo tenga pure."

"La ringrazio, signora," dice l'uomo, prima di alzare il vetro del finestrino. Accenna un saluto con la mano e fa manovra per tornare sulla strada principale.

Io e la nonna ci troviamo tra le due colonne del cancello spalancato. Davanti a noi si distende un sentiero di ciottoli fiancheggiato da ordinati giardini con cespugli verdeggianti colmi di boccioli di rosa rossi: i più rigogliosi che abbia mai visto. Alla fine del sentiero si profila la villa di tre piani. Ha una facciata liscia e grigia sulla quale spiccano otto finestre contornate di nero in tre file: due, due, e quattro. L'intero edificio mi ricorda il ragno lupo con otto occhi davanti al quale, una volta, io e la nonna, guardando National Geographic, ci siamo meravigliate: in realtà lei si è stupita, a me sono venuti i brividi.

Afferro la mano della nonna.

"Via, via," dice. "Andrà tutto bene."

Per la nonna è soltanto un altro giorno di lavoro come cameriera, da tanti anni a servizio presso la villa dei

Grimthorpe, ma per me è la prima visita. Nel tempo, la nonna mi ha rivelato molti particolari della casa: il salotto pieno di oggetti preziosi collezionati nei tour promozionali o ereditati dalla famiglia; le opere astratte nell'atrio centrale, che la nonna chiama le "macchie borghesi" e, più di recente, la veranda appena ristrutturata accanto alla cucina: le veneziane automatizzate si aprono e chiudono con un battito di mani.

"È solo l'inizio," ha detto la nonna quando le ho chiesto di raccontarmi altri particolari. "La luce nel corridoio del piano superiore si accende e si spegne appena il sensore percepisce la presenza di qualcuno."

"Non bisogna premere un interruttore?" ho chiesto.

"No," ha risposto. "È come se la villa sapesse che sei arrivato."

Sembravano dettagli soprannaturali: un racconto uscito da una fiaba. E, anche se la nonna mi ha rivelato ogni minuzia, non ho mai visto la villa con i miei occhi. Non c'è da stupirsi che mi senta come un'astronauta che atterra su Marte. Nonostante tutto, preferirei stare qui piuttosto che a scuola, il luogo nel quale dovrei essere.

È da lì che veniamo, in realtà. Questa mattina, la nonna è stata convocata per un colloquio con la signorina Cripps e, nonostante le proteste dell'insegnante, ha ottenuto il permesso di farmi partecipare all'appuntamento. L'incontro è avvenuto nell'ufficio del preside, al quale ho fatto visita più volte di quante mi piaccia ricordare. La Cripps sedeva dietro l'imponente scrivania in legno del preside, mentre la nonna e io ci siamo accomodate sulle sedie rigide di fronte a lei.

"Grazie per essere venuta," ha detto l'insegnante. Nella mente mi appare il viso, con quel sorriso forzato che non riuscivo a decifrare. Pensavo fosse il ritratto della gentilezza, ma ora so che non è così.

"L'istruzione di mia nipote è una questione di massima importanza," ha detto la nonna. Quando ripenso a quel momento, vedo le mani unite con le dita intrecciate sulla scrivania davanti alla Cripps: un gesto che aveva il sapore della rivendicazione.

"Posso chiederle dov'è la madre di Molly?" ha indagato l'insegnante. "Non che mi dispiaccia intrattenere rapporti con lei, ma non è un parente stretto."

"Molly vive con me. Sono la tutrice ed è sotto la mia tutela legale."

Stavo per dire alla nonna che non aveva risposto alla domanda, dettaglio che aveva contrariato l'insegnante, ma quando ero sul punto di pronunciare le parole, la mano della nonna mi si è posata sul ginocchio e il suono è rimasto in gola, anche se all'epoca non ho capito il perché. Ho provato a comprendere quel nesso canticchiando la filastrocca dello scheletro che racconta di come l'osso del piede sia connesso a quello della gamba e così via, ma ho finito il brano senza trovare alcuna parola che collegasse la lingua al ginocchio.

Nel frattempo, la Cripps e la nonna hanno continuato la conversazione.

"So che è impegnata, signora Gray. Lei è sposata? È una moglie?"

"Mi può chiamare signorina Gray," l'ha corretta.

"Apprendo da Molly che sta ancora lavorando. Devo dire che è una cosa impressionante a un'età così avanzata."

La nonna si è schiarita la voce.

"La questione è questa," ha continuato la Cripps. "Mancano poche settimane alla fine della scuola ed è il momento nel quale riflettiamo sulla collocazione degli studenti per il prossimo anno."

"Ammiro la vostra capacità di programmare il futuro," ha risposto la nonna. "Molly muore dalla voglia di conoscere la nuova insegnante. Non è così, Molly?"

"Non vedo l'ora," ho detto. "E anche i nuovi compagni."

"Appunto," signorina Gray," ha risposto la Cripps come se non avessi parlato. "Sono arrivata alla conclusione che la cosa migliore per Molly sia di ripetere l'anno. Temo che i progressi non soddisfino i parametri scolastici."

La nonna si è spostata sulla sedia, alternando lo sguardo tra me e la Cripps. "Non capisco. Le schede di valutazione riportano buoni voti."

"Sì, i voti sono soddisfacenti. Le competenze linguistiche e di lettura superano di gran lunga quelle dei coetanei. È troppo precoce: corregge la grammatica dei compagni e ne perfeziona il vocabolario."

La nonna reprime una risata. "È la mia Molly."

"Ma, vede, è... diversa."

"Sono assolutamente d'accordo," ha detto la nonna. "È una ragazza unica. Eppure, signorina Cripps, non ha mai notato come, nonostante le differenze, siamo fondamentalmente tutti uguali?"

Ora toccava all'insegnante eludere la domanda. Invece di rispondere ha detto: "Lo sviluppo sociale di Molly è sotto la media. Non ha stretto nessuna amicizia a scuola. Sotto questo aspetto è un disastro. Signorina Gray, definirei la socialità di Molly... primitiva."

"Primitiva," ho detto. "P-R-I-M-I-T-I-V-A." Ho aspettato l'approvazione della nonna riguardo alla pronuncia, ma non ha replicato. Anche se sapevo di averla detta correttamente, sembrava sul punto di piangere.

Volevo dirle che sarebbe andato tutto bene e conoscevo quella parola perché l'avevo sentita nel documentario di David Attenborough che avevamo visto insieme qualche settimana prima. Riguardava le scimmie, animali davvero incredibili, spesso sottovalutati. Possono usare attrezzi primitivi per la risoluzione di problemi, non solo in laboratorio e allo zoo, ma anche allo stato brado. Incredibile.

"Signorina Gray," ha detto l'insegnante, "l'altro giorno Molly ha sgridato un compagno perché masticava a bocca aperta. Si avvicina così tanto ai bambini più piccoli da spaventarli. Insiste nel chiamare il bidello, Signor Walter, il Re delle Scope. Certi giorni si nasconde in uno stanzino della lavanderia, rifiutandosi di uscire. Pertanto, come vede, non è allo stesso livello dei ragazzini della sua età."

La nonna drizza la schiena. "Sono completamente d'accordo. *Non* è al livello degli altri bambini. Molly," ha detto, voltandosi verso di me. "Perché ti nascondi in lavanderia?"

"La sporcizia," ho risposto in modo schietto.

"Sporcizia?" ha ripetuto la nonna, ed ero così fiera di aver percepito quell'inflessione della voce: significava che voleva saperne di più.

"Durante la ricreazione i miei compagni mi hanno invitato a giocare a calcio. Ho accettato di fare il portiere prima di aver visto le pozzanghere di fango tra un palo e l'altro della porta. Così mi sono rifiutata. Mi hanno immobilizzato e mi hanno riempito le scarpe di terra. Quando ho iniziato a protestare, mi hanno gettato del fango addosso, dicendomi che mi ci dovevo abituare. 'Non devi avere paura della sporcizia.' Ecco quello che mi hanno detto."

La nonna ha spalancato la bocca e si è girata verso la Cripps senza dire una parola.

"Sono solo ragazzi. Non intendevano farle del male," ha detto l'insegnante. "Molly deve capire come si sta al mondo."

"Siamo d'accordo sull'ultimo punto," ha detto la nonna. "Di certo non deve capirlo così, né i suoi coetanei dovrebbero avere la responsabilità della sua istruzione."

Era un'osservazione interessante. Fino a quel momento non avevo mai pensato che i miei compagni potessero essere anche degli insegnanti. Ne mettevo in dubbio l'approccio educativo. Cosa avrei dovuto imparare con la faccia dentro il water o da uno sputo nell'astuccio? Qual è la lezione dietro al sentirmi chiamare Molly la Matta, Signorina Perbenino, Macchina delle pulizie e, il peggiore, Molly la Stramba?

L'insegnante aveva ragione: dai miei compagni avevo imparato che le offese feriscono. Mi avevano reso abile a schivare i proiettili e, anche quando riuscivano a centrare il bersaglio, i lividi sbiadivano con il passare del tempo. Al contrario delle parole: il veleno, il marchio, rimaneva per sempre. L'eco di quelle frasi riverbera fino a questo istante.

"Ha mai pensato che Molly potrebbe trarre giovamento da un insegnamento più personalizzato?" ha domandato la nonna. "La scuola potrebbe apportare alcune modifiche in modo da farla sentire a suo agio. Sarebbe bello se gli insegnanti trovassero dei nuovi modi di comunicare con lei, non è d'accordo?"

La Cripps ha ridacchiato e ho pensato di non aver colto l'ironia. "Faccio l'insegnante da sette anni, cinque dei quali in università. Credo di avere acquisito una certa esperienza," ha detto. "Ci sono varie opzioni per una ragazzina come Molly e sono felice di congedarvi con degli opuscoli in cui troverete i contatti di alcuni specialisti ai quali rivolgervi per farla seguire privatamente."

"Privatamente," ha ripetuto la nonna. "Il che implicherebbe un costo."

"Naturalmente. Non si aspetta mica che gli educatori lavorino gratis?"

"Certo che no," ha detto la nonna, levando le mani dalla scrivania.

"Questa è una scuola pubblica, signorina Gray. Non possiamo venire incontro alle esigenze di una sola ragazzina su una classe di trentacinque studenti."

"Capisco," ha risposto. "Temo che uno specialista o una scuola privata sia oltre le mie possibilità."

"Lei è una donna di servizio. Una cameriera, giusto?"

La nonna ha annuito.

"Molly parla spesso di lei. Dice di voler diventare come la nonna. Com'è il detto? La mela non cade mai lontano dall'albero. Da grande potrebbe fare la donna delle pulizie, magari la lavapiatti. È un obiettivo perfetto per una ragazza come Molly."

La nonna ha abbassato lo sguardo, si è presa un momento prima di rispondere. "Ho qualche difficoltà a capire perché una bambina con dei buoni voti dovrebbe ripetere l'anno. Non sono convinta che sia il giusto approccio educativo. Sebbene apprezzi la sua opinione, potrei parlare con il preside?"

"Sono io," ha risposto la Cripps. "Non è ancora stato annunciato, ma il consiglio scolastico ha pensato di dare spazio a nuove risorse, qualcuno... di più giovane. Il preside andrà in pensione alla fine dell'anno e al momento è in congedo. Un'assenza dovuta allo stress," ha aggiunto a bassa voce, anche se ho sentito perfettamente.

"Molto bene," ha concluso la nonna. Si è data un colpo sulle cosce, ha afferrato la borsa e si è alzata di scatto. "Andiamo, Molly. Il tempo è prezioso."

Ho seguito la nonna mentre si avviava verso la porta.

"Aspettate," ha detto la Cripps. "Molly rimane qui. Ha ancora un intero giorno di scuola davanti a sé."

"Ah," ha ribattuto la nonna. "Temo si stia sbagliando. Se la costringete a ripetere l'anno, il minimo che posso fare è liberarla dall'obbligo di dover finire quello in corso. Addio." E mi ha accompagnato fuori dalla porta.

Il ricordo mi riporta alla sensazione di una mano calda che carezza la mia: una forma di puro conforto. Non mi trovo più nell'ufficio della preside. Sono con la nonna davanti alla villa dei Grimthorpe.

"Entriamo?" chiedo.

"Sì, andiamo," dice.

"Mi stanno aspettando?"

“No, sono sicura che non ti stiano aspettando.”

“E se non mi vogliono in casa mentre lavori? Se non gli piacessi? Cosa facciamo?”

“Bambina mia,” dice. “Affronteremo la situazione nel modo in cui fronteggiamo tutto.”

“E come?” chiedo.

“Insieme.”

4.

Lily e io siamo nell'ufficio del signor Snow da molto tempo. Nessuno dice una parola da almeno dieci minuti. Il silenzio è più insolito per me che per Lily. Cammino per la stanza, mentre lei è immobile sulla poltrona: ha un'aria pallida e sudaticcia.

È stato terribile quando Grimthorpe è stramazzato sul pavimento della sala da tè e, ancora peggio, quando è arrivata la polizia e ha iniziato a gridare, "Tutti fuori dalla stanza! Subito!". Un gruppo di ospiti è corso verso l'uscita, mentre i medici cercavano di risuscitare l'uomo. Io ho seguito la folla con Lily, che è sfuggita alla presa ed è stata spinta contro il muro. Il terrore sul volto era evidente: se ne stava impietrita e si confondeva con la carta da parati.

"Lily!" ho gridato. Ho cercato di raggiungerla. "Andiamo," ho detto, afferrando la mano gelida. Siamo uscite dalla sala, cercando di non guardare il corpo senza vita di Grimthorpe. "Portala nel mio ufficio, Molly," mi ha detto Snow quando ci ha viste. “Può darsi che le autorità vogliano parlarle.”

Le autorità. La parola ha scatenato un brivido lungo la schiena.

Mi sono fatta largo nella ressa con Lily e ho percorso il corridoio che, dall’entrata della sala, conduce all’atrio dell’hotel. GREGGI ossessionate dal genere poliziesco e giornalisti avidi di cronaca nera, con i pass al collo, si scambiavano informazioni: “È morto? Cos’è successo? Cosa stava per annunciare?” Altri gruppi di persone, poco distanti, avevano intuito che era accaduto qualcosa di strano.

Mentre attraversavamo l’atrio di corsa, ho intravisto Preston sui gradini dell’albergo che, con le braccia spalancate, cercava di arginare la calca. Le luci lampeggianti delle ambulanze rimbalzavano contro l’entrata dell’hotel.

A ogni passo, Lily si aggrappava sempre di più al mio braccio. Ho avuto la sensazione che stesse per collassare. “Forza e coraggio, fiorellino di maggio. Andrà tutto bene,” ho ripetuto in tono cantilenante, mentre la tenevo stretta e la trascinavo lungo i corridoi sul retro dell’albergo. In verità non lo pensavo, ma è stata la nonna a insegnarmi l’importanza dell’atteggiamento positivo nei momenti negativi.

Abbiamo attraversato l’intrico di corridoi e passaggi finché ci siamo ritrovate fuori dall’ufficio di Snow. Ho bussato forte, dicendo: “Pulizie!” con voce tremante ma autoritaria.

Non ha risposto nessuno, com'era prevedibile, ma ho l'obbligo di seguire i protocolli. Ho girato il pomello della porta che, per fortuna, non era chiusa a chiave e ho accompagnato Lily verso la poltrona nella quale si è riversa come una marionetta abbandonata. Se ne sta accasciata da mezz'ora, senza dire una parola.

"Lily, stai bene?"

Mi guarda: le pupille sono più grandi di quanto ricordi. "Ho un terribile presentimento," sussurra. "E potrebbe essere molto brutto. Per me. Per noi."

In quel momento, un viso familiare e gradito appare fuori dalla porta. "Angela!" esclamo, sgusciando dall'ufficio verso il corridoio. Ha tra le mani una tazza di tè.

"Ecco," dice, passandomi la tazza calda. "Ho pensato che potesse esserti utile."

"Grazie. Non posso crederci, Angela. Non posso credere che sia morto."

"Nemmeno io," risponde. "Speriamo solo che ci sia una spiegazione a tutto ciò. Ma te lo dico: qui si mette male, come la cronaca nera."

Sono sempre stata soggetta a svenimenti e, in questo istante, un vecchio nemico sta colpendo ancora: le vertigini. Ho l'orribile sensazione che il mondo sia sottosopra e non possa fare nulla per interrompere l'oscillazione. Cerco una sorta di stabilità, concentrandomi sulla tazza che stringo tra le mani.

Non è strano come il significato di una cosa cambi in un attimo? Solo qualche mese fa, Angela mi aveva fatto conoscere dei podcast di cronaca nera, un'esperienza che mi era piaciuta. Ne avevamo ascoltato uno insieme intitolato *Una dozzina di loschi sospetti,* su una serie di delitti di mafia. Angela aveva indovinato chi era l'omicida dopo dieci minuti dall'inizio del primo episodio.

"Bam!" aveva esclamato soddisfatta quando, sul finale, era stato svelato l'assassino. "Chi è il genio?" aveva chiesto, lanciandosi, con i capelli rosso fuoco, in una danza scatenata per festeggiare l'arguzia.

Alcuni mesi fa la cronaca nera era una divertente evasione, ma ora, se soltanto provo a pensarci, mi sento svenire.

"Molly, stai bene?" chiede.

Annuisco impercettibilmente.

"Non ti preoccupare," dice Angela. "Tengo le orecchie aperte. Ti faccio sapere se scopro qualcosa di sospetto."

"Sospetto?"

"Molly," dice, posandomi una mano sul braccio tremante. "Morire in quel modo non è una cosa naturale."

"Se non è naturale, allora, cos'è?"

"Criminale," dice Angela, fissandomi con uno sguardo minaccioso.

"Mia nonna diceva sempre: 'Non saltare alle conclusioni solo per paura di inciampare e cadere'," rispondo.

"*Mia* nonna, invece, diceva: 'Tieni sempre gli occhi ben aperti'," dice Angela. "Ed è proprio quello che sto facendo."

In quell'istante avvertiamo dei singhiozzi provenire dall'ufficio. Sbirciamo dalla porta e vediamo Lily con la testa tra le mani: è seduta sulla poltrona e sta piangendo.

"Sta bene?" chiede Angela.

"Giuro che non lo so," sussurro. Ringrazio Angela per il tè, lei annuisce e se ne va senza aggiungere altro.

Entro nell'ufficio e poso la tazza sul tavolino accanto a quella che avevo portato a Lily. "Ecco," dico. "Una buon tè guarisce tutto. E se non dovesse funzionare, prendine un altro."

Spero di suscitare un sorriso, un'occhiata, ma non ottengo nulla.

Per un tempo infinito inizio a blaterare sull'ordine che regna nell'ufficio di Snow, sulle differenze tra i libri rilegati e i tascabili, e i consigli della nonna per lucidare l'argento, oltre ai metodi migliori per pulire i volumi in pelle, usando un panno in microfibra e un detergente adeguato.

"Molly," dice Lily.

Mi precipito da lei e mi siedo accanto. "Sì?"

Gli occhi sono pieni di preoccupazione. "Ho paura."

"Lo so," dico. "Ma perché?"

"Perché è morto un uomo famoso. Perché la colpa è sempre della cameriera. Tu dovresti saperlo."

Le prendo le mani: sto per lanciarmi in un discorso su come il bene vincerà sul male e gli umili trionferanno, quando Snow fa capolino sulla soglia.

"Grazie a Dio," dico. "Sono così contenta di veder…" Le parole rimangono intrappolate in gola, perché dietro il direttore scorgo una persona che ho avuto la sfortuna di incontrare qualche anno fa e avevo sperato di non vedere mai più. È una donna corpulenta, con spalle atletiche. Indossa una felpa e un paio di pantaloni neri, sebbene il fatto che sia in borghese non contribuisca ad alleviare l'agitazione.

"Salve, Molly," dice la detective Stark, varcando la soglia dell'ufficio con un'aria spavalda.

Il protocollo prevede che dica una cosa tipo, 'Piacere di rivederla,' oppure, 'Che bello incontrarla di nuovo dopo che, qualche anno fa, mi ha accusato ingiustamente di essere l'assassina del signor Black, rovinandomi la vita,' ma ho imparato che, se non riesco a controllare le parole nella mente, è meglio non aprire bocca.

"Qualcuno ha chiamato il 911 l'attimo nel quale il signor Grimthorpe è collassato," dice Snow. "La polizia è arrivata appena sei uscita dalla sala, Molly."

"E io subito dopo," interviene la detective. Infila le dita nei fori della cintura e si muove avanti e indietro, come i cowboy nei vecchi film. "Mi sembra un déjà-vu," aggiunge, ispezionando l'ufficio con lo sguardo.

"Spero proprio di no," dico. "Se è qui per condurre le indagini, sarebbe meglio evitare errori grossolani. Come diceva mia nonna: 'Errare una volta è umano, sbagliare due volte è stupido.'"

Il signor Snow si schiarisce la gola. "Molly, capisco che tu sia sconvolta dopo quello che è successo questa mattina."

La detective avanza nella stanza e nota Lily accasciata sulla poltrona. "A quanto pare anche qualcun altro è sconvolto," osserva, facendo un cenno verso la tirocinante. "Mi pare di capire che quella giovane donna abbia servito Grimthorpe appena prima della morte."

"Quella giovane donna ha un nome," dico. "Si chiama Lily Finch ed è la mia fidata tirocinante. La prego di perdonare il silenzio. Credo sia in stato di shock."

"Posso?" chiede la detective. Avvicina una sedia a Lily e si accomoda prima che qualcuno possa dire "Prego."

"Ho bisogno di farle alcune domande," dice in un tono troppo alto. Forse pensa che Lily sia sorda?

"Il suo udito funziona perfettamente," dico.

Lily si scruta le mani: sono bianche e strette in grembo.

"Non è la persona più loquace del mondo, ma le assicuro che è una lavoratrice eccezionale," spiego.

"Il punto è: eccezionale in cosa," risponde la detective. "Lily, il signor Grimthorpe è morto. Poco fa ho osservato il corpo e ho notato alcune cose... piuttosto strane. Ho saputo che gli ha preparato il tè questa mattina."

"Come lo sa?" chiedo.

"Cheryl lo ha detto alla detective," risponde Snow. "Non si è allontanata dalla scena."

"Perché mai il fatto che Lily abbia preparato il tè al signor Grimthorpe dovrebbe avere a che fare con la sua morte?" chiedo.

La detective si volta e mi punta gli occhi addosso. "Molly, le persone non muoiono all'improvviso, senza una buona ragione," dice. "Di solito hanno bisogno di aiuto." Distoglie lo sguardo da me e lo rivolge a Lily. "Senta," dice, "a parte lei c'è qualcun altro che potrebbe aver toccato il carrello del tè dello scrittore questa mattina?"

Silenzio.

"Oggi ha visto qualcosa di insolito in albergo?" chiede la Stark. "Ai piani superiori o, magari, a quelli inferiori, in cucina?"

Lily non risponde. Ha lo sguardo assente. Mi viene in mente il termine "catatonico," e sono tentata di pronunciarlo ad alta voce, è una vecchia abitudine che cerco di trattenere.

"Detective," intervengo. "Lo staff della cucina ha preparato due carrelli da tè per il signor Grimthorpe, questa mattina: uno da servire prima dell'evento e l'altro durante. Lily aveva il compito di consegnarli entrambi. Per quanto riguarda gli eventi 'insoliti', bisogna ammettere che si manifestano con allarmante regolarità qui al Regency Grand.

Qualche settimana fa un ospite ha introdotto un piccolo serpente in camera. L'animale è scappato e si è raggomitolato su una poltrona dell'atrio. Fortunatamente l'ho visto su un divano verde smeraldo, prima che una signora appoggiasse il generoso fondoschiena sul rettile. Lo sa che una volta ho sorpreso una popstar riempire il gabinetto di ghiaccio per mettere in fresco lo champagne? E, proprio ieri, molti ammiratori dello scrittore sono entrati in albergo con dei pass falsi."

"Come faceva a sapere che erano falsi?" chiede la detective.

"Grimthrope," rispondo.

"Prego?"

"Le lettere del nome di Grimthorpe erano invertite. Un refuso," spiego. "È molto grave."

"Molly è attenta ai particolari," conferma Snow.

"Hmm," bofonchia la detective Stark, arricciando le labbra verso un lato del viso. Mi fa venire in mente il cane che vive di fronte a casa. Il muso ha la stessa espressione prima di lanciarsi contro la recinzione. Forse anche Lily se ne accorge, perché scoppia di nuovo in lacrime, sprofondando la testa tra le mani.

"Non sei nei guai, Lily," dico.

"È presto per dirlo," risponde la detective.

"Per la cronaca, Lily non è stata l'unica a toccare quei carrelli. Li ho toccati anch'io. Ho rimediato a piccole sviste dello staff. Questa settimana è assente un collega la cui presenza è fondamentale in cucina e mi dispiace riferire che il personale abbia commesso degli errori."

La detective si alza e percorre la stanza a grandi passi. Dopo qualche giro, si ferma davanti a me.

"Quindi ammette di aver toccato il carrello del tè?" dice.

"Sì," rispondo, alzando la mano destra. "Il mio dovere di governante mi impone di rivedere ogni dettaglio per garantire la qualità del servizio. Non mi sottraggo mai alle responsabilità."

"Il carrello aveva qualcosa di strano? E il primo che è stato consegnato? C'era qualcosa che non quadrava?"

Ci rifletto. "In realtà, sì. Il centrino sotto la teiera era leggermente storto, ma l'ho raddrizzato."

"Che Dio mi aiuti," esclama la detective, stropicciandosi la fronte con la mano. "Non intendevo in senso letterale."

"Chiedo scusa," dico, nemmeno io l'avevo intesa così, quanto invece: *Santo cielo, non capisco che cosa vuoi da me.*

"Quel carrello," ripete la detective. "Le sto chiedendo se c'era qualcosa che potrebbe avere un collegamento con un uomo che stramazza sul pavimento."

"A meno che il tè non fosse avvelenato, direi di no," rispondo.

Neanche a farlo apposta, le labbra della Stark si piegano in una smorfia. Lily ricomincia con un nuovo giro di lacrime.

La detective si volta verso Snow. "Ho bisogno che mi dica esattamente quello che Grimthorpe ha detto sul palco."

"Nulla," risponde Snow. "Prima che potesse pronunciare qualcosa di significativo, è..."

"Morto," suggerisco. "È inutile dirlo in altro modo. Il signor Grimthorpe è morto prima di fare il discorso."

La detective Stark guarda il signor Snow. "E in qualità di organizzatore dell'evento, non sa quello che stava per annunciare?"

"No, purtroppo," risponde lui.

"Controlli gli appunti," suggerisco.

"Appunti?" ripete la detective come un pappagallo addestrato.

"Li aveva in mano quando è salito sul palco e li ha portati con sé al leggio," dico.

"Davvero?" risponde la Stark a braccia conserte.

Mi prendo un attimo per capire se si tratta di un "davvero" retorico o se la detective si aspetta una risposta da me. Sono cauta e opto per la prima ipotesi.

La Stark espira in un modo che la nonna, un tempo, avrebbe definito "forzato." "Non abbiamo trovato appunti sul leggio," dice. "Né in qualunque altro luogo della sala."

Si volta verso Lily. “Deve cominciare a parlare. Ora. E ho bisogno che venga con me e mi mostri cosa è successo. È chiaro?”

“Detective,” dico, mettendomi in mezzo. “In questo momento Lily non riesce a parlare. Ho sofferto di blocchi simili in passato. Nel mio caso si manifestavano quando la gente si rivolgeva a me in un modo che non meritavo. Capisco che la questione sia urgente e, dal momento che la mia bocca funziona perfettamente, almeno per ora, mi offro di accompagnarla nella sala per mostrarle cos’è accaduto questa mattina.”

“Non se ne parla nemmeno,” risponde la detective.

“Un attimo,” interviene Snow. “Molly si trovava accanto a Lily. Ha visto tutto. Inoltre ha appena identificato un oggetto mancante che non avete trovato sulla scena. Molly potrebbe rivelarsi più utile di quanto creda.”

“Ho davvero un occhio particolare per i dettagli,” dico.

“Ma ne tralascia altrettanti.”

Una volta la nonna ha detto che se non si ha niente di gentile da dire è meglio stare zitti. È per questa ragione che continuo a tenere la testa alta, le spalle dritte e la bocca chiusa.

Tuttavia, il silenzio diventa presto assordante.

La detective sospira con la sua tipica ostentazione. “Allora andiamo, Molly,” dice. “E che non si riveli una perdita di tempo.”

5.

Prima

Non vi chiedete mai come sarebbe tornare nei luoghi dell'infanzia e rivederli con lo sguardo di una persona adulta? Dalla nuova posizione, sembrerebbero gli stessi o apparirebbero più piccoli, come gli oggetti in uno specchietto retrovisore?

Avverto il gemito di un cancello in ferro battuto che si richiude alle spalle.

"Un piede davanti all'altro. È l'unico modo per andare da qualche parte nella vita," dice la nonna. Avverto la mano calda sulla schiena che mi incoraggia a percorrere il sentiero fiancheggiato dalle rose, in direzione della villa dei Grimthorpe.

"Sei sicura che non sia un museo?"

"È una residenza privata, mia cara," dice la nonna. "Anche se ho qualche esitazione a chiamarla casa."

"Perché?" chiedo.

"Vedrai."

Mentre passeggiamo allungo il braccio e tocco i morbidi petali dei boccioli di rose rosse.

"Fai attenzione alle spine," dice la nonna.

Ritraggo la mano e trovo quella della nonna. "Ci sono altre domestiche nella villa?" le domando quando raggiungiamo metà del percorso.

"Non più," risponde. "La maggior parte è stata... licenziata. C'è un giardiniere e la guardia nella torre accanto al cancello. Dentro casa non si fidano di nessuno. È una villa molto grande, ma io sono l'unica persona che ha il permesso di entrare."

"Vale a dire?"

"La casa non si anima mai. I signori stanno per conto loro."

"Sembra perfetto," rispondo.

"Tra poco conoscerai la signora Grimthorpe, che pretende una totale devozione. In quanto al marito, il signor Grimthorpe, sembra invisibile in questi giorni... tranne quando non lo è."

Un brivido mi attraversa il corpo. Immagino uno spettro: in parte carne e in parte invisibile. "È un fantasma?" chiedo.

La nonna ride. "In un certo senso," dice. "È uno scrittore e, per la maggior parte del tempo, si barrica nello studio. La signora Grimthorpe insiste nel dire che è un segno di genialità artistica ed è al di sopra di noi comuni mortali. Dobbiamo servirli senza obiezioni. Qualunque cosa tu faccia, Molly, *non* disturbarlo. Ti consiglio di tenere le distanze, visto che è una specie di troll, con un temperamento che passa dal malinconico al diabolico."

Una nuova immagine dell'uomo prende forma nella mente: un troll con minuscoli occhi rossi, la schiena curva e il morso carnivoro. "E la signora Grimthorpe?" chiedo fiduciosa. "Ha dei figli?"

"No," risponde la nonna. "Ha dedicato la vita al marito e alla reputazione di famiglia."

"Le piacciono i bambini, almeno?"

"Ne dubito," risponde, "ma lo scopriremo."

Abbiamo percorso il sentiero e ora ci troviamo di fronte all'immenso portone d'ingresso con il minaccioso pomello d'ottone a forma di testa di leone.

"Forza," dice la nonna. Afferro la mandibola dell'animale rabbioso e la batto un paio di volte contro il legno massiccio.

Si avverte il rumore dei tacchi che si avvicinano. Il pomello ruota e io corro accanto alla nonna.

La porta si apre cigolando e appare una donna, ha la stessa età e altezza della nonna, il viso è allungato e le labbra sottili sono piegate in un broncio.

La nonna avanza con un piede, nasconde l'altro dietro, abbassa gli occhi e si inchina: un gesto che non le ho mai visto fare.

"Flora?" dice la donna austera, la voce si incrina come un disco graffiato. "Chi diavolo è *quella*?"

Gli occhi della donna si rivolgono verso di me. Mi stringo al fianco della nonna.

"È Molly, mia nipote," risponde, la voce è ferma. "Chiedo umilmente il vostro permesso di farla rimanere oggi."

"Rimanere dove?" domanda la Grimthorpe.

"Signora, oggi abbiamo avuto un problema a scuola e non c'è nessuno che può rimanere con lei mentre lavoro. Vi imploro di permetterle di restare durante il turno. È una brava bambina e non crea problemi. È... il mio tesoro."

La signora Grimthorpe sbuffa, poi porta le dita affusolate sulla fronte come se quella notizia le avesse causato una febbre improvvisa. "Una cameriera che chiede ai datori di lavoro di badare ai propri bambini. È ridicolo." Scuote il capo. "Oggi sarò generosa, ma sappi che la beneficenza ha un limite che coincide con le cinque del pomeriggio."

"Beneficenza," dico. "B-E-N-E-F-I-C-E-N-Z-A. Vale a dire: gentilezza, compassione, carità."

Mi inchino e abbasso il capo, proprio come ha fatto la nonna qualche minuto fa.

"Cosa diavolo era quella cosa?" domanda la signora Grimthorpe.

"Gara di spelling," spiega la nonna. "È molto brava."

Gli occhi della donna, simili a buchi neri, penetrano i miei. "Qui ci sono delle regole, signorina. E dovrai rispettarle."

"Mi piacciono le regole," dico.

"Bene. Regola numero uno: i bambini si possono vedere, ma non sentire. Rettifico: i bambini non si devono né vedere né sentire."

Annuisco senza parlare: ho paura di contravvenire alla regola numero uno.

"Regola numero due: niente strilli, urla, piagnistei o corse. Assolutamente niente rumori."

Annuisco di nuovo.

"Regola numero tre: non devi disturbare il signor Grimthorpe per nessuna ragione. Non lo gradirebbe e nemmeno io. Le fatiche letterarie sono fondamentali e il lavoro non può essere interrotto. È chiaro?"

Annuisco un'altra volta mentre le dita si stringono alla mano della nonna.

"Molly è eccezionalmente educata," dice la nonna. "Sarà felice di stare in silenzio nel salotto."

"E come trascorrerà il tempo?" chiede la signora Grimthorpe. "L'ozio è il padre dei vizi e non voglio che distrugga la casa perché si annoia."

"Passerò il tempo con la mia fervida immaginazione," rispondo, accorgendomi troppo tardi di aver appena infranto una regola. Aggiungo un "signora," sperando di invalidare l'errore.

La Grimthorpe sospira, poi si fa da parte, lasciandoci attraversare la soglia dell'entrata.

È l'ingresso più imponente che abbia mai visto: il pavimento di marmo nero è intarsiato di motivi geometrici e la scala a chiocciola in legno di quercia conduce al secondo piano. Uno specchio dorato sulla parete a destra riflette l'espressione meravigliata sul mio viso. La cornice è rivestita d'oro e mi fa pensare a quello magico di *Biancaneve*. Quando sollevo lo sguardo vedo il soffitto: è talmente alto che sembra raggiungere il cielo e mi procura il torcicollo. Appeso a un filo sottile, sopra le nostre teste, c'è un lampadario composto da migliaia di cristalli simili a schegge di ghiaccio. Lungo il corridoio scorgo dei dipinti alle pareti, proprio come li ha descritti la nonna: non sono immagini di figure che riconosco, ma macchie di colore vivide e astratte che sembrano gettate sulla tela piuttosto che stese con il pennello.

La signora Grimthorpe chiude la porta alle nostre spalle con un colpo secco.

"Ti sistemerò in salotto, Molly," dice la nonna. "Potresti lavorare al mio ricamo. Cosa ne dici?"

"Cerca di fare in fretta, ordina la Grimthorpe. "Le finestre della serra non si puliscono da sole, Flora."

La donna gira i tacchi e si allontana dall'ingresso, scomparendo nei meandri della villa. La nonna mi dà una leggera pacca sulla spalla, poi mi fa attraversare le porte a doppio vetro dalle quali si accede alla prima stanza. "Il salotto," annuncia.

Osservo l'ambiente e mi vengono le vertigini: le sedie blu dallo schienale alto, le modanature decorative che assomigliano alla glassa delle torte, i dipinti classici che riempiono ogni centimetro delle pareti con navi e naufragi, donne in sottoveste, partite di caccia che avanzano verso volpi dagli occhi spalancati dentro foreste verdeggianti. E infine, al centro della mensola sopra il camino, c'è l'oggetto più straordinario che abbia mai visto. Sopra un piedistallo annerito ricoperto di diamanti e altri gioielli, c'è un luccicante uovo decorato. Non è grande, potrebbe stare nel palmo della mano. Ha una bellezza talmente ipnotica che non riesco a distogliere lo sguardo.

"Meglio se chiudi la bocca, tesoro, prima che entrino le mosche," dice la nonna.

Io eseguo, ma non posso allontanare gli occhi dall'incantevole oggetto.

"La signora Grimthorpe sostiene che si tratti di un Fabergé," dice la nonna. "Un prezioso oggetto antico tramandato da generazioni. Delizioso, vero?"

"Una rarità," confermo senza fiato.

"Ho sempre adorato questa stanza," dice. "Hanno ristrutturato l'entrata e qualche altro ambiente, ma il salotto è ciò che amo di più. Forza, andiamo." La nonna mi sveglia dal sogno a occhi aperti, avvicinandomi a una delle sedie con lo schienale alto. "Mettiti qui, a lavorare al cuscino. Puoi cucire i fiorellini blu e rosa. Ti ricordi come si fa?"

Ricordo bene. L'ago è un coniglio: lo fai avanzare lungo il buco e, una volta sotto, fai un nodo per tenerlo fermo.

"Sarà meglio che mi sbrighi a raggiungere la serra. Se pensi che la signora Grimthorpe sia scontrosa, immagina cosa possa diventare se non inizio a pulire le finestre."

A questo punto la nonna fa una cosa strana. Si china di fronte a me e mi afferra le mani. "Mi dispiace molto," dice con gli occhi lucidi. "Meriti di meglio, ma non so cos'altro fare."

Non ho idea del perché sia angosciata. Lo stomaco si contorce nel vedere quello sguardo. "Non piangere, nonna," dico. "Non ti ricordi quello che dici sempre sul fatto di trovare il posto felice?"

"Una volta scoperto, andrà tutto bene?"

"Sì," rispondo. "E… nonna?"

"Sì?" chiede.

"L'ho appena trovato."

Quando esce dal salotto, mi preparo a trascorrere il tempo seduta sulla sedia dall'alto schienale blu e osservare tutti i dettagli della sontuosa stanza, memorizzando ogni oggetto in un libro immaginario. Così, se non tornerò più alla villa, potrò sempre farle visita nel ricordo.

È una tecnica che ho imparato durante una gita scolastica alla Galleria Nazionale non molto tempo fa. Anche se i compagni di classe mi hanno preso in giro per aver letto le didascalie di ogni opera, non mi importava. Niente contava più di quello che stavo costruendo nella testa: non era solo un posto, era un palazzo felice.

Una volta finito di contare ogni dipinto e arazzo nel salotto dei Grimthorpe, ricreo i dettagli a occhi chiusi e, dopo aver memorizzato un quadro d'insieme, afferro il cuscino della nonna. Comincio con un fiore blu e rosa, ma sento le palpebre pesanti. Poso il ricamo in grembo e lascio che si chiudano.

"È l'ora del tè!" sento. Gli occhi si aprono di scatto. Mi ci vuole un attimo per ricordarmi dove sono. La nonna è di fronte a me. Controllo l'orologio sul tavolino e sono sorpresa nel costatare che la lancetta dei minuti ha completato il giro.

"Vedo che ti sei riposata," dice la nonna. "Non mi stupisco che tu sia stanca, Molly. Hai avuto una mattina faticosa."

Accanto a lei c'è un carrello a rotelle con una teiera fumante, una tazza da tè color carta da zucchero su un piattino di porcellana e un cestino con delle focacce all'uvetta appena sfornate. La panna rappresa è in una graziosa ciotola rosa, le fette di limone in una gialla, i tramezzini, dai quali spuntano dei cetrioli, su un piatto accanto a un elegante cucchiaio d'argento.

"Per chi è? Hai detto che i Grimthorpe non amano avere ospiti," dico.

La nonna scoppia a ridere. "Ti garantisco che è vero, ma questo è tutto per te."

Non riesco a crederci. Il sabato la nonna prepara un tè speciale con delle focacce, che mangiamo sedute al tavolo di seconda mano nel piccolo appartamento in cui viviamo. Una volta, per il mio ottavo compleanno, comprò la panna rappresa. Era così deliziosa che non ho mai dimenticato il sapore. Le domandai se fosse possibile mangiarla ogni fine settimana, ma scosse il capo. "Magari," disse. "Costa troppo."

Ora la nonna prepara il tè proprio come piace a me: due zollette di zucchero e un goccio di latte. Riempie un piattino di deliziose leccornie, lo sistema sul tavolo dalle gambe arcuate e appoggia uno strofinaccio pulito sul bracciolo della sedia, per le briciole e le gocce.

"Non mi fai compagnia, nonna?" dico, aspettando che avvicini una sedia. Non vedo l'ora di raccontarle del palazzo immaginario e di come abbia affidato ogni oggetto della stanza alla memoria: dai fagiani sul tappeto intessuto a mano, ai gioielli sul Fabergé.

"Molly, non posso stare con te. Ho altre finestre da pulire," dice. "Ma passo più tardi a vedere come va. Oggi è la giornata della polvere e, quindi, polvere sia. Più tardi puoi farmi compagnia quando pulisco questa stanza. Ti va?"

"Sì, certo," rispondo.

La mano della nonna mi sfiora la guancia. Poi esce dalla stanza.

Ammiro incantata il carrello del tè. Mi preparo due focacce con la panna rappresa e la marmellata di arance. Le divoro entrambe, trangugiandole con il tè che ha il sapore degli agrumi e delle rose immersi nella luce del sole. Mi verso una seconda tazza, usando due mani, proprio come mi ha insegnato la nonna. Sono orgogliosa: non ho rovesciato nemmeno una goccia.

Cerco di prendermela con calma e mastico ogni boccone almeno venti volte, finché il cestino con le focacce si svuota e ciò che rimane dei tramezzini si riduce a un mucchio di briciole. Ripongo i piatti sul carrello e noto lo strofinaccio che la nonna ha lasciato sul bracciolo della sedia. Mi fa venire in mente qualcosa. Perché dovrei trascorrere il tempo sorseggiando il tè e ricamando, quando potrei rendermi utile?

Fai una buona azione per chi ne ha bisogno. Me l'ha insegnato la nonna.

Prendo il canovaccio e comincio a togliere le briciole dalla sedia. Poi continuo i lavori domestici, lucidando il tavolino fino a farlo brillare. Vago per la stanza, pulendo ogni superficie: non solo i tavoli e le sedie, anche le cornici sulle pareti, almeno quelle che riesco a raggiungere. Spolvero l'orologio sul tavolino e i libri rilegati in pelle che lo occupano. Libero dalla polvere i gingilli, le statue, i portalampade e i paralumi, i davanzali e i telai delle finestre.

È rimasto soltanto un oggetto: il magnifico, seppur annerito, Fabergé. Lo rimuovo dalla mensola del camino e, con attenzione, lo porto verso la sedia. Mi accomodo e me lo poso in grembo. È più pesante di quanto sembri ed è persino più bello da vicino. Le gambe arcuate della base sono decorate da ghirlande, i diamanti e le perle opalescenti della superficie sono intarsiate in file simmetriche. Il piedistallo è opaco, ma conosco il rimedio per farlo tornare a splendere.

Prendo due fette di limone dal carrello del tè e spremo il liquido sulle gambe macchiate, proprio come la nonna mi ha mostrato quando lucidiamo l'argento di casa. Afferro lo strofinaccio e comincio a sfregare. Quando ho terminato, sento le dita stanche, ma non c'è più nemmeno un angolo del piedistallo che non brilli. Riporto l'uovo sulla mensola e lo sistemo sulla base, dove luccica come un minuscolo sole.

È a quel punto che sento una voce aspra dietro di me. "Che cosa hai fatto?"

Ho un sussulto e mi volto.

La signora Grimthorpe è all'entrata della stanza con un dito che indica il Fabergé. Avverto dei passi che raggiungono la soglia: è la nonna. Guarda lo strofinaccio abbandonato sulla sedia e la tazza con le fette di limone.

"Molly, cosa stai facendo?" chiede la nonna.

"Ho pensato di darti un mano," rispondo. "Se è il giorno della polvere, ho pensato di lucidare anch'io. Il Fabergé era così sporco. Non credo sia mai stato pulito."

Mi aspetto che si complimenti per l'iniziativa, invece si porta una mano alla bocca.

"Disgraziata!" grida la signora Grimthorpe, infrangendo la regola numero due che riguarda il tono di voce. Si volta verso la nonna. "Ha tolto la patina da un oggetto inestimabile!"

"Non l'ho danneggiato," dico. "Guardi, brilla."

"Sei un imbecille!" strilla la Grimthorpe, il dito è ancora puntato contro di me, come se fossi un rospo con cinque zampe o un vitello con due teste, o qualche altra creatura abominevole.

"Stava solo cercando di rendersi utile," suggerisce la nonna.

"È un'idiota! Ha distrutto il valore del Fabergé! Se dicessi al signor Grimthorpe quello che hai appena fatto, tu e tua nonna verreste buttate fuori casa."

"Ma la nonna non ha fatto nulla," dico. "È colpa mia."

"Zitta," ordina la signora. "Non capisci cosa significa *fare silenzio*?"

Questo è proprio l'enigma che mi spacca il cervello: come faccio a stare zitta quando mi si rivolge una domanda?

La nonna interviene. "Signora, posso ripristinare la patina. Ci sono degli accorgimenti che ogni donna di servizio esperta conosce. Il signor Grimthorpe non deve saperlo. Non mi licenzi, la prego. Lo sa quanto è difficile trovare un aiuto affidabile di questi tempi. Come dice sempre: *se le cose possono peggiorare, peggioreranno.*"

"Non troverà mai una cameriera migliore della nonna," dico. "Mai."

La signora Grimthorpe allontana lo sguardo dalla nonna, rivolgendolo a me, con gli occhi furibondi. "Tua nonna è leale, a volte fin troppo. Diversamente da *altre* domestiche che sono passate da questa casa, almeno lei capisce il dovere. Ma tu no, signorina."

"Per favore," dice la nonna. "Molly ha solo commesso un errore."

"Se tua nipote pensa di cavarsela in questo mondo, deve imparare che le azioni hanno delle conseguenze," spiega. "La bambina merita una punizione."

"Sono assolutamente d'accordo," risponde la nonna. "Una dura punizione. La più severa di tutte."

"Nonna!" esclamo. Sono scioccata quando la sento proporre una cosa del genere: sa che stavo solo cercando di essere d'aiuto. La guardo e lei avvicina due dita al mento, è il codice segreto: significa che andrà tutto bene e devo fidarmi. Smetto di parlare all'istante.

"Vorrei proporle," dice la nonna, "che Molly lavori per pagarle il debito. I bambini devono imparare la lezione e nulla è meglio del duro lavoro, non crede?"

Il viso della Grimthorpe cambia espressione. "Duro lavoro?" ripete. "Che cosa ha in mente?"

"Molly impiegherà il suo talento: si metterà a pulire. E lo farà gratuitamente."

"Credo che il castigo sia adeguato al misfatto." La signora abbozza un sorriso, anche se non è uno di quelli che raggiungono gli occhi. "Luciderà l'argento nella stanza dell'argenteria," ordina.

"Tutta?" chiede la nonna. "Ma ci metterà settimane!"

"Già," dice. "Ci vorranno settimane."

La nonna mi guarda in un modo incomprensibile. Gli occhi sembrano brillare come il Fabergé. "Forza, Molly," dice. "Andiamo nella stanza dove subirai la punizione."

Mi gira la testa. Non ho idea di ciò che sta succedendo, ma seguo la nonna e la signora Grimthorpe. Mi conducono fuori dalla stanza e lungo il corridoio, fin dentro le viscere labirintiche della villa. Oltrepassiamo un'enorme sala da ballo sulla sinistra, una sala da pranzo sulla destra, una da biliardo e varie lavanderie. Alla fine accediamo alla cucina più grande, pulita e sontuosa che abbia mai visto. Le finestre si arrampicano fino al soffitto e si affacciano su una serra che ha delle vetrate oltre le quali si estendono dei giardini verdi e curati. Sembrano usciti dalle favole.

"Non rimanere indietro, bambina," dice la nonna, uscendo dalla cucina. Apre una porta e accende la luce. La stanza è grande due volte la mia camera da letto, con scaffali pieni di argenteria: vassoi, piatti, ciotole, teiere e innumerevoli set di coltelli, forchette e cucchiai. Non può essere: come fa una coppia ad avere una quantità così esagerata di argento? Forse siamo nella stanza del tesoro dei pirati o nella tana segreta di un drago?

"Questa è la stanza dell'argenteria," annuncia la Grimthorpe. "L'argento si è completamente annerito. Una volta ho licenziato una donna perché si è rifiutata di lucidarlo, dicendo che era una perdita di tempo. Oltre ad altre ridicole affermazioni, ha dichiarato che la soluzione alcalina del prodotto per lucidare le rovinava le mani. Questa poi!"

"Nonna," dico. "Perché non hai lucidato l'argento?"

"Perché tua nonna ha altre mansioni," precisa la Grimthorpe, "inclusa quella di occuparsi dell'intera villa e provvedere alle numerose necessità di mio marito. Non capisci che è già di per sé un gran privilegio stare accanto a un genio? Servendolo, serviamo la creatività stessa."

Annuisco ripetutamente per mostrare comprensione, poi alzo la mano nello stesso modo in cui facevo in classe quando avevo una domanda.

La signora Grimthorpe sogghigna. "Cosa c'è, ora?"

"Quindi devo venire qui ogni giorno invece di andare a scuola? E pulire l'argenteria?"

Guardo la nonna, che ripropone quel segnale con il mento. Rimango immobile come una statua e chiudo la bocca.

"Sei una bambina terribile e indisciplinata," dice la Grimthorpe. "Ma spero che ti dimostrerai migliore di quelle che ti hanno preceduto. La mia generosità ti offre una seconda possibilità. Per le prossime settimane dovrai venire qui ogni giorno a lavorare per riparare il danno che hai causato a un oggetto antico dal valore inestimabile del signor Grimthorpe. Mi ricompenserai pulendo e lucidando tutta l'argenteria della stanza."

Non riesco a crederci! Comincio a saltare sul posto. Guardo la nonna, che non sta nella pelle.

"È una cosa davvero fantastica," dico. "Ma ho un'altra domanda." Guardo la Grimthorpe. "Posso cominciare subito?"

6.

La detective Stark esce dall'ufficio del signor Snow a passo di marcia, lasciandosi alle spalle Lily e il direttore. La seguo come da istruzioni. Quando si ferma di colpo al bivio, in fondo al corridoio, per poco non mi schianto contro il suo fondoschiena.

"Dove si va per la sala da tè?" chiede.

"Dipende," rispondo. "Preferisce il percorso più panoramico, passando per l'atrio, o il più veloce, lungo i corridoi sul retro?"

"Facciamo la strada che mi porta a destinazione il più rapidamente possibile," risponde, accompagnando la frase con una buona dose di impertinenza.

"Molto bene," concludo. "Chi primo arriva, meglio alloggia." Giro a sinistra e accompagno la detective lungo i corridoi sul retro, girando ancora a sinistra, poi a destra e di nuovo a sinistra, finché non raggiungiamo la sala. Il nastro segnaletico sbarra l'entrata. Un profondo senso di disagio mi tormenta: è un'angoscia crescente per ciò che è accaduto durante la mattinata. Quando getto uno sguardo dentro la stanza, ansimo rumorosamente.

"Col tempo ci si abitua," dice la Stark.

Si sta riferendo al signor Grimthorpe: il corpo giace in un sacco nero al centro della sala. Due agenti in uniforme stanno richiudendo la cerniera. Tuttavia, non è il cadavere dell'autore il motivo dello shock. È lo stato dell'ambiente a essere sconcertante. Dopo il lavoro svolto, ora è completamente sottosopra. Le tovaglie stropicciate sono macchiate di tè, i piatti rovesciati e le piastrelle sotto i piedi sono appiccicose. Qua e là ci sono tramezzini sparsi a terra. È un miracolo che non si sia rotto nulla a parte la tazza del signor Grimthorpe, i cui cocci sono sparpagliati attorno al sacco con il cadavere.

"Come sa, detective, ho già fatto esperienza della morte." La verità è che non sono così sconvolta dalla morte di Grimthorpe, a volte il destino ha uno strano modo di restituire a una persona quello che si merita. Non accenno neppure al rapporto che avevo con l'uomo nel sacco nero. Se ho imparato qualcosa da *Colombo* e dall'esperienza passata, è che i conoscenti del morto diventano degli indiziati, ed è l'ultima cosa che desidero.

Mi guardo intorno e mi sento terribilmente affranta. Ero così orgogliosa di come l'avevamo trasformata: da un vecchio e polveroso deposito a uno splendente spazio per gli eventi. Mi viene in mente il pensiero che una stanza sia solamente un contenitore: qualunque spazio può essere contaminato dal ricordo di ciò che è accaduto all'interno. Una sala da tè, una biblioteca, un salotto...

Di colpo sento venir meno l'equilibrio. Il mondo oscilla da una parte. Dietro di me, avverto singhiozzare e tirare su con il naso.

"È davvero... morto?" domanda una voce tremante.

Io e la Stark ci voltiamo.

Nel corridoio c'è un gruppo di donne di mezz'età talmente pigiate tra loro che è difficile dire dove finisca una e cominci l'altra. Indossano il pass VIP e delle spille sulle quali si legge FAN CLUB N. 1 di J.D. GRIMTHORPE.

"Chi siete?" chiede la detective.

"Siamo le GREGGI," dice la donna in testa: è alta e ha i capelli ricci. È la presidente, lo capisco dalla bandierina rossa. L'ha sventolata per giorni, radunando il gruppo attorno all'albergo nella speranza di intravedere lo scrittore, farsi fare l'autografo o, ancora meglio, scattare un selfie con lui.

"Fanno parte di un fan club," spiego. "Lettrici accanite di gialli appassionate del signor Grimthorpe."

"Non siamo *soltanto* delle ammiratrici. Siamo delle patite del genere noir," afferma un'altra donna dai capelli grigi piuttosto prosperosa, indicando la spilla attaccata al bitorzoluto maglione marrone. Il golf sembra essere stato realizzato con peli di gatto, oppure ne è talmente ricoperto da rendere invisibile il tessuto sottostante.

"Vive o morte, in salute o in malattia, abbiamo votato l'esistenza al maestro del giallo," dice una donna dal centro del gruppo: è minuta e ha i capelli argento con colpi di luce fucsia. "Nei nostri cuori e nei nostri ricordi, J.D. vive *in perpetuum*."

"Ovvero: per sempre," dico, ricordandomi il momento nel quale ho imparato quell'espressione la prima volta.

Le esponenti delle GREGGI cominciano a singhiozzare all'unisono. Un pacchetto di fazzoletti fa capolino da qualche parte nella calca e viene rimbalzato da una persona all'altra.

"Lei è una detective?" chiede la presidente dai capelli ricci alla Stark, indicando la bandierina rossa.

"Sì," risponde.

"Qual è la causa della morte?" domanda un'altra signora in mezzo alla folla.

"Sono qui per scoprirlo," dice la Stark.

"È stato un omicidio?" chiede la donna minuta dalla chioma rosa.

"Non ho escluso nulla."

"Posso aiutarla," suggerisce la donna con il maglione coperto di peli di gatto. "Sono un'esperta di J.D. Grimthorpe."

"Ho già ricevuto più aiuto di quanto desideri," ribatte la Stark, lanciandomi un'occhiata. "Ora, quello di cui ho bisogno da voi, è un po' di privacy. Vi chiederei di allontanarvi, immediatamente."

La presidente annuisce. "Certo. GREGGI: fate spazio alla detective." Alza la bandierina rossa per chiamare le altre a raccolta. "Detective, se ha bisogno di informazioni e cambia idea, noi siamo qui," dice, spostando il gruppo dall'entrata della sala.

"La prego di non dimenticarci," ribadisce la donna minuscola dai capelli grigi con gli inserti fucsia.

"Anche se ci provassi non ci riuscirei," risponde la detective.

La presidente, con la bandierina in mano, conduce il gregge lungo il corridoio fino a scomparire.

Una volta andate, la Stark solleva il nastro che sbarra l'ingresso. "Entri, Molly," mi ordina.

"Com'è gentile," dico, chinandomi. La detective mi segue.

I due agenti che stavano richiudendo il sacco di plastica si avvicinano.

"Scoperto qualcosa?" chiede.

"Orticaria attorno alla bocca, angioedema sotto gli occhi."

"Ovvero: rigonfiamento compatibile con l'insufficienza di più organi oppure, a volte, con l'arresto cardiaco," dico. "Ma cosa porta il cuore a fermarsi? La vera domanda è sempre questa, no?"

Gli agenti si girano verso di me come se mi vedessero per la prima volta. "Chi diavolo è lei?" chiede il più alto.

"Molly. È solo una cameriera," risponde la Stark.

"Molly la *cameriera*? Sta scherzando?" dice il più basso.

"Magari," risponde la detective Stark sottovoce, ma non abbastanza da sfuggire al mio udito.

"E cosa ci fa una cameriera sulla scena di un delitto?" chiede l'agente alto.

"Sta dando per scontato che sia la scena di un delitto?" chiedo. "Dare qualcosa per scontato, mi provoca un *conato*." Per qualche ragione che non capisco, la Stark rotea gli occhi, mentre gli agenti rimangono a bocca aperta.

"Ignorala," dice la detective. "È un problema mio. Rimettetevi al lavoro e basta."

"Questo casino, però, va ripulito," dico alla detective. "Ci vorrà tempo per riportare la stanza a uno stato di perfezione."

"Neanche per sogno. Niente pulizie," dice la Stark.

Solo a quel punto mi rendo conto che è stato un impulso sciocco.

I due agenti tornano a occuparsi del caos che regna nella sala.

La detective estrae un taccuino dalla tasca. "Okay, togliamoci questo pensiero. Voglio che mi descriva il salone prima dell'inizio dell'evento. Mi sa dire chi e cosa c'era appena prima che Grimthorpe salisse sul palco? Nessun dettaglio è irrilevante. Chiaro?"

"Capisco perfettamente," rispondo. Con la mente torno a questa mattina e rievoco l'immagine della sala nel pieno dello splendore, gremita di ospiti in attesa dell'entrata dell'autore.

"Alle nove e un quarto tutti gli ospiti erano seduti. Portieri, camerieri e cameriere erano in piedi ai lati della sala. C'ero anch'io, vicino all'entrata, proprio accanto a Lily. I fotografi e i giornalisti erano alle nostre spalle."

"E quel tavolo?" chiede la Stark.

"I librai erano lì dietro e Lily si stava occupando del carrello del tè del signor Grimthorpe."

"È quello?" Ne indica uno nella parte anteriore della sala.

"Sì, esatto," rispondo. "Cioè, *era* quello di Grimthorpe."

"Ragazzi!" grida la Stark. "Il carrello è là." Annuiscono e cominciano a ispezionarlo con le mani ricoperte dai guanti.

"Quando è entrata, l'autore era già in sala?" mi domanda.

"No. Era dietro la porta nascosta nel rivestimento a pannelli della parete. Serena Sharpe, l'assistente di Grimthorpe, ha bussato. Poi è apparso. Nella sala non si sentiva volare una mosca mentre saliva sul palco e sistemava gli appunti sul leggio."

"Bene. Gli appunti. Ragazzi!" grida. "Avete trovato degli appunti?"

"No, signora," risponde l'agente alto.

L'altro scuote il capo.

"E cos'è successo dopo, Molly?" mi chiede la Stark, scarabocchiando sul taccuino.

"Il signor Grimthorpe si è schiarito la voce e ha chiesto una tazza di tè, che Lily ha preparato prima di affrettarsi verso il palco."

"Analizzeremo il tè della teiera."

"Non ce n'è bisogno," dico. "Era un English breakfast. Lo so con certezza."

"Intendo dire che dobbiamo analizzarlo per trovare possibili sostanze tossiche, Molly. Capisce? Vogliamo sapere se qualcuno, come quell'ebete nell'ufficio di Snow, ha messo qualcosa nel tè dello scrittore."

"Non c'è bisogno di insultare," dico. "E quanto al tè di Grimthorpe, quasi sicuramente conteneva qualcosa, vale a dire del miele."

"Miele," ripete la detective.

"Sì. Dal vasetto che avevo sistemato sul carrello. Come ho già detto, appena prima dell'evento, l'ho ispezionato e mi sono accorta che c'erano degli errori. Il signor Grimthorpe prende il tè con il miele, non con lo zucchero. Ho raddrizzato un centrino storto e ho sostituito la zuccheriera con il vasetto del miele."

"Ragazzi!" grida ancora la donna. "Trovate il vasetto del miele."

Gli uomini muniti di guanti lo cercano, ma non riescono a trovarlo.

"Dev'essere lì. Un vasetto d'argento con un piccolo incavo nel coperchio per far passare un cucchiaino del Regency Grand." Mi avvicino al carrello, ma tutto ciò che vedo è un centrino sgualcito su un vassoio.

"È sparito," dico.

Giro lo sguardo verso la stanza: ci sono zuccheriere sopra ogni tavolo ma nessun vasetto, dato che non fa parte del normale servizio da tè.

"Che strano," dico. "È stato proprio Grimthorpe a scendere dal palco per aggiungere del miele alla tazza."

"Ha bevuto dalla tazza rotta sul pavimento?" chiede la Stark.

"Senza dubbio, l'abbiamo visto tutti. Ha trangugiato diversi sorsi e poi un altro paio quando è salito sul palco. Quindi ha posato la tazza e ha cominciato a parlare. Era sul punto di rivelare un segreto, almeno è quanto ha detto, ma prima di farlo si è messo a oscillare. Sembrava quasi ubriaco. Di colpo si è inclinato in avanti ed è stramazzato a terra, precipitando sulla povera Lily."

"E la tazza ha fatto un volo," osserva la detective.

"Già," rispondo, guardando i cocci sul pavimento. "Così come il cucchiaino e il piattino."

La Stark si rannicchia accanto ai frammenti e si volta verso gli agenti. “Ragazzi, avete per caso raccolto un cucchiaino dal pavimento?”

“No,” risponde l’agente alto, mentre l’altro scuote il capo.

La donna annota qualcosa, poi volta una pagina del taccuino. “Cos’è successo dopo che Grimthorpe è collassato?”

“Tutti sono corsi verso l’uscita. Si sentivano richieste d’aiuto, persone che sgomitavano. Io mi sono fatta largo a spintoni, poi ho divincolato Lily da sotto il corpo. Il signor Snow e l’assistente, Serena Sharpe, stavano cercando di rianimarlo.”

La testa della detective si solleva di scatto dal taccuino. “Dove pensa si trovi adesso la Sharpe?”

“In camera, forse?” suggerisco. “È comunicante con quella di Grimthorpe, al secondo piano.”

“Camere comunicanti? Con il proprio capo?” chiede la detective. La donna si gira verso gli agenti. “Per caso a uno di voi è venuto in mente di trattenere e interrogare l’assistente di Grimthorpe?”

I due uomini evitano lo sguardo della detective.

La Stark chiude di scatto il taccuino. “È ora di sbrigarsi,” dice, dirigendosi a passo di marcia verso l’uscita.

“Dove andiamo?” chiedo.

“A cercare Serena Sharpe.”

Seguo la detective fuori dalla sala, oltrepassando l'atrio dell'albergo in direzione degli ascensori, dove parecchi ospiti sono in attesa.

"È libera di andare. Vada a sbrigare qualunque cosa faccia in questo posto," annuncia la Stark, premendo il pulsante della salita più intensamente del necessario. "Ma non si allontani dall'hotel, Molly. Capito? E faccia in modo che la tirocinante non vada da nessuna parte."

"Molto bene," rispondo. "E come pensa di entrare nella camera della signorina Sharpe, se l'ospite non c'è? Qualcuno le ha dato la chiave? Il signor Snow, forse? E suppongo che abbia un'autorizzazione, perché non può entrare nella camera di un ospite... a meno che, naturalmente, non sia una cameriera," dico, stringendo il passe-partout.

La Stark scruta gli ospiti accanto a noi. È un gioco di luce oppure c'è una sfumatura rosso pomodoro sul collo e delle macchie a forma di mela sulle guance?

"D'accordo," borbotta. "Può venire con me. E se qualcuno dovesse chiederglielo, tecnicamente, sarà lei quella che è entrata in camera, non io, chiaro?"

"Come vuole," rispondo.

Poi succede qualcosa che non mi è mai accaduto durante gli anni di lavoro come cameriera. Le porte dell'ascensore si aprono e gli ospiti compiono un passo indietro, permettendo a me e alla detective di salire per prime. Una volta dentro non ci seguono neppure. Li sento bisbigliare.

"Chi è la donna vestita di nero? Sembra una detective in borghese! Questo significa che Grimthorpe è stato assassinato?" La porta si richiude. Premo il pulsante del secondo piano. Durante la salita rimaniamo in silenzio finché le porte dell'ascensore non ci permettono di uscire.

"Da questa parte," dico, accompagnando la detective verso la suite della Sharpe. "Pulizie!" urlo con voce decisa ma autorevole. "Per una volta non sono venuta a pulire la camera. C'è qualcuno, qui con me, che vorrebbe parlarle."

Attendiamo, ma non arriva nessuna risposta. Mi volto verso la detective. "A voler essere precisi, e in base al regolamento, solo la cameriera della Sharpe ha il permesso di entrare nella camera e non sono certo io, ma per questa volta farò un'eccezione."

"Le sono eternamente grata," risponde la detective, anche se il tono mi fa dubitare della sua sincerità.

Entro con la chiave elettronica e metto un fermo alla porta perché non si richiuda. La detective rimane fuori, ma infila la testa dentro, ispezionando l'ambiente. So quello che sta facendo perché è una pratica anche mia: memorizza i dettagli, registrandoli nella mente per studiarli in seguito.

Il letto è stato appena fatto con le lenzuola ripiegate agli angoli. I bicchieri dell'acqua sul tavolo sono dotati di coperchi igienici. Il tappeto è stato passato con l'aspirapolvere, seguendo file che ricordano quelle di un giardino zen: il pelo è immacolato. È ovvio che la camera sia stata pulita di recente e la Sharpe se ne sia andata. Non ci sono bagagli e nessun oggetto personale su alcuna superficie.

"Va tutto bene, Molly?" sento dire dietro di me. "Abbiamo lucidato in modo adeguato?"

Mi giro verso Sunshine e Sunitha, due cameriere senior, che mi guardano dalla soglia, accanto al carrello delle pulizie, non lontano dalla detective.

"Per caso avete visto la signorina Sharpe?" domando.

Sunshine scuote il capo. "Alla reception hanno riferito che è andata via. Ci hanno detto di pulire la camera e anche quella del signor Grimthorpe. Anche lui se n'è andato."

"Si può dire anche così," commenta la Stark.

"È morto," spiego alle cameriere. "Indiscutibilmente morto."

Sunitha spalanca la bocca. Sunshine sgrana gli occhi.

"Non lo sapevate?" chiedo.

"Lo staff ha due cameriere in meno, Molly, perché a te e Lily è stata assegnata la responsabilità della sala da tè. A dire il vero, sarebbe toccato a Lily pulire la camera, ma Cheryl ci ha detto di occuparcene. Non ci siamo allontanate da qui tutta la mattina," spiega Sunshine.

"Posso ispezionare la spazzatura?" chiede la detective.

Sunshine e Sunitha si scambiano uno sguardo: sospettano che la donna robusta e vestita di nero sia pazza, pervertita o entrambe le cose.

"È qui per fare delle indagini," dico. "Tirate fuori il sacchetto di questa camera, per favore."

Sunitha annuisce e fruga nel carrello, dal quale estrae una piccola busta di plastica bianca, che allunga alla detective.

"Avete dei guanti?" chiede la Stark.

Sunshine ne afferra un paio usa e getta e glieli passa.

La detective li indossa, apre il sacchetto, fruga all'interno ed estrae qualcosa dal fondo: un appunto accartocciato su un foglio del Regency Grand. Mentre lo liscia, riesco a leggerlo:

Sei un angelo.
Omaggi.
Il Tuo Primo Ammiratore.

La grafia è perfetta, vergata con una penna stilografica, a giudicare dagli svolazzi affusolati. Sembra così familiare anche se non riesco a riconoscerla.

"È la scrittura di Grimthorpe?" chiede la detective.

"Assolutamente no," rispondo. Ne sono certa.

La detective mi scruta con la fronte corrugata. "Cosa la rende così sicura?"

La mente corre e il cuore batte forte. I bordi della camera cominciano a offuscarsi. "Lo so perché... prima ha firmato delle copie del libro per me e molte altre persone," mi lascio sfuggire. "Questa calligrafia non coincide con l'altra."

"Hmm," risponde la Stark.

Sunshine e Sunitha seguono la conversazione come fosse una partita di tennis, ma sono abituate a servire gli ospiti senza rivolgere domande, quindi non chiedono nulla.

"Signore, per caso la Sharpe ha lasciato qualcosa di personale in camera?"

"Sì." dice Sunshine. "Quelle." Indica dodici rose rosse dallo stelo lungo in un vaso di vetro appollaiato in cima al carrello delle pulizie. "Molly, le abbiamo conservate. È un peccato buttarle. Volevamo chiederti se sei d'accordo?"

Comprendo il problema: da una parte il *Manuale di una cameriera: pulire e mantenere uno stato di assoluta perfezione* (un regolamento che ho concepito e scritto di mio pugno) afferma che gli oggetti dimenticati dagli ospiti devono essere portati all'ufficio oggetti smarriti presso la reception. Tuttavia, una clausola dichiara che quelli abbandonati di proposito possano essere acquisiti dalle cameriere per uso personale.

"Puoi tenere i fiori," dico. "Il risparmio è il miglior guadagno."

"E la camera del signor Grimthorpe?" chiede la Stark. "È rimasto qualcosa lì?"

Sunitha scuote il capo.

"L'immondizia?"

"Assolutamente nulla in tutta la camera," suggerisce Sunshine. "Nessun bagaglio, spazzatura o altro. Soltanto un letto sfatto."

"Quindi il capo muore di colpo e lei taglia la corda come se niente fosse?" dice la detective, storcendo le labbra in una smorfia. Ripiega il foglietto preso dal cestino, lo infila nel taccuino, poi si avvicina al carrello e butta il sacchetto dell'immondizia nel cestino, gettandovi anche i guanti.

"Questo è tutto," dice, avviandosi lungo il corridoio.

"Dove sta andando?" domando, seguendola.

"Alla stazione di polizia."

"Quindi le indagini sono terminate?"

Lei si volta all'improvviso, ci è mancato poco che le sbattessi addosso.

"Tutt'altro. Per il suo bene e quello della tirocinante, farà meglio a sperare che nella sala risulti tutto pulito."

"Oh, sicuro," dico. "Una volta che avrò finito sarà immacolato."

"Non mi riferisco alle pulizie, Molly. Parlo dei risultati tossicologi: del tè."

"So bene cosa intende, detective. Lei, invece, sa quello cui mi riferisco io?"

La Stark si porta le mani ai fianchi. "Mi permetta di chiederglielo con estrema franchezza. Conosce una cameriera o qualsiasi altro dipendente dell'hotel che aveva motivo di odiare il signor Grimthorpe?"

Ho qualche esitazione perché non so come rispondere. La verità è che conosco una cameriera che aveva una buona ragione per odiarlo, ma so anche che, ormai, è morta.

7.

Prima

Mi torna in mente e lo rivivo come se fosse ieri. È la prima notte dopo la giornata trascorsa a lavorare presso la villa dei Grimthorpe. Sono tornata a casa, la nonna mi ha infilato sotto le coperte, facendomi le solite raccomandazioni sulle pulci nel letto e mi ha augurato la buonanotte. Chiudo gli occhi e sprofondo nel sonno più pesante e rigenerante della vita.

Per la prima volta da tempo, non sono tormentata dagli incubi sulle torture che l'indomani mi attendono nel cortile della ricreazione. I sogni brillano di scintille, visioni d'argento e Fabergé che danzano nella mente. Al mattino mi sveglio ritemprata ed eccitata all'idea di trascorrere un'altra giornata in villa.

Io e la nonna usciamo alle otto meno un quarto. Oggi niente taxi, ci affidiamo alla forza motrice dei piedi, di un autobus cittadino e un altro ancora. Durante il tragitto le racconto la rivelazione che ho avuto prima di addormentarmi. “Ho deciso: so cosa voglio fare da grande.”

“Cosa?” chiede la nonna.

“La cameriera, proprio come te.”

“Non te lo consiglio. È un lavoro che nasconde molti pericoli. E credo tu possa puntare più in alto con la mente acuta che possiedi.”

“Cosa intendi con ‘puntare più in alto’? Io voglio diventare una cameriera.”

La nonna sospira e mi carezza la mano. “Molto bene. Per ora puoi essere la mia tirocinante. Come ti sembra?”

“È come essere in paradiso.”

Arriviamo alla villa un’ora dopo. La nonna suona il citofono nascosto per annunciare l’arrivo e il portiere invisibile della torre autorizza ‘l’apriti sesamo.’ Percorriamo il sentiero di ciottoli fiancheggiati dalle rose. All’entrata della villa, un viso stravolto, che non avevo notato il giorno prima, ci fissa dall’alto della porta.

“Nonna, è il signor Grimthorpe?”

“No,” risponde con una risata. “È una gargolla di pietra, sebbene debba ammettere che la somiglianza è straordinaria.”

Raggiungo il portone, afferro la mandibola del leone e busso tre volte. Il pomello gira e appare la Grimthorpe con una camicetta beige e una gonna grigia. La bocca è una grinza sottile.

"Buongiorno, signora Grimthorpe," dico. "Sono pronta per lucidare e lustrare," ammetto, orgogliosa del nuovo titolo di tirocinante ufficiale della nonna.

La signora non risponde e si fa da parte per permetterci di entrare. Ci fissa a braccia conserte mentre ci fermiamo nell'ingresso. La nonna prende un pezzo di stoffa e mi ordina di sfilarmi le scarpe. Sfrega vigorosamente le suola di entrambe prima di sistemarle dentro il ripostiglio, separate dalle scarpe eleganti.

La signora Grimthorpe inspira col naso, poi ci conduce lungo il corridoio principale, oltre le macchie di colore, finché non accediamo all'abitazione. Approdiamo alla sontuosa cucina, inondata dalla luce del sole, che emana profumo di limone e aria primaverile.

"Oggi ho delle commissioni da sbrigare in città," annuncia la Grimthorpe. "Il portiere ci accompagnerà in centro in auto. Flora, tu verrai con me e mi porterai le borse. La ragazzina rimarrà qui a lavorare."

"Signora, non posso lasciare Molly da sola," dice la nonna. "Chi baderà a lei?"

"Di sicuro potrà badare a se stessa. Inoltre, il signor Grimthorpe è nello studio al piano di sopra e Jenkins in giardino."

Guardo fuori dalle finestre e noto un uomo dal volto rubicondo, dritto come un punto esclamativo. Ci sta fissando mentre pota le siepi con un arnese affilato come un rasoio.

La signora Grimthorpe controlla l'orologio e dice, "Forza, sbrigati, Flora. Sistema la bambina nella stanza dell'argenteria mentre io raccolgo le mie cose." E sparisce lungo il corridoio.

Avverto le mani della nonna posarsi sulle spalle.

"Molly, non voglio lasciarti sola."

"Non importa," dico. "Starò bene."

"Davvero? A volte non so proprio cosa fare," dice la nonna, con gli occhi che si raggrinzano in quel modo da farmi stare male. Ogni tanto succede tra me e lei: avverto le sue emozioni che mi penetrano la pelle e circolano dentro di me. Mi appunto mentalmente di controllare questo dettaglio nel libro di anatomia della biblioteca, perché, sebbene la filastrocca dello scheletro non lo dica, deve esserci una spiegazione riguardo al collegamento tra gli occhi della nonna e il mio stomaco.

"Quando hai dei dubbi pulisci dentro e fuori," dico alla nonna. Sono le parole di una canzoncina che, come tante altre, cantiamo quando ci occupiamo delle faccende di casa.

La nonna mi stringe a sé, poi mi allontana, accarezzandomi le braccia: "Se ti serve qualcosa mentre non ci sono chiedi a Jenkins, il giardiniere, va bene? So che ha un'aria spaventosa, ma in realtà è tenero come un budino. Gli dirò di sorvegliarti. Non disturbare il signor Grimthorpe per nessun motivo, hai capito?"

Prima di rispondere noto una donna che percorre il sentiero a passo di marcia in direzione della porta laterale della villa. Indossa un foulard blu che le avvolge la testa e dei guanti in tinta. Ci saluta con la mano e annuisce a Jenkins, prima di continuare lungo il sentiero.

"Chi è?" chiedo.

"È l'assistente del signor Grimthorpe. La signora le vieta di avere rapporti con noi per preservare la privacy del marito. Forza," dice. "Andiamo nella stanza dell'argenteria."

Mi affretto di fianco alla nonna verso il luogo che ho sognato tutta la notte. È esattamente come l'ho lasciato: pieno zeppo di cimeli d'argento bisognosi di cure. Sul tavolo svettano gli oggetti che ho pulito ieri e luccicano come stelle.

La nonna fruga nell'armadio, estrae due paia di guanti, una caraffa e un'ampia bacinella. Si volta verso di me con le mani appoggiate sui fianchi. "Non posso farti pulire tutto questo argento soltanto con l'olio di gomito. A un certo punto ti si staccherà il braccio."

Gli sforzi di ieri mi hanno prosciugato l'olio dal gomito di entrambe le braccia e ora le sento leggermente rigide, ma non percepisco ancora pericoli di smembramento.

La nonna si infila i guanti e versa con attenzione il liquido dalla brocca alla bacinella.

"Questo è il detergente per l'argento, Molly. Contiene piccole quantità di soluzione alcalina, che è corrosiva per la pelle. Tempo fa, quando ero una tirocinante, le mescolavamo noi. Una volta, una cameriera con la quale lavoravo quadruplicò la quantità di soluzione alcalina rispetto alle istruzioni e lasciò la bacinella accanto all'entrata sul retro della proprietà. Il proprietario entrò in casa con le mani sporche dopo una battuta di caccia, vide la bacinella e ci affondò le mani. Se non le avesse sciacquate immediatamente l'acido gli avrebbe sciolto le ossa."

"Che incidente terribile."

"Terribile, sì. Un incidente? Non ne sono mai stata sicura."

"Cosa intendi?" chiedo.

"Il destino, Molly," dice la nonna. "Funziona in strani modi. Ecco perché è importante trattare gli altri con rispetto," dice, passandomi un paio di guanti. Li infilo.

"Questo detergente moderno non è come il materiale grezzo che usavamo un tempo. È delicato, però, quando si lavora, bisogna sempre proteggere le mani."

La nonna afferra un candelabro annerito, lo immerge nella soluzione e lo pulisce con uno straccio. Dopo averlo sfregato, l'argento torna a risplendere.

"È una magia!" dico, battendo le mani.

"Flora!" sentiamo un urlo provenire da qualche recesso della casa. "Forza! Sbrigati!"

La nonna si sfila i guanti, sistemandoli ordinatamente accanto alla bacinella e mi stampa un bacio in fronte. "Sarò di ritorno più velocemente del tempo che impieghi a dire 'serendipità.'" E si precipita fuori dalla stanza.

Ascolto la signora Grimthorpe impartire ordini alla nonna sulla soglia. Poi il portone si richiude con un tonfo e ho la certezza che se ne siano andate.

Ci siamo, penso tra me e me. Sono da sola nella villa, senza la nonna. Invece di spaventarmi, la prospettiva mi riempie di orgoglio verso la responsabilità appena scoperta. Pronuncio ad alta voce 'serendipità' cinque volte e poi giungo alla conclusione che la nonna intendesse in senso figurato (quindi non veramente) piuttosto che in senso letterale (ovvero: con precisione ed esattezza).

Nel silenzio, un nuovo rumore echeggia nella villa deserta.

Rat-a-tat-tat-tat.

È il suono delle dita sulla tastiera di una macchina per scrivere. Ci sono parecchi rumori che mi danno fastidio, ma non questo: è ritmico e prevedibile. Dev'essere la donna vestita di blu, l'assistente di Grimthorpe, intenta a battere a macchina in un ufficio situato in qualche angolo remoto.

Mi guardo intorno e mi lascio travolgere da una sensazione di estasi. Sono sola in una villa! Sono una persona adulta alla quale sono state affidate responsabilità da grandi. Saltello per la stanza, poi indosso il grembiule e i nuovi guanti di gomma.

Immergi nella soluzione, poi lucida fino a ritrovare lo splendore.

Mi metto al lavoro, pulendo un pezzo dopo l'altro, sistemando ogni cimelio luccicante in una fila perfetta sopra il tavolo. Immagino di preparare un banchetto regale organizzato dalla nonna, altrimenti nota come la Duchessa del Grembiule, e da me, Molly la governante di Fabergé.

La lista degli invitati è la *crème de la crème*. Robin Hood è seduto a capotavola con indosso un abito di velluto verde. Accanto c'è Colombo, in un trench nuovo di zecca e i capelli pettinati, proprio come piacerebbero alla nonna. Dall'altro lato ci sono il Tasso e il signor Rospo e poi Sir David Attenborough, in tenuta da safari, un nanetto barcollante con i calzoni corti e le bretelle e il Re delle Scope, il Signor Walter, il bidello della scuola nonché l'unica persona che apprezzavo di quel posto.

Ci sono ancora sedie libere, così le occupo con lo Spaventapasseri, il Leone e L'Uomo di Latta da *Il meraviglioso mago di Oz.* Aggiungo lo Stregatto, che è raggomitolato su una sedia con un sorriso furbo, dall'altro lato del tavolo. È rimasta l'ultima sedia vuota, destinata a me. Indosso un lungo vestito bianco con le maniche a sbuffo di pizzo e una sottogonna a balze fino alle caviglie.

Invito gli ospiti a un brindisi, battendo un cucchiaino d'argento appena lucidato su una tazza di porcellana. Il tintinnio è piacevole. "Alla nonna," dico. "E agli amici più cari del mio libro di fiabe. Grazie di essere sinceri e leali, dalla prima all'ultima pagina."

Beviamo il tè e mangiamo le focacce con la panna rappresa. Facciamo una gara di spelling e riesco a pronunciare correttamente 'stupendo' al primo tentativo. Siamo i veri cavalieri dell'argento della tavola rettangolare. Siamo spiriti affini: gli unici amici che abbia mai avuto.

Una lieve fitta mi ha strappato ai sogni a occhi aperti. Una goccia di prodotto è atterrata sull'avambraccio, appena sopra il guanto. Mi precipito verso il lavandino e immergo il lembo di pelle nell'acqua fredda. Mi dà sollievo, ma quando torno al ricevimento, gli amici sono scomparsi.

"Aspettate, tornate qui!" dico, ma l'immaginazione se n'è andata. Abbasso lo sguardo verso il grembiule lacero, niente sottogonne né maniche a sbuffo: soltanto la dura verità.

È in quel momento che mi viene in mente. Mi accorgo di aver bisogno di un bagno. Mi sfilo i guanti ed esco dalla stanza. Ieri la nonna mi ha mostrato i servizi che avrei dovuto usare. Non è il gabinetto per signore accanto all'entrata, che lei chiama 'toilette da sogno'. E nemmeno quello al quale si accede dalla cucina con l'enorme vasca idromassaggio. Di sicuro non sono i bagni al piano superiore. Sono tenuta a usare il locale della servitù, nel seminterrato, dove le pareti sono di pietra umida e ogni crepa ospita un ragno peloso dagli occhi spaventosi.

"Ha il minimo indispensabile," mi ha detto la nonna. Ha tirato il cordino della lampadina scoperta e mi ha accompagnato verso le scale scivolose.

Mi trovo davanti alla porta del seminterrato, a poca distanza della cucina, pronta ad aprirla e a scendere, ma i piedi sono incollati al pavimento: non riesco a muovermi.

Toc, toc, toc, sento.

Per poco non mi viene un colpo. Mi giro e vedo gli occhi sporgenti di Jenkins che mi fissano dal vetro delle finestre. Scuote il capo diverse volte e dice qualcosa che non capisco.

"Non la sento," dico. "Non so cosa stia dicendo."

Jenkins si sposta dalla finestra alla porta di vetro. La apre, ma non entra. Ci infila la testa e sussurra, "Non puoi scendere laggiù."

"Sì che posso," dico. "Ho bisogno del bagno." Ricordo quello che ha detto la nonna, di come Jenkins, nonostante l'aspetto spaventoso, sia in realtà un budino. È coperto di minuscoli graffi, probabilmente per via delle spine delle rose, e ha una serie di attrezzi affilati fissati alla cintura in pelle attorno alla vita. La vista del tagliasiepi mi fa rabbrividire. Eppure, è meglio dei ragni. E ora rappresenta la mia unica speranza. "La prego, signore," dico. "Ha voglia di accompagnarmi in cantina?"

"Mi piacerebbe, piccolina," dice, "ma non mi è permesso entrare in casa: sono tutto sporco. Se la signora mi becca mi cambia i connotati. E poi mi sbatte fuori a calci. Usa un altro bagno. Se riesci a tenere in ordine e non sporcare, la Grimthorpe non lo saprà mai," dice, strizzandomi l'occhio.

Jenkins chiude piano la porta, poi sfila l'arnese dalla cintura e comincia ad attaccare con ferocia una siepe accanto alla finestra.

Faccio qualche respiro profondo. La nonna mi ha detto che gli altri bagni sono inaccessibili e l'ultima cosa che desidero è far infuriare la Grimthorpe, infrangendo le regole e rischiando di farmi cambiare i connotati: una cosa, a quanto pare, terribilmente spiacevole.

Mi avvio verso l'ingresso della villa e mi fermo sotto le schegge di ghiaccio del lampadario. Se uso un bagno al piano superiore la prova del mio passaggio verrà ricondotta a quella del signor Grimthorpe o dell'assistente. Salgo in punta di piedi, con i gradini che cigolano a ogni passo. Le scale compiono una curva in direzione di un piccolo spazio con una finestra e proseguono fino a un'altra rampa, verso il secondo piano. Guadagno la cima e scruto il lungo corridoio rivestito da una carta da parati con un motivo oscuro che potrebbe essere broccato, ma nel quale avverto centinaia di occhi che scrutano ogni movimento.

Quando lo attraverso, le luci sopra di me si accendono come per magia. Oltrepasso una camera dopo l'altra, sono arredate con sfarzo ed eleganza. Do una rapida occhiata: il letto a baldacchino in una e quello d'ottone nella successiva, che sembra preso da *Pomi d'ottone e manici di scope*. Finalmente trovo un bagno. Dopo aver soddisfatto i bisogni, mi insapono e sciacquo le mani sotto l'acqua che sgorga dai rubinetti dorati. Le asciugo con una salvietta così soffice da sembrare una nuvola. Apro la porta ed esco, molto sollevata.

So che dovrei scendere lungo le scale e rimettermi a lucidare l'argento, ma mentre contemplo il corridoio, noto una porta aperta dalla quale si intravede una stanza che mi toglie il fiato. È la biblioteca che la nonna mi aveva descritto: nulla avrebbe potuto prepararmi all'immagine dal vivo. Anche da lontano scorgo che è stipata di scaffali alti fino al soffitto e sontuosi volumi in pelle rossa e blu, dorata e verde.

Ci sono momenti come questo nei quali i piedi sembrano essere indipendenti dalla volontà. Percorro il corridoio con le luci che mi invitano a proseguire. In men che non si dica mi ritrovo sulla soglia della biblioteca, un ambiente che incute soggezione. C'è una chaise longue viola in un angolo sotto la finestra accanto a una lampada da tavolo: il paralume è sorretto da una ninfa d'ottone immortalata in una posa giocosa. Una scala dotata di ruote, con la quale si raggiungono i volumi più alti della stanza, è appoggiata alla parete opposta.

Oltrepasso estasiata la soglia. Ho sentito parlare di alcuni libri e li ho visti alla biblioteca pubblica. Altri, invece, mi sono nuovi, come quelli che mostrano il nome di J.D. Grimthorpe sul dorso: *Il segreto del morto*, *Veleno & Castigo*, *L'ospite misterioso.* Allungo un braccio e percorro, con la punta delle dita, uno scaffale di volumi in pelle dalla tonalità delle pietre preziose: *Il conte di Montecristo*, *Le fiabe dei fratelli Grimm*, *Giro di vite.* Non voglio altro che estrarre un libro, raggomitolarmi sulla chaise longue e perdermi nelle pagine.

Rat-a-tat-tat-tat.

Di nuovo il suono della battitura a macchina. A quel punto lo vedo: un sottile fascio di luce proveniente da una fessura alla base della parete di libri più vicina. Mi avvicino e avverto dei passi: qualcuno sta camminando dall'altra parte della parete.

"Assurdo! È una porcheria! Ogni parola è uno scempio!" È la voce di un uomo che ringhia. I passi diventano pesanti, poi qualcosa sbatte contro il pavimento. Sento le vibrazioni sotto i piedi.

Un'ombra copre il fascio di luce sulle assi di legno del pavimento. Provo ad avvicinarmi con cautela, ma le assi cigolano.

"Chi c'è?" sento un rimbombo.

È un rumore inconfondibile per le mie giovani orecchie: la voce irascibile e brutale di un troll.

"Rispondimi!" ordina.

Comincio a tremare perché riesco a immaginarmelo: gobbo e irsuto, con zanne sporgenti e occhi iniettati di sangue. Mi prenderà per i lacci del grembiule e si infilerà il mio corpo in bocca.

Non mi muovo né scappo, ma nemmeno cerco di indagare ulteriormente, dato che la nonna dice sempre: tanto va la gatta al largo che ci lascia lo zampino e, in questo caso, non ho intenzione di essere un felino.

La stanza si fa silenziosa, e io ne sono sollevata. Poi, però, i miei piedi disobbediscono un'altra volta. D'un tratto avanzo furtiva e mi abbasso. È più forte di me: mi sdraio sul pavimento in modo da sbirciare attraverso la fessura nella parete che confina con la stanza accanto. Mi spingo più vicino finché scorgo l'occhio di un troll blu acciaio che sta ricambiando lo sguardo dall'altra parte.

"Aaaaaaaaaaaah!" grido. Una scarica di adrenalina mi percorre il corpo. Mi rialzo in fretta ed esco dalla biblioteca, percorrendo il corridoio proprio mentre sento la porta d'ingresso aprirsi e la signora Grimthorpe ordinare alla nonna di portare dentro le borse.

Mi precipito giù dalla scala principale, saltando due gradini alla volta finché non mi ritrovo, senza fiato, davanti all'entrata, cercando di apparire in ordine.

"Molly?" esclama la nonna, posando a terra le borse della spesa che reggeva sull'avambraccio. "Hai l'aria di chi ha appena visto un fantasma."

Mi aggrappo alla ringhiera nel tentativo di apparire naturale. “Non proprio un fantasma,” rispondo. “Non esattamente.”

8.

Nel sogno sto percorrendo una foresta incantata al termine del sentiero che parte dal nostro cottage di pan di zenzero.

Una pecora dallo sguardo strano mi chiede cosa stia facendo. “Mi sto procurando le medicine per la nonna,” rispondo.

“Faresti meglio a sbrigarti prima che sia troppo tardi,” dice la pecora mentre si affretta lungo il sentiero.

Quando arrivo al cottage trovo la nonna a letto, le coperte le arrivano al mento. “Ho le medicine. Andrà tutto bene.”

“È troppo tardi,” risponde. Solo allora mi accorgo che la persona distesa non è la nonna, ma il signor Grimthorpe: il troll è avvolto in una pelle di pecora e indossa una cuffia bianca.

“No!” grido. “Lei è morto! Vada via e non si faccia più vedere!”

Lui comincia a ridere: è una risata profonda e inquietante. Proprio quando allunga gli artigli per afferrarmi, mi sveglio grazie al trillo del telefono sul comodino accanto al letto.

Non sono una bambina in preda a un incubo, ma una donna nel proprio letto.

Scorro il dito sullo schermo. "Pronto?" dico senza fiato.

"Molly?" dice Juan Manuel. "Hai la voce di una che sta correndo."

"Stavo dormendo," dico sudata e confusa.

"Mi dispiace averti svegliato, *mi amor*. Volevo solo darti il buongiorno e ricordarti di alzarti e brillare."

Sono le parole della nonna. Gli ho raccontato che, da bambina, mi ripeteva questa frase ogni mattina mentre tirava le tende della camera. "Alzati e brilla!" canticchiava allegra come un passero. È morta prima che Juan Manuel potesse conoscerla, eppure in certi modi incomprensibili, alcune parti di lei vivono dentro di lui, proprio come continuano a esistere in me. Questa verità dà conforto ai miei giorni.

"Com'è andato l'evento di Grimthorpe? Sei riuscita a rovinarlo?"

"Cos'ho fatto?" chiedo, mettendomi seduta. Mi ci vuole un istante per rendermi conto che non si sta riferendo all'autore, ma sta usando una di quelle strane espressioni che adora. "Per la cronaca," dico, "non ho rovinato nessuno."

Juan ride. "È andata bene ieri?"

Non voglio mentire, ma se gli dicessi che uno scrittore famoso è deceduto nel salone da tè del Regency lo farei morire di preoccupazione. Conoscendolo, salterebbe su un aereo in men che non si dica e non sarebbe giusto. Non posso aspettarmi che Juan sia con me ogni volta che qualcosa va storto. Sono perfettamente in grado di gestire la situazione da sola. In fondo: sono una governante.

"*Mi amor*? Ci sei? È tutto a posto?"

"E chi ha detto che non è tutto a posto?" domando. "Hai sentito qualcuno dell'albergo?"

"No," risponde. "Non possono chiamarmi. Il signor Snow ha detto al personale della cucina che risolvano i problemi da soli, invece di interpellarmi ogni volta che le cose si mettono male. "

"Proprio così," dico. "Contiamo troppo su di te. È ora che ti prenda una pausa."

"Però ti manco, vero *mi amor*?"

"Certo," dico. "Non sai quanto." Percepisco un nodo alla gola e cerco di ingoiarlo velocemente prima che scappi da qualche parte. "Ora devo andare. Ho tanto da fare oggi."

"Sono certo che te la caverai. Come sempre."

Ci salutiamo commossi e riagganciamo.

Scendo dal letto. Sonno e sogni sono ormai alle spalle: devo prepararmi per la giornata. Non ho idea di ciò che porterà, ma come diceva la nonna: *Cogli le occasioni. Non si sa mai cosa succederà.* Spero solo che riusciranno ad attribuire la morte di Grimthorpe a cause naturali in modo da poter procedere con ciò che facciamo meglio al Regency Grand: fornire agli ospiti il miglior servizio in un luogo sofisticato.

Nel giro di un'ora sto già camminando a passo spedito sotto il sole, sono diretta verso i gradini dell'hotel. In cima alle scale trovo il signor Preston, che indossa il berretto e il soprabito pesante, e sta dando alcune dritte a dei turisti. Indica una via a una giovane coppia, che scende le scale e procede verso la destinazione come se fosse una giornata normale, come se l'hotel non avesse appena subito uno sconvolgimento sismico. Fisso l'entrata e le ginocchia cominciano a tremare.

"Molly!" dice Preston a gran voce appena mi vede.

Salgo le scale e lo raggiungo.

"Ragazza mia, ti ho pensato tutta mattina. Che terribile shock devi aver subito ieri. Tutto a posto?"

"Signor Preston, non sono io la persona che è morta. È un buon motivo per stare bene," rispondo, sebbene non creda del tutto alle mie parole.

"Sia lodato il cielo," dice Preston. "Sono proprio contento che tu sia sopravvissuta al calvario di ieri senza spaventarti troppo. Finalmente ci siamo liberati dello scrittore."

"Liberati?" ripeto. "Non è una cosa bella da dire."

"Riservo le cose belle per quelli che se le meritano," risponde Preston. "E quell'uomo non le meritava di certo."

Un brivido mi raggiunge lo stomaco. Anche la nonna soleva avere sensazioni simili. Le chiamava le "intuizioni."

"Signor Preston," dico. "Lei conosceva Grimthorpe?"

"Non sono sicuro che qualcuno lo conoscesse, dubito che sapesse qualcosa persino di se stesso."

"Lei crede davvero che qualcuno dell'albergo possa averlo ucciso?"

"Un uomo del genere? È possibile."

In quell'istante arriva un taxi dal quale scendono alcuni ospiti. "Molly, sta attenta oggi lì dentro," dice Preston. "Succedono cose che continuo a non capire e, finché è così, è meglio stare all'erta."

È una cosa inconsueta da dire in una conversazione piena di stranezze, ma ultimamente Preston sembra non essere più in sé. Continua a insistere di voler pranzare con me e ciò mi porta a domandarmi se stia bene. È anche più distratto e stanco del solito. Chiede aiuto ai fattorini e si prende delle pause con maggior frequenza.

"Non c'è bisogno di preoccuparsi per me, signor Preston," dico. "Starò bene. Invece dovrebbe prendersi cura di sé."

Lui annuisce e si appresta a scendere i gradini. Io mi dirigo dalla parte opposta, raggiungendo lo splendido atrio del Regency Grand, oltre le porte girevoli. L'albergo è in piena attività nonostante non siano ancora le nove. Gli ospiti si riuniscono in capannelli sui divani dalle tonalità delle pietre preziose. Gli aromi del caffè e del detergente al limone si mescolano nell'aria.

Una fila di nuovi ospiti attende alla reception, mentre i fattorini si muovono avanti e indietro dagli ascensori, occupandosi della distesa di valigie che ingombra l'atrio. È una scena già vista, il giorno dopo la morte del signor Black. Quella mattina l'hotel era pieno. I curiosi della città si erano presentati all'accettazione per prendere parte alla "scena", e ponevano tutti la stessa domanda: Black era morto per cause naturali oppure era successo qualcosa di più sinistro al Regency Grand? Questa volta non è diverso: ieri uno scrittore di fama internazionale è morto, stramazzando sul pavimento della sala da tè, e oggi l'atrio vibra di una strana atmosfera cospiratrice, mentre gli ospiti e il personale dell'hotel si scambiano pettegolezzi.

Mi preoccupano queste chiacchiere sui potenziali sospettati e i possibili criminali che potrebbero circolare in mezzo a noi.

Svolto a destra, allontanandomi dall'atrio, e corro al piano inferiore verso il reparto pulizie, dove trovo la divisa lavata a secco. È appesa allo sportello dell'armadietto ed è avvolta nella pellicola: un nuovo inizio.

La indosso velocemente. Osservo la targhetta di governante sul cuore, quando qualcosa, nell'angolo della stanza, mi spaventa.

"Lily!" esclamo. È immobile, accanto al suo armadietto, immersa nell'ombra. "Mi hai quasi spaventata a morte. Cara ragazza, cosa ci fai qui? Non ti aspettavo, soprattutto dopo ieri. Perché non hai telefonato per dire che eri malata?"

"Perché non sono malata," sussurra. "E c'è qualcosa che devo..."

In quell'istante entra Cheryl, strascicando i piedi in quel modo sciatto e fastidioso che mi fa venire voglia di mozzarglieli.

"Eccola qui, la ragazzina che sta sempre in disparte," dice Cheryl, facendo un cenno del capo a Lily.

"Non sei 'tirata a lucido'? Oggi pulirai il secondo piano, dato che Molly è attesa da un'altra parte."

"Di cosa stai parlando?" chiedo a Cheryl.

"Non te l'ha detto Snow? Ti aspettano al ristorante. Sembra che alcuni camerieri non si siano presentati al lavoro. È il motivo per cui oggi sono il tuo supervisore, Lily. Ordini del direttore." Indica la targhetta storta attaccata al petto prosperoso. "Guarda un po': chi è tornata governante?"

Sento ribollire la rabbia. Non riesco a decidere se raddrizzare la targhetta di Cheryl oppure rifilarle un ceffone. “Sono certa che ci sia stato un malinteso,” assicuro a Lily. “Devo parlare con il signor Snow.”

“Fai pure,” bofonchia Cheryl.

La nonna soleva dire: È *inutile provare ad affrontare i buffoni,* così rimuovo la targhetta di governante e la ripongo nell’armadietto. “Buona giornata, Lily,” dico prima di uscire dallo spogliatoio senza rivolgere la parola a Cheryl.

Salgo le scale a passo svelto: sono più infuocata di una pentola in ebollizione.

Mi faccio strada verso l’atrio e scorgo Snow, accanto alla reception, con indosso il panciotto di velluto nero e una graziosa cravatta a motivo cachemire. Accanto c’è Angela con i capelli rosso fiammante scompigliati.

Li raggiungo. “Sono o non sono la governante di questo albergo?” chiedo a Snow.

Lui sospira, poi raddrizza la cravatta. “È solo per oggi, Molly. Siamo in un bel guaio: ad Angela mancano tre camerieri e abbiamo bisogno di te al ristorante. Ho dovuto affidare a qualcuno il coordinamento delle cameriere.”

“E ha scelto Cheryl?” chiedo. “Perché non mi ha consultato riguardo alla gestione del reparto? Il mondo è improvvisamente sottosopra? E cosa è successo ai camerieri? Si sono dati malati?”

"Sarebbe più preciso dire che si sono dati per spaventati," risponde Angela. "A quanto pare temono ci sia un assassino a piede libero qui dentro."

"È assurdo," dice Snow. "Assolutamente ridicolo."

"Davvero?" esclama Angela. "Se i podcast mi hanno insegnato qualcosa, è che le cose peggiori accadono nei posti più sicuri."

Le labbra di Snow si increspano come se stesse assaporando un limone.

"E poi," aggiunge Angela, "non pensa sia strano che l'assistente di Grimthorpe se ne sia andata subito dopo la scomparsa del capo? Voglio dire: sono contenta che oggi stia venendo qui, ma è comunque un gran casino."

"Come fai a sapere che Serena Sharpe oggi sarà qui?" chiede il direttore.

"Be'," dice Angela. "La scatola che ha con sé riporta il suo nome."

Snow raddrizza gli occhiali all'altezza del ponte.

"A proposito, sembra in gran forma, signor Snow," dice Angela. "Non lo trovi molto elegante, Molly?"

"Proprio così," confermo. "C'è per caso un matrimonio in hotel? O un ricevimento? Signor Snow, come mai si è fatto bello?"

Gli occhi dell'uomo scrutano l'atrio, non saprei dire alla ricerca di chi o cosa.

"Signor Snow?" ripeto.

"Cosa c'è nella scatola?" chiede Angela.

Snow la guarda con trepidazione. "Qualche cianfrusaglia," risponde. "Oggetti dimenticati dopo il trambusto di ieri." Posa il palmo di una mano sul coperchio della scatola.

"Bello! Adoro le cianfrusaglie," dice Angela: afferra il coperchio e lo solleva di colpo, facendo ricadere di lato la mano del direttore. "Guarda qua, Molls!" dice Angela, sbirciando nella scatola.

All'interno c'è una vecchia edizione di un romanzo del signor Grimthorpe intitolato *La cameriera nella villa*, che, a differenza di quelli in vendita all'evento, mostra il disegno originale della copertina: una villa e un occhio che guarda dallo spioncino. Accanto al libro c'è la penna stilografica di Grimthorpe, che riconosco dal firmacopie, così come una Moleskine con le iniziali e una busta sigillata del Regency Grand che riporta il nome di Serena.

"Il messaggio per Serena è da parte mia," dice Snow. "La ringrazio per la fedeltà all'albergo."

"Serena? Di sicuro intende la signorina Sharpe," dico. Sto per lanciarmi in una diatriba sui protocolli da seguire quando ci si rivolge agli ospiti, ma prima di cominciare la lezione, il direttore mi interrompe.

"Lasciatemi chiarire una cosa una volta per tutte," dice. "Serena è innocente come un agnellino."

"Nessuno in questo hotel è innocente," risponde Angela. "Neppure lei, signor Snow." Afferra il romanzo e lo sfoglia finché non trova il frontespizio. "Wow! È una prima edizione," dice. "Deve essere rara."

"Sì, lo è," ammette. "Abbiamo tenuto il volume in una vetrina per promuovere l'annuncio del signor Grimthorpe, insieme ad altri oggetti nella scatola. E comunque Serena ha richiesto che le vengano restituiti."

"Bene, bene. Parli del diavolo..." dice Angela.

In quel momento la Sharpe entra nel Regency Grand, varcando le porte girevoli. È radiosa, per quanto il vestito attillato viola e nero metta in chiaro che è in lutto.

Lascia vagare lo sguardo nell'atrio finché non vede Snow, che fa le fa dei cenni con la mano. La donna si avvicina e non posso fare a meno di notare la stanchezza, o forse la tristezza, evidenziata dalle occhiaie scure sotto le iridi azzurre ed enigmatiche.

"Mia carissima Serena," dice Snow. "Come sta?"

"Sono ancora sotto shock. Non riesco a credere che non ci sia più."

"È comprensibile," risponde il direttore. "Le porgo le mie più sentite condoglianze e se dovesse aver bisogno di un supporto emotivo in questo momento difficile, sappia che può contare su di me."

Quello che accade dopo mi sorprende: Snow posa una mano sul braccio della Sharpe. Vorrei fargli notare che si tratta di una violazione delle regole dell'albergo, illustrando le linee di condotta tra gli ospiti e i dipendenti (norme che provengono dallo stesso Snow), ma prima che apra bocca, la Sharpe si scosta, divincolandosi dalla mano.

"Volevo chiederle se ha qualche aggiornamento su come è morto il signor Grimthorpe. La polizia ha scoperto qualcosa?" La voce trema.

"Temo di no," dice Snow. "Mi dicono che ci vorranno un giorno o due prima di ottenere i risultati dell'autopsia."

"A dire il vero, signorina Sharpe," mi intrometto. "Ieri la detective Stark la stava cercando. Voleva sapere cosa stesse per annunciare il signor Grimthorpe prima di morire."

"Lo so," risponde lei. "La detective mi ha lasciato una dozzina di messaggi sul telefono."

"Magari potrebbe richiamarla," suggerisco.

Il viso della signorina Sharpe rimane pietrificato. "Veramente ora sto andando in stazione," dice.

Con la coda dell'occhio noto qualcuno passare rapidamente. Mi volto e vedo Lily nell'angolo più buio dell'atrio. Ha in mano un piumino per spolverare e si trova sotto il maestoso scalone tra i divani color smeraldo. Mi chiedo perché sia lì quando dovrebbe essere al piano superiore, a pulire le camere?

"Per quanto tempo ha lavorato al servizio del signor Grimthorpe?" domanda Snow alla Sharpe.

"Poco più di un anno," risponde. "Mi ha assunta come assistente dopo la morte della segretaria precedente. Non ho idea di cosa farò ora che lui non c'è più."

In quell'istante, Cheryl entra nell'atrio, spingendo un mocio scolorito. Perché l'ennesima cameriera è qui quando dovrebbe essere al piano di sopra? Snow ha lo stesso pensiero e guarda Cheryl con disapprovazione. Apre la porta, ma prima che riesca a chiamarla, un suono acuto ci travolge. Alzo le mani a coprire le orecchie: è scattato l'allarme antincendio. Gli ospiti e i dipendenti cominciano a spintonarsi e correre in varie direzioni.

Avverto una mano sul braccio. È Angela, che mi guida verso l'uscita. Siamo circondate da un gruppo di persone che cerca di varcare le porte girevoli. Poco dopo raggiungiamo la sfarzosa scala, dove il suono dell'allarme non è così assordante.

Una marea umana si riunisce intorno a noi.

"Cosa sta succedendo?"

"Cos'è stato?"

"C'è un incendio?"

In mezzo al caos, il signor Preston invita la gente alla calma, accompagnando dei gruppi verso il marciapiede.

Il suono cessa improvvisamente. Snow oltrepassa di corsa le porte girevoli e urla verso le scale. "Tutto a posto! Falso allarme! Potere rientrare al Regency Grand!"

I sospiri di sollievo si innalzano intorno a noi.

"Davvero emozionante," esclama Angela.

"Non proprio," rispondo. "È stato stressante e faticoso."

"Dài, su," dice Angela. "Ora è tutto finito. Torniamo dentro."

La seguo sui gradini e attraverso le porte. Ci dirigiamo alla reception, nella stessa posizione di poco fa.

Il signor Snow si precipita da noi. Gli occhi scrutano l'atrio. "Dov'è andata?" chiede. "Dov'è Serena?"

"Ne so quanto lei," risponde Angela.

È a quel punto che osservo il banco alle spalle. A quanto pare la Sharpe non è l'unica a mancare all'appello. È sparita anche la scatola contenente la prima edizione.

9.

Prima

Torno con la mente alla minuscola cucina nella quale, da piccola, io e la nonna condividevamo i pranzi. È la mattina successiva all'incontro con l'occhio d'acciaio del troll che vive dietro la parete della biblioteca. Mi sono spaventata? Sì. Sono scappata di corsa? Sì. Però il troll non mi ha mangiato. Non mi sono pietrificata o liquefatta sul colpo. Ho affrontato il mostro e sono sopravvissuta.

Oscillo le gambe sotto il tavolo logoro. La nonna appoggia due scodelle fumanti di porridge alla cannella. Respiro quell'aroma che, ancora oggi, associo alle immagini della casa e della bontà.

"Se fossi ricca come spenderesti i soldi?" le domando tra una cucchiaiata e l'altra.

"Li investirei in una scuola privata per te, con insegnanti gentili e pazienti. Una casetta tutta nostra, senza conti da pagare né proprietari e due sedie comode accanto al camino."

"Quando saremo ricche potremo gustare il tè con i pasticcini alla crema ogni giorno?"

"Ogni giorno."

"Raccontamelo ancora, nonna. Cos'è successo alla mamma?"

La richiesta salta fuori dal nulla e la coglie di sorpresa. Posa il cucchiaio. "Tua madre ci ha lasciate," dice.

"Questo lo so," rispondo, cercando di recuperare un ricordo del viso, ma in testa ho il vuoto. Tutto ciò che riesco a rievocare è una fotografia incorniciata che la nonna tiene in salotto. Ritrae mia madre quando aveva qualche anno più di me.

"La mamma era tormentata dai dèmoni," dice la nonna. "Si è persa in un labirinto, ogni tanto alla gente succede. Quando capii che era stata portata via da una persona poco raccomandabile, era troppo tardi per salvarla."

Penso al troll della villa. Non sembra spaventoso quanto i dèmoni di mamma o la creatura che l'ha fatta volare via. Si possono combattere soltanto i mostri che si vedono, oppure si può scappare. Ma quelli invisibili sono ineludibili.

Giro il cucchiaio nella scodella. "Nonna, cosa succede se muori?"

Lei spalanca gli occhi. "Bambina mia, io non morirò."

"Questa è una bugia," dico, mentre lascio cadere il cucchiaio nel piatto per protesta.

"Hai ragione. Un giorno morirò. Ma non a breve. E anche quando me ne sarò andata, non ti lascerò. Non mi vedrai, ma continuerò a essere con te, per sempre."

"Come un fantasma?"

"Proprio così. Come un amico fantasma che viene a farti visita per il resto dei giorni, ricordandoti di lavarti i denti una volta finita la colazione." Sorride e mi sfiora la guancia con un palmo.

Prendo la scodella vuota e la sistemo nel lavello, poi percorro di corsa il corridoio verso il minuscolo bagno nel quale mi lavo i denti, seguendo le istruzioni. Qualche minuto dopo trovo la nonna davanti alla porta.

"Andiamo alla villa," dice. Si inginocchia, allacciandosi la scarpa destra. Quando ha finito, solleva lo sguardo verso di me. "Molly, prometti di dirmi se ti sentirai infelice alla villa?" Ha gli occhi tristi.

"Infelice? Nonna, amo quel posto. Adoro pulire."

"Hai fatto una buona impressione alla signora Grimthorpe con tutto quell'argento che hai lucidato ieri. Ti ha definito 'disciplinata e accondiscendente' che, per una come lei, è un complimento. Ha una sorpresa per te oggi."

"Una sorpresa?" chiedo. "Che cos'è?"

La nonna si alza e mi dà un pizzicotto sulle guance. "Vedrai."

Usciamo di casa e ci incamminiamo lungo tragitto. Trascorro il tempo del viaggio pensando a quale sorpresa una come la Grimthorpe potrebbe avere in serbo per me. Un pigiama grigio di seconda mano? Un pezzo di carbone in una calza rammendata? Un ragno peloso in un vasetto?

Quando la signora apre la porta d'ingresso, lo annuncia immediatamente. "Io e tua nonna abbiamo fatto una chiacchierata l'altro giorno durante le commissioni. Siamo giunte a una conclusione."

"Su cosa?" chiedo.

"Su di te," risponde la Grimthorpe. Gli occhi si restringono fino a diventare degli spilli e mi inchiodano come una farfalla in una bacheca. "Io e il signor Grimthorpe abbiamo sempre creduto che le cattive abitudini possano essere corrette e che un bambino educato sia preferibile a uno straccione."

"S-T-R-A-C-C-I-O-N-E. Significa vagabondo?"

"O scansafatiche," dice la nonna.

"La plebe," aggiunge la donna in tono insindacabile.

"Quello che la signora Grimthorpe sta dicendo," spiega la nonna, "è che tutti i bambini, e persino gli adulti, sono in grado di imparare: è solo che alcuni hanno bisogno di apprendere a modo loro e un'istituzione come una scuola non è un luogo adatto a tutti."

"Nessun adulto o bambino che sia dovrebbe sprecare l'opportunità di migliorarsi," chiosa la padrona di casa.

"Inclusa lei, signora Grimthorpe?" chiedo.

Le mani della donna si sistemano sui fianchi e i gomiti appuntiti sporgono pericolosamente in fuori. "Voglio che tu sappia," dice, sbuffando, "che ci sono due donne davanti a te che si sono sacrificate per il miglioramento di un loro caro, un giorno capirai, anche se è evidente che, al momento, la tua mente è talmente infarcita di sciocchezze che non c'è spazio per altro."

"Sta cercando di dire questo," interviene la nonna, "ieri hai pulito così bene l'argento che la signora Grimthorpe, nella sua *infinita gentilezza*, vuole *ricompensarti*. È così, signora?"

Il viso della donna si contorce: persino un complimento è in grado di farle venire le convulsioni. "Al piano superiore abbiamo una biblioteca," dice alla fine. "È piena di volumi. Io e il signor Grimthorpe abbiamo sempre creduto che i libri siano in grado di riabilitare chiunque. Mi è parso di capire che ti piace leggere."

Annuisco.

"Molto bene. D'ora in poi trascorrerai metà giornata a pulire e l'altra metà a leggere. Se non frequenti la scuola, il minimo che puoi fare è essere un'autodidatta."

Non posso crederci: è troppo bello per essere vero. Guardo la nonna per avere conferma: sorride e annuisce.

"Seguimi," dice la Grimthorpe. "Andiamo in biblioteca."

"So dove..." Mi fermo appena in tempo. "Sì, signora," dico.

La Grimthorpe sale la scala principale, che scricchiola a ogni passo. Mi trascino dietro di lei. In cima al primo piano guardo fuori dalla finestra e vedo la signora vestita di blu camminare verso un lato della villa, proprio come il giorno prima.

"Dov'è il suo ufficio?" chiedo.

"L'ufficio di chi?" domanda, fermandosi.

"Il suo," rispondo, indicando l'elegante signora con il foulard e i guanti blu, che sta entrando dalla porta laterale.

"Non ti riguarda minimamente, signorina. Chiaro?"

Voglio mantenere la serenità raggiunta: annuisco e tengo la bocca chiusa.

La Grimthorpe si avvia verso la successiva rampa di scale e la seguo. Una volta guadagnato il piano, percorriamo il corridoio che avevo già attraversato da sola. Le luci del soffitto seguono i passi come per magia: si accendono durante il passaggio e illuminano la carta da parati damascata. È strano quanto il disegno, che l'ultima volta era infestato di occhi maligni, si sia trasformato in un raffinato motivo cachemire. Oltrepassiamo una camera dopo l'altra, ma nessun ufficio, finché approdiamo alla soglia della biblioteca mozzafiato. La signora Grimthorpe entra e tira i tendaggi drappeggiati di velluto, scoprendo la finestra sulla parete. La luce del sole si riversa nell'ambiente e le particelle di polvere danzano nell'aria come spiritelli. I miei occhi puntano verso la crepa sulla parete di fronte a me. Oggi non ci sono raggi di luce che filtrano e non si avverte alcun rumore provenire dall'altra parte. Per un attimo mi chiedo se ieri la mente non mi abbia fatto uno scherzo. Magari il troll non esiste ed è stato un prodotto della fantasia.

"Ciò che vedi è una collezione privata di edizioni rare, le più preziose che ti capiterà di trovare nel mondo, in lingua inglese," dice la donna. "Il signor Grimthorpe ha studiato ogni libro di questa stanza e ognuno ha ispirato i suoi interessi letterari. È un uomo erudito che si è guadagnato un'ottima reputazione grazie a un sapere onesto. È un privilegio per una ragazzina come te poter accedere a una stanza come questa. È chiaro?"

"Sì," rispondo. "Capisco."

"Tua nonna ti reputa una grande lettrice, sebbene abbia il sospetto che sia incline all'esagerazione e a un'eccessiva cecità filiale."

Scruto la mensola sul muro davanti a noi in cerca di un dizionario sul quale controllare diverse parole che la signora ha appena pronunciato. Ne individuo uno e allungo una mano per afferrarlo.

"No!" sbotta la donna. La potenza del rimprovero mi costringe a indietreggiare.

"Non devi mai toccare la quarta parete," mi ordina. "Puoi prendere i libri da questa parete e dall'altra, ma non sfiorare il muro davanti a te. Chiaro? Quei volumi sono oggetti da collezione e non ti permetterò di rovinarli come hai fatto con il Fabergé."

Alzo lo sguardo verso il viso tirato: sembra un sacchetto di carta stropicciato. Non riesco a trovare la voce, così annuisco.

"Potrai leggere qui per alcune ore. Dopo il tè tornerai a occuparti dell'argento al piano inferiore. Impiega bene il tempo che hai a disposizione, Molly. Sprecare una mente acuta è una cosa terribile. Le opportunità per migliorare sono preziose."

Gira i tacchi, percorre a passo di marcia il corridoio damascato e scende lungo lo scalone principale, mentre le luci si affievoliscono dopo il passaggio.

Attendo che scompaia prima di osservare la biblioteca. Non riesco a credere a quanto sia fortunata. Perché mi è stato dato il permesso di leggere? Mi avvicino alla parete opposta, una delle tre che posso toccare. Scorro i dorsi dei libri con le dita: *Assassinio sull'Orient Express*, *Il mastino dei Baskerville*, *Grandi speranze.* Rimuovo quest'ultimo con l'indice e porto il pesante tomo indaco verso la chaise longue, dove mi accomodo con un balzo. Apro la copertina e comincio.

Inizio a conoscere un orfano sfortunato di nome Pip, quando sento dei passi scricchiolanti provenire dalla quarta parete. Avverto un clic e poi la luce si diffonde dalla fessura nel muro, gettando una ombra sul pavimento.

Rat-a-tat-tat-tat.

Ancora una volta il rumore della macchina per scrivere.

"Maledetto e dannato aggeggio! Porcheria e assurdità," è il ringhio di un troll affamato dall'altra parte della parete proibita.

Chiudo il libro e mi avvicino in punta di piedi. So che non dovrei, mi è stato detto di non toccare, tuttavia poso la mano sull'Oxford Dictionary e premo l'orecchio contro l'*Atlante del mondo* per ascoltare il troll. Non appena la mano lo tocca, la parete si apre di scatto.

"Aaaaaaaaaaah!" grido, balzando indietro.

"Waaaaaaaah!" mi raggiunge un'eco profonda.

Prima di riuscire a capire ciò che è successo, mi trovo di fronte un uomo rachitico, seduto dietro una sontuosa scrivania di mogano tra due pile di Moleskine. I capelli sale e pepe sono in disordine, gli occhi blu acciaio stanno perforando i miei con uno sguardo che, se non sbaglio, tradisce un'intenzione cannibale o una confusione totale.

La mano trema sull'Oxford Dictionary, ma non posso lasciarla perché l'intera libreria è, in realtà, una porta nascosta che tengo aperta.

"E tu, chi diavolo sei?" domanda l'essere di fronte a me, impugnando una penna stilografica nera e dorata. La brandisce sopra la testa come fosse un coltello. Non saprei dire se abbia intenzione di pugnalarmi o prendere appunti, ma quando osservo la mano, mi accorgo che non sono l'unica a tremare.

"Parla!" tuona. "Cosa ci fai qui?"

Temo che la mia vita dipenda dalla risposta, anche se non so cosa dire.

"Mi.... Mi dispiace di averla interrotta," dico. "Non ho intenzione di farle del male."

"Chi sei?" borbotta. "Chi si occupa di te?"

"Mia nonna?" dico. "Lavora qui."

"La cameriera?"

"Sì. Sono la nipote. Mi chiamo..." all'improvviso ricordo che la nonna mi vieta di rivelare il nome agli sconosciuti.

"Mi chiamo Pip," dico, accompagnando le parole con un inchino precario.

"In questo caso, mi aspetterò grandi cose da te."

Lo guardo per una frazione di secondo, temendo che possa trasformarmi in polvere. "È un troll o un uomo?" chiedo con voce tremante.

"Molto stimolante. Non mi hanno mai rivolto questa domanda in modo così diretto. Sono entrambe le cose, credo," dice. "Sono colui che ha la fama di essere un misantropo."

"Misanthorpe," ripeto. "M-I-S-A-N-T-H-O-R-P-E."

"Non è corretto. Lo hai confuso con Grimthorpe. Hai invertito due lettere."

Osservo attentamente la creatura: è magro e privo di peli sul viso. Ha la pelle diafana, i denti dritti e puliti, non delle zanne assetate di sangue. Ha i capelli scompigliati ed è vestito bene: indossa una camicia blu con il colletto dai bottoni sulle punte, i pantaloni stirati e le pantofole di velluto a coste con le iniziali.

I miei occhi schizzano nella stanza spartana e studiano i dettagli. Nell'angolo c'è una poltrona da lettura inondata da pile di giornali. C'è la scrivania con le torri di Moleskine e uno scaffale di volumi, sulla parete opposta, che mostra i dorsi con il nome di J. D. Grimthorpe.

Nonostante sia tutt'altro che ordinato, nello studio non ci sono ossa di bambini o fiammiferi sparsi sul pavimento. Non c'è alcuna prova evidente di mostruosità.

"Lei non è un troll," dico. "È un uomo: è il signor Grimthorpe, lo scrittore molto importante che non dovrebbe essere disturbato."

L'uomo mi scruta a braccia conserte. "È quello che ti ha detto mia moglie?"

Annuisco.

"Bene, allora," risponde. "È un grande privilegio, per te, trovarti di fronte a un'eccellenza così venerata." Si alza dalla scrivania e si inchina. "Immagino che ti abbia detto anche di non entrare mai nello studio." Getta la penna appuntita sulla scrivania, con mio grande sollievo. Si sistema davanti al tavolo, appollaiandosi in mezzo alle pile pericolanti di Moleskine con le iniziali. Mi punta addosso gli occhi blu, uno dei quali avevo visto attraverso la fessura sotto la porta, sebbene non sia certa di quale dei due si trattasse.

"Non volevo disturbarla," spiego. "Ho sentito una voce. Non sapevo che lo studio fosse dietro la parete. Ero seduta nella biblioteca a leggere un libro."

"Cosa stavi leggendo?"

"Una storia su un bambino senza madre né padre, proprio come me."

"Sì, certo: *Grandi speranze*. Precoce."

"Precoce," ripeto. Conosco questa parola. Sono già stata definita così. "Significa: perspicace, intelligente. Più avanti dei coetanei."

"Ovviamente," risponde.

Comincia a passeggiare davanti alla scrivania, lanciandomi delle occhiate penetranti. "Così ti piace leggere," dice.

"Sì, molto," rispondo. Mi tremano le ginocchia, ma evidentemente non sono collegate alla bocca perché, nonostante il terrore, sono ancora in grado di parlare.

"*Chi* ti piace leggere?" chiede.

È talmente alto e nodoso che sembra formato da angoli acuti, e tuttavia si muove con grazia. Sta aspettando che risponda a una domanda impossibile.

Frugo nella mente in cerca delle parole giuste, finché un'idea si affaccia come una bolla sulla superficie dell'acqua. "Leggere mi aiuta a capire le cose," dico. "E le persone. Mi piace visitare altri mondi."

"Non ti piace quello in cui abiti?"

"No, non sempre."

"Hmm." Sbuffa e appoggia un gomito su una delle pile di Moleskine. "Allora il misantropo e la ragazzina hanno qualcosa in comune."

Di colpo il viso si rabbuia come il cielo prima di un temporale estivo. Mi ci vuole un istante, ma racimolo il coraggio necessario. "Io le ho spiegato perché leggo," dico. "E lei perché scrive?"

L'uomo si gratta la testa, fa una pausa. "Scrivo per dimostrare che sono in grado di farlo e per esorcizzare i dèmoni. Il mio nome vivrà nell'olimpo alla stessa stregua degli altri scrittori della biblioteca: *in perpetuum*."

"Vale a dire?"

"Per sempre," risponde.

"Ma lei è già uno scrittore famoso. Non è abbastanza?"

Le braccia si incrociano contro l'esile petto. "Nessuno ti ha mai detto che hai una capacità inquietante di mettere il dito nella piaga?"

"La nonna sostiene che sia necessario."

"Hmm. Mi ha detto la stessa cosa," risponde. "Non sanno che sei qui, vero? Tua nonna e mia moglie?"

Scuoto la testa.

"Non sarebbero contente. Il grande scrittore non deve essere disturbato. È lunatico, imprevedibile, un tiranno iracondo e creativo di mezza età che è diventato astemio da poco e ha una tendenza a perdere le staffe senza ragione. Inoltre è impegnato a ridefinire il genere poliziesco dell'età contemporanea."

"Così sta scrivendo un nuovo libro?"

"Certo. A cosa credi che servano tutte queste Moleskine?" Ne afferra una dalla pila, si avvicina a grandi passi e me la mette tra le mani.

Apro con prudenza il taccuino a una pagina a caso. È costellato di scarabocchi. Mi concentro sulle parole, anche se non riesco a capire ciò che leggo. È in un'altra lingua, oppure in una specie di codice impossibile da decifrare.

Prima di avere il tempo di chiederglielo, me lo sottrae dalle mani, lo richiude e lo sistema sulla pila.

"Non è facile, sai," dice. "Concepire un capolavoro, un libro in grado di superare la prova del tempo." La voce ha abbandonato il tono rabbioso. Di colpo assomiglia a un bambino capriccioso. Mi ritorna in mente il momento nel quale ho posato per la prima volta gli occhi sul Fabergé nel salotto: un tesoro ricoperto di gioielli, nascosto sotto secoli di sudiciume, eppure l'ho visto per ciò che era.

"È questione di saper lucidare," dico. "Con la maggior parte delle cose, si tratta di rimuovere l'opacità per rivelare lo splendore."

L'uomo mi fissa con gli occhi socchiusi e compie un paio di falcate nella mia direzione. Si china con l'intento di guardarmi alla stessa altezza dei miei occhi. È a distanza di un braccio, ma non ho paura. Non più: lo vedo per quello che è. Non è né un troll né un mostro. È soltanto un uomo.

"Sei una filosofa in erba?" chiede. "Un giullare di corte? Un buffone di palazzo? Colei che riesce a dire ciò che gli altri non osano esprimere?"

"La nonna dice che ho una saggezza che va oltre i miei anni."

"La cameriera che sa tutto. C'è splendore anche sotto l'opacità." Si rimette dritto. "Potrai farmi visita in qualunque momento, a patto che non ti metti tra i piedi."

"I suoi piedi non sono nemmeno grossi o pelosi come me li ero immaginati," rispondo. "Signor Grimthorpe, posso farle un'altra domanda?"

"Certo che puoi, signorina Pip."

"Dov'è la donna con indosso il foulard e i guanti blu? La sua assistente."

"In ufficio, a eseguire gli ordini."

"Batte a macchina quello che c'è scritto sulle Moleskine?"

"Naturalmente," risponde.

"Ed è tutto ciò che fa?"

A quel punto accade qualcosa: il viso si rabbuia di nuovo e gli occhi diventano piccole fessure. "Chi credi di essere? Certo: è tutto ciò che deve fare! Adesso *fuori di qui*!" tuona.

Non riesco a muovermi. Vorrei fuggire, ma è come se fossi pietrificata.

"Mi hai sentito o sei un'imbecille? Ho detto FUORI!" ringhia.

I piedi si staccano dal pavimento ed esco di corsa dalla stanza. La porta segreta si richiude, sbattendo dietro di me, e torna a essere una parete di libri. Mi ritrovo in biblioteca, da sola e senza fiato, con il cuore che batte nelle orecchie. Non ho idea di quale errore abbia commesso né capisco in che modo possa averlo offeso.

"Molly?" sento. È la voce della nonna, che riecheggia sulle scale.

"Mi dispiace interrompere la lettura, potresti scendere? È l'ora del tè!"

"Arrivo!" rispondo a gran voce.

Afferro il libro sulla chaise longue e lo ripongo sulla mensola. Lancio un'ultima occhiata al fascio di luce che si riversa sul pavimento dallo studio dietro la parete. Poi, con una sensazione di nausea alla bocca dello stomaco, mi precipito fuori dalla biblioteca e mi metto in salvo, correndo verso la nonna e la sala da tè.

10.

Il signor Snow, Angela e io torniamo nell'atrio dell'hotel. L'allarme antincendio è terminato e l'ordine è ristabilito.

Stiamo fissando uno spazio vuoto sul banco della reception, un'area dove meno di un'ora fa c'era una scatola con la prima edizione del romanzo più famoso del signor Grimthorpe, la penna stilografica, una Moleskine nera con le iniziali e un biglietto di ringraziamento dedicato a Serena Sharpe.

"La scatola," dico. "Era qui… e adesso non c'è più."

"Vedi?" dice Angela. "Non si è mai troppo prudenti al giorno d'oggi. I criminali sono ovunque."

"Non c'è nulla di criminale in questa faccenda," commenta Snow. "È ovvio che Serena era di fretta e se n'è andata con la scatola per la quale era venuta. Angela, non c'è bisogno di trasformare tutto in una cospirazione."

In quell'istante, Cheryl fa capolino dalle porte girevoli del Regency Grand, urtando goffamente gli ospiti con il mocio bagnato, mentre avanza verso di noi con la solita andatura trasandata.

Quando ci raggiunge, si ferma e si appoggia al mocio. "Dannati allarmi antincendio," dice. "Dovremmo sbarazzarcene."

Snow si sfila gli occhiali e si massaggia in naso all'altezza del ponte. "Cheryl, in un albergo sicuro, gli ospiti dormono bene." È una citazione dal *Manuale di una cameriera* e sentire pronunciare le parole che ho scritto mi riempie di orgoglio. Lei, però, rovescia gli occhi all'indietro: è un miracolo che non si senta svenire.

"Dov'è la donna di Grimthorpe?" chiede.

"Non è il modo nel quale noi ci rivolgiamo agli ospiti dell'albergo," replica Snow. "Non dovresti essere di sopra a pulire le camere? Non so cosa tu stia combinando qui."

"La stessa cosa vale per Lily," dico. "In qualità di supervisore temporaneo, dovresti tenerla d'occhio. Non so perché fosse qui, prima."

"Non c'era, infatti," insiste Cheryl.

"Invece sì, era là." Indico il punto vicino allo scalone dove si trovava Lily con il piumino per spolverare.

"Hmm," esclama Angela. "Proprio accanto alla leva dell'allarme antincendio."

Il signor Snow batte le mani. "D'accordo: basta così. Non avete del lavoro da sbrigare in questo albergo? Forza, andatevene. Molly, tu devi aiutare Angela al ristorante e sarà solo per oggi, come ti ho già assicurato."

Cheryl fa una smorfia e trascina il mocio verso gli ascensori, mentre io e Angela ci dirigiamo verso il Social Bar & Grill.

Una volta fuori da sguardi indiscreti, Angela mi afferra le spalle e mi spinge sotto una rientranza.

"Ma cosa fai?"

"Molly, devo dirti una cosa," mi confida, scostando una ciocca ribelle dai grandi occhi. "Non siamo a corto di personale, avevo bisogno di portarti via per avvertirti. Sei nei guai, lo capisci? Lo siamo *tutti quanti*."

"Ma che dici?"

"Ho sentito la detective parlare con gli agenti: pensano che Grimthorpe sia stato ucciso. Ieri sera hanno interrogato lo staff della cucina e del ristorante. Hanno stilato un elenco di potenziali indiziati ancor prima di avere l'esito dell'autopsia. Stavano facendo dei nomi."

"Il mio?" chiedo.

"Eh eh," risponde.

"Ne hanno fatti altri?" domando, temendo la risposta.

"Il tuo delicato fiorellino," risponde. "Lily."

La vista comincia a offuscarsi. È sempre così: ogni volta che la vita diventa troppo pesante da gestire mi sento avvolgere da un velo scuro, che mi allontana dal presente.

"Molly!" esclama Angela, scuotendomi le spalle. "Non svenire davanti a me. Non preoccuparti: ho un piano."

"Un piano?" dico ad Angela, che oscilla davanti a me in triplice copia.

"Un'idea che ci consente di essere un passo avanti. Lascia che te la riveli, è tutta la vita che mi sto preparando a questa possibilità."

A dire la verità non ho idea di ciò che sta cercando di dire, ma almeno il mondo ha smesso di girare. "A cosa ti stai preparando?"

"Omicidi, crimini, indiziati, moventi e alibi." Scuote la testa come se fosse l'affermazione più ovvia del mondo. "A volte le situazioni di merda capitano per una buona ragione, Molls, sai cosa intendo?"

"Sì. La nonna diceva la stessa cosa, ma senza parolaccia."

"Molly, sono una barista: la gente mi racconta tutto. E ciò che non mi dicono, lo ascolto di nascosto. Hai presente quelle gattare fuori di testa, le fan del signor G?"

"Le GREGGI," dico. "Non sono delle gattare... almeno non tutte. Sono delle lettrici patite del genere giallo."

"Fa lo stesso. Arriveranno al Social per fare colazione da un momento all'altro. Se c'è qualcuno che conosce la verità su Grimthorpe, sono proprio loro. Lo hanno perseguitato da quando sono arrivate."

"E quindi, cosa dovremmo fare? Sottoporle a un interrogatorio durante la colazione?"

"Più o meno. *Tu* farai delle domande. Ho pensato a tutto."

"Angela, sei fuori di testa?"

"No," sospira lei. "Senti, devi fidarti di me. Ieri un uomo è morto. Le situazioni di merda continuano a riproporsi qui dentro e poi Snow ha dei sospetti sulla Sharpe… anche se non sono certa sia davvero un'assistente, capisci…"

"Per la cronaca," dico, "No: non comprendo nulla di ciò che stai dicendo."

"Fa lo stesso. Ti ricordi quando ieri eri fuori dalla sala da tè con la detective?"

"Sì."

"Ho sbirciato dal ristorante e ti ho vista. Quando le GREGGI sono venute a bersi un drink serale, ho detto loro una cosa."

Una volta tanto Angela smette di parlare. È così strano che si può definire un miracolo. "Che cosa?"

"Ho detto che in albergo stai facendo un lavoro… in incognito… in qualità di cameriera. Ho fatto capire loro che hai lavorato sotto copertura per garantire una maggiore protezione a Grimthorpe. Può darsi che abbia detto che lavori con la Stark e sei una detective."

"Non è vero. Ti prego, dimmi che non l'hai fatto."

"Ebbene sì," risponde Angela, la bocca si piega verso l'alto in un sorriso così incoerente che mi fa venir voglia di urlare.

"Hai mentito. Su di me!"

"Per il tuo bene, Molly. Così possiamo fare squadra."

"Non voglio far parte di nessuna squadra," dico.

"Perché no? Dobbiamo trovare il vero assassino prima che la Stark scarichi la responsabilità su uno di noi. Sai bene quanto sono inetti gli sbirri," implora. "Dicono di essere i garanti della giustizia, ma è davvero così? Saltano alla conclusione sbagliata e ogni volta gettano la colpa su di noi."

"È assurdo, è un piano campato per aria che ci rovinerà entrambe."

"Molly", continua Angela, dimenando un dito davanti al mio viso. "Sarò anche una dilettante, ma non commetto errori e sono un'abile investigatrice. Sono sempre stata brava a trarre le giuste conclusioni. Se lavoriamo insieme batteremo sul tempo quell'arrogante della Stark e la squadra di scagnozzi. E poi, ora che le GREGGI sanno che lavori sotto copertura, ti diranno tutto. Fidati di me, d'accordo?"

Prima di avere il tempo di replicare, qualcosa nell'atrio attira l'attenzione di Angela. "Eccole," dice. "Sono in anticipo."

Due donne dall'aspetto familiare, guidate dalla leader delle GREGGI coi capelli ricci e la bandierina in mano, si dirigono al ristorante.

"Ehilà!" sentiamo, prima che riesca a dire un'altra parola. La presidente sta agitando la bandierina. "Detective, la prego di unirsi a noi per colazione."

Vorrei correggerla, dirle chi sono, ma le unghie di Angela mi si ficcano nel braccio talmente in profondità da impedire alle parole di uscire.

“Siete state gentili a invitare Molly,” dice Angela mentre si avvicinano. “Venite, vi accompagno.”

“Siamo felici di collaborare,” dice la leader. “Abbiamo una responsabilità verso J.D. Vogliamo aiutare lei e… la detective,” sussurra, indicandomi.

“Sono soltanto una cameriera,” dico. “Niente di più.”

“Ovvio,” dice la presidente. I riccioli grigi rimbalzano su e giù mentre annuisce.

“Assolutamente,” ribadisce un’altra componente delle GREGGI, la più minuta delle tre, con i colpi di luce fucsia tra i capelli. “Sta facendo un lavoro meraviglioso nel tenere un profilo basso. Proprio l’altro giorno l’ho vista pulire la mia camera. Sono colpita da quanto, voi detective, vi sforziate per rimanere in incognito. È davvero impressionante.”

“Sono d’accordo,” dice la terza donna dai capelli grigi, che indossa il raccapricciante maglione marrone ricoperto di peli di gatto.

E così, nonostante le ripetute proteste e i tentativi di fare chiarezza sulla mia vera identità, mi ritrovo seduta al Social a fare colazione con le GREGGI, convinte di avere davanti una detective.

“Voi quattro potete sedervi qui,” dice Angela una volta entrate nel ristorante, indicando un tavolo libero vicino al bar. "Così posso occuparmi di voi." Afferra alcuni menu sul bancone e li distribuisce alle signore.

"Prego," dice la donna con il maglione marrone: mi offre la sedia e mi fa cenno di accomodarmi. "A proposito, sono Beulah," annuncia, prendendo posto accanto a me. "Beulah Barnes, la biografa di J.D. Grimthorpe."

"La biografa *non autorizzata*," la corregge la portabandiera, accomodandosi di fronte a me. "E io sono Gladys: agente letteraria e presidente delle GREGGI. La donna dai capelli rosa è Birdy, il tesoriere ufficiale. Le altre sono laggiù, le chiamiamo le mattiniere." Da una parte all'altra del ristorante avverto diversi occhi che mi scrutano.

"Porto il caffè a tutte," dice Angela.

"Per me tè," dico.

"Torno tra un attimo," risponde Angela, e sussurra solo a me, "Molly, durante la mia assenza *fai delle domande*. E ricordati: sei qui per questo."

Mi strizza l'occhio e scappa via. Le tre donne mi fissano, lasciandomi senza la minima idea su cosa dire. Mi passa per la testa una domanda. "Mi stavo chiedendo come mai siete ancora qui," dico. "In albergo, intendo. Non credo ci saranno altre presentazioni di libri dopo quello che è successo ieri."

"Quando c'è gioia, la festeggiamo insieme. Quando c'è dolore, ci rattristiamo insieme," dice la presidente.

Le altre annuiscono.

"Inoltre," dice Beulah. "Vogliamo ottenere delle risposte su J.D. tanto quanto lei. Sarà un'orribile nota biografica a piè pagina se viene fuori che si tratta di..."

"Omicidio," strilla Birdy, finendo la frase di Beulah. È l'unica parola che la donna ha pronunciato da quando siamo sedute.

Nel frattempo Angela fa capolino con tre caffè e un tè. Li posa sul tavolo. "Pronte a ordinare?"

Le GREGGI ordinano la stessa cosa: *Le Grand Oeuf*, la colazione più abbondante del menù.

"Cosa prendi, Molly?" chiede Angela.

"Niente."

"Sta lavorando," spiega Angela.

"Molto professionale," chiosa Gladys, la presidente. "Abbiamo una domanda per lei, Molly. Ha capito cosa stava per annunciare il signor Grimthorpe durante l'evento?"

"Non lo sappiamo," risponde Angela. "Cioè, *le autorità* non lo sanno," dice, rivolgendosi verso di me. "Ma ci piacerebbe sentire le vostre teorie."

"Oh, no, ci risiamo," dice Beulah.

"La questione è molto controversa," dice Gladys, versando un cucchiaino di zucchero nel caffè.

"Non siamo sempre d'accordo," aggiunge Beulah, rimuovendo dal petto dei peli di gatto che si sollevano nell'aria.

"La mia teoria," suggerisce Gladys, "è che J.D. fosse sul punto di annunciare il seguito del bestseller più famoso."

"*La cameriera nella villa 2*," interviene Birdy. "Lo sapete che da ieri il prezzo d'asta per una prima edizione è schizzato a un cifra composta da cinque numeri?"

"Collezionisti," sbuffa Beulah da dietro un alone di peli. "Che razza di avvoltoi!"

"Voi non siete delle collezioniste?"

"Siamo molto di più. A voler essere precise," dice Gladys, "siamo delle ricercatrici orgogliose di quello che studiano. *Mai e poi mai* abbiamo cercato di trarre profitto da J.D. Grimthorpe."

"Giusto," aggiunge Beulah. "Il nostro mandato è sempre stato quello di promuovere le opere."

"Vado a portare le ordinazioni," dice Angela. Si avvia verso il bar, lasciandomi in una spaventosa solitudine.

La minuscola Birdy si sporge per parlare. È talmente piccola che la testa sembra un pompelmo rosa che volteggia sul bordo del tavolo.

"Ci stavamo chiedendo se avete preso in considerazione il fatto che i romanzi di Grimthorpe potrebbero contenere degli indizi," dice. "Il più grande bestseller racconta di uno scrittore rintanato in una villa a completare il libro più importante. Qualcuno però, e non rivelerò chi, cerca di ucciderlo."

"È la cameriera," dice Beulah. "È lei l'assassina al servizio della villa fin dall'inizio, nonostante appaia così innocente."

"Per amor della buona scrittura, eccola che rovina la sorpresa," dice Birdy.

I riccioli grigi di Gladys si scuotono per la frustrazione. "Quante volte te l'ho detto, Beulah? Conosci la nostra politica."

Birdy alza un dito come se dirigesse un'orchestra. "Le GREGGI non devono rovinare il finale di un romanzo poliziesco a nessun lettore di gialli," dice. "È la regola più importante."

Beulah sospira, poi mi fissa con sguardo apatico. "Ci sono due rivelazioni in quel libro. Ne ho svelata soltanto una. Alcuni leggono soltanto per i colpi di scena, ma c'è dell'altro nei romanzi di J.D. Qualunque sciocco sarebbe in grado di capirlo," dice, sputando le frasi in faccia alle colleghe. Poi rivolge l'attenzione a me. "Non credo che lei abbia letto *La cameriera nella villa*, vero?"

Le parole mi rimangono impigliate in bocca. Mi sento come un pesce fuor d'acqua: mi manca l'ossigeno.

"Molly?" mi chiama Gladys. "Sta bene?"

"Io… non ho letto il libro," dico. "Però conosco la trama. La ricordo fin troppo bene." Uno scrittore che vive in una villa ammazza la moglie. Pensa di trovare un modo per farla franca e invece si sbaglia. La cameriera ha visto tutto e si vendica, uccidendolo nello stesso modo in cui l'uomo ha fatto fuori la moglie, e poi fa sparire il corpo.

"Gladys è sicura che J.D. abbia organizzato l'evento di ieri per annunciare il seguito del libro," suggerisce Birdy.

"E Birdy è convinta che la moglie di J.D. fosse la vera causa della reclusione," dice Gladys. "La signora Grimthorpe è morta qualche anno fa e Birdy crede che l'annuncio di ieri riguardasse un nuova relazione."

"La signora Grimthorpe è morta?" chiedo.

"Sì," dice Birdy. "Quindi non c'era nulla che impedisse a quell'uomo di trovare un nuovo amore," aggiunge con uno sguardo assente.

"La teoria più stupida che abbia mai sentito," dice Beulah. "Non potresti essere più lontana dalla verità."

Gladys scuote il capo ricciuto. "A Beulah non piace questa teoria perché sono secoli che ha una cotta per J.D."

"Ridicolo," sbuffa Beulah. "Se c'è una persona innamorata di lui, quella è Birdy. Nessuna di voi due si intende minimamente di cultura e della raffinata arte di rivelare gli indizi," aggiunge Beulah. "Come biografa di J.D. conosco più cose di quante ne immaginate."

"Beulah sostiene di aver scoperto delle verità sul conto di J.D., ma si rifiuta di illuminarci con prove o dettagli. E questa cosa è fonte di..."

"Tensione," suggerisce Birdy, lisciandosi i capelli fucsia.

"Frustrazione," aggiunge Gladys, accentuando il commento con una sventagliata della bandierina rossa.

"Verrà tutto alla luce una volta pubblicata la mia biografia ufficiale," dice Beulah.

"*Non ufficiale*," la corregge Gladys.

"Non occorre il permesso dei morti," risponde Beulah.

"Ma nessuno può avvalorare le scoperte, il che sarebbe un dovere professionale," fa notare Birdy. "Ha chiesto di continuo a J.D. di assumerla. È stata la sua occupazione principale per circa due decenni."

"J.D. è, anzi era, reticente a rivelare certi dettagli su di sé," dice Beulah. "È comprensibile. Abbiamo avuto delle discussioni negli anni, sai com'è."

"Ah, sì?" chiede Birdy. "Davvero?"

"Un giorno la verità verrà a galla."

"Perché non oggi?" domando. Tre sguardi mi raggiungono come pugnalate. "Nella mia esperienza," dico, "i segreti sono in grado di punire coloro che li custodiscono."

"È irresponsabile supporre delle teorie senza prove inconfutabili," risponde Beulah.

"Le vostre colazioni." Angela arriva al tavolo con i piatti in precario equilibrio su entrambe le braccia. Appena li posa, Beulah e Gladys si gettano sul cibo. Birdy mangia in modo raffinato, fissando nel vuoto. Vorrei chiedere loro se non siano innamorate del famoso scrittore. Non capisco come sia possibile, ma la nonna diceva sempre che, *quando l'amore è cieco, le rane assomigliano a dei principi.* Ora ogni tensione si è dissipata grazie all'arrivo del cibo.

Approfitto della calma per aggiungere del latte nel tè, che si sta raffreddando. Mi concentro sul rumore metallico del cucchiaino d'acciaio contro la tazza in ceramica. Soltanto al Social usiamo posate così ordinarie, alle quali manca il gradevole tintinnio dell'argento del Regency Grand quando incontra la porcellana.

Angela è davanti a me: si porta le mani ai fianchi e sposta lo sguardo da una donna all'altra, osservandole mentre si gustano la colazione senza pronunciare una parola.

Si china verso di me e mi sussurra all'orecchio. "Hai sentito?" chiede.

"Cosa?" rispondo a bassa voce.

"Il silenzio," dico. "Il silenzio delle INNOCENTI."

11.

Prima

Sto dondolando le gambe sotto il tavolo della colazione, mentre mastico ogni boccone venti volte perché: (a) aiuta la digestione, (b) è delizioso, e (c) ci sono dei bambini al mondo che non mangiano ogni giorno, ed è bene essere grati per ogni pasto.

È trascorsa una settimana dal sermone del signor Grimthorpe, di tanto in tanto ho sentito i passi al di là della quarta parete, anche se non l'ho più visto in carne e ossa. Eppure, non riesco a smettere di pensare a lui. Per quale motivo un uomo che possiede così tante cose, sembra infelice? Cosa ho fatto per farlo arrabbiare in quel modo? Lo rivedrò?

I fisici hanno ragione: l'universo *si sta* espandendo, o per lo meno il mio. La prova risiede nel numero di domande che riservo alla nonna ogni giorno. Ieri notte me ne stavo sdraiata a letto a cercare le risposte. Prima non era così, quando andavo a scuola ogni giorno. La mente era bloccata e imprigionata, come una tigre in gabbia, e continuava a percorrere il perimetro dietro le sbarre. Non riuscivo a pensare, né a pormi delle domande. Ma dalla prima visita alla villa dei Grimthorpe, l'immaginazione ha cominciato a scorrere senza freni e la curiosità è diventata insaziabile.

Sono seduta al tavolo, con le gambe che oscillano e raggiungo una consapevolezza: l'istruzione non avviene soltanto nelle aule scolastiche, ma è uno stato d'animo. Mi getto a capofitto in una serie di domande con un entusiasmo che deve aver sfiancato la nonna, per quanto non abbia mostrato nemmeno un briciolo di frustrazione. Mi ha sempre trattata come una persona adulta. Chissà se intuiva che mi sarei ricordata delle nostre conversazioni e le avrei ripetute nella mente, scoprendo, giorno dopo giorno, infiniti strati di saggezza.

"Nonna, è possibile essere ricchi e poveri allo stesso tempo?" le chiedo. Trangugio il tè con il latte e mi preparo a gustare un altro boccone.

"Sì, certo," risponde. "Si può essere ricchi d'amore e poveri di beni."

"Oppure poveri di salute e ricchi di risorse economiche," aggiungo.

"Touché." Spalma il burro sulla focaccia finché il coltello non è perfettamente pulito.

"Come hanno fatto i Grimthorpe a diventare così ricchi?"

"Quando il signore diventò un autore importante, guadagnò una piccola fortuna," risponde. Solleva la focaccia, ma si ferma prima di avvicinarla alla bocca. "Tuttavia, era ricco anche prima che i libri avessero successo. Il nonno era un investitore, così come il padre."

Provo a raffigurare nella mente il padre di Grimthorpe, ma tutto quello che riesco a immaginare è il banchiere con i baffi del Monopoli.

"Credi che la famiglia fosse gentile con lui?"

"Non saprei, Molly, anche se ho qualche dubbio. So solo che il signor Grimthorpe era figlio unico ed entrambi i genitori lo consideravano un fallito."

"Era una frana come me a scuola?"

"Era uno studente brillante. E comunque, Molly, non sei mai stata una frana, per quel che mi riguarda. Ma tornando a Grimthorpe, ha sempre voluto scrivere piuttosto che gestire il patrimonio di famiglia. All'epoca un temperamento creativo era considerato una maledizione. Lo scrittore ereditò la villa, insieme a una considerevole ricchezza, dopo la morte dei genitori, ma ricevette anche un fardello emotivo, che ha portato con sé fino a oggi. Sicuramente appartiene a quella classe sociale di vecchi ricchi, ma ciò non gli ha dato la felicità."

Mi viene in mente una cosa. "Nonna, se i Grimthorpe sono dei vecchi ricchi, questo può fare di noi dei nuovi ricchi?"

Scoppia in una fragorosa risata, ma so che sta ridendo con me, non di me. “Mia cara, noi apparteniamo alla classe dei non ricchi.”

Certo, lo capisco dal modo in cui ritagliamo i buoni per la spesa e rammendiamo le calze. Lo intuisco dalle poche occasioni nelle quali mangiamo la panna rappresa, dal fatto che abbiamo un proprietario di casa che pretende l’affitto, dalla biblioteca pubblica che dobbiamo raggiungere a piedi, piuttosto che averne una privata, e dalle posate spaiate che compriamo nei negozi di cianfrusaglie invece di avere quelle che si tramandano da generazioni.

È il momento di porre la domanda che mi frulla in testa da giorni. “Se il signor Grimthorpe è un genio, per quale motivo continua a nascondersi nella villa?”

Lei inclina la testa e mi guarda in un modo che non comprendo. “Mai giudicare un uomo finché non ti sei messa nei suoi panni,” dice. “Hai già sentito questa espressione?”

“Sì, ma non so come applicarla. Il signor Grimthorpe veste in modo strano.”

“Si può applicare a lui, ma anche a te, mia cara,” dice sfiorandomi la guancia con il palmo. “Significa che non puoi dire di conoscere qualcuno senza prima aver vissuto tutto ciò che ha passato. Non commettere errori: il signor Grimthorpe si è scontrato con i dèmoni. Adesso si è ristabilito, ma l’oscurità ha preso il sopravvento durante la malattia.”

“È stato malato?”

"Sì, gravemente. E il dolore l'ha trasformato in un mostro per qualche tempo. Però siamo sopravvissute, ce l'abbiamo fatta. Io e la signora Grimthorpe lo abbiamo aiutato ed è migliorato. Si è ripulito, Molly, capisci quello che voglio dire?"

Immagino gargolle dalle ali affilate che circondano lo scrittore mentre la nonna e la Grimthorpe le respingono. "Come si mandano via i dèmoni?"

"Con pazienza e ostinazione," risponde. "La signora Grimthorpe mi chiese di sedermi per ore a leggere al capezzale del marito, cosa che feci. Lo distraeva, nei momenti peggiori. Gli servivo anche il tè, Molly, che non era certo la sua bevanda preferita all'epoca," dice. "Il tè è sorprendente: può curare quasi tutto."

"E se si ammala di nuovo?" chiedo. "E il male ricompare?"

"Non c'è bisogno di preoccuparsi: si è ristabilito. Io e la signora lo abbiamo perdonato per gli errori che ha commesso in quel periodo. Ma da allora se ne sta per conto proprio. La vergogna è la cicatrice che lasciano i dèmoni. Ricordatelo sempre, Molly."

Abbasso lo sguardo sul tavolo, verso la focaccia lasciata a metà. Un attimo prima sembrava appetitosa, ora appare rinsecchita.

"Hai finito la colazione?" chiede la nonna.

Annuisco.

"Bene. È ora," dice, posando una mano calda sopra la mia. "Andiamo alla villa."

Lavoro tutta la mattina nella stanza dell'argenteria, mentre la nonna cucina e pulisce. Canta come un passero del giardino. La signora Grimthorpe è fuori, almeno per ora, ecco il motivo per il quale la nonna intona delle canzoni.

Ogni giorno che passa divento più abile a usare la soluzione alcalina e l'olio di gomito per rimuovere lo strato opaco dell'argento. Oggi ho deciso di pulire la mattina e leggere nel pomeriggio. Ho terminato di lucidare un intero servizio da tè, numerosi vassoi e un set di posate, fino all'ultimo cucchiaio, che stringo in una mano, davanti al viso. Scruto la mia immagine nella parte concava e ribaltata: un mondo deformato, come ogni cosa della villa.

Qualcuno appare capovolto dietro di me, nella parte incavata del cucchiaio: è la signora Grimthorpe, l'espressione corrucciata si trasforma in un sorriso. Mi metto di fronte a lei mentre esamina gli articoli sul tavolo freschi di lucidatura.

Inclina il mento in segno di approvazione. "Puoi andare," dice. "Potrai leggere in biblioteca."

Faccio un inchino ed esco dalla stanza, raggiungendo la nonna in cucina, dove sta sfornando le focacce.

"Stai facendo un ottimo lavoro," sussurra. "Persino la signora non può negarlo. Vai di sopra, ti chiamo per il tè."

Mi dirigo verso l'androne e salgo la scala principale. Mi fermo nello spazio che divide i piani e osservo il corridoio damascato fino alla biblioteca. Il signor Grimthorpe non è un troll, ora lo so; eppure, quando una settimana fa me lo sono ritrovato davanti, ha urlato alla fine dell'incontro. Mi ha chiamato con un nome terribile e mi ha ordinato di andar via. Non ho ancora capito dove abbia sbagliato, d'altronde, scopro sempre le cose quando è troppo tardi. Mi viene in mente quella volta a scuola, quando corressi una parola che la signorina Cripps aveva scritto male alla lavagna e mi ordinò di andare in un angolo dell'aula. Rimasi immobile per così tanto tempo che la vergogna trovò una via d'uscita, fluendo, bollente, lungo le gambe.

Raggiungo in punta di piedi la soglia della biblioteca e mi fermo. Non entro, non ancora, guardo la parete proibita e la fessura accanto al pavimento: è scura, non vi è nessun segno di vita dall'altra parte.

Mi avvicino allo scaffale e rimuovo *Grandi speranze*, poi torno sulla chaise longue e apro il volume. Nell'ultimo periodo ho fatto dei progressi e, sebbene non sia sicura di capire tutto di Pip, sono affascinata da Miss Havisham, la vecchia sposa con una missione insolita: quella di tormentare un ragazzo dal cuore buono. È la storia più spaventosa che abbia mai letto, e allora perché continuo a voltare le pagine?

Clic. Un suono impercettibile echeggia nel silenzio della biblioteca.

La luce attraverso la fessura nella parete si diffonde sul pavimento.

Un rumore di passi: il fruscio delle pantofole.

Per la prima volta dopo giorni ci sono dei segni di vita, oltre la quarta parete proibita.

Poso lo sguardo sull'Oxford Dictionary, che sporge leggermente in fuori rispetto ai dorsi degli altri libri. E, d'improvviso, la parete si apre, rivelando il signor Grimthorpe sulla soglia. Ha i capelli arruffati, l'aria trasandata e le spalle abbassate. Stringo il libro al petto.

Poi succede la cosa più strana in assoluto.

"Mi dispiace," dice l'uomo.

Non riesco a crederci: le sue labbra hanno pronunciato delle scuse? Il concetto è talmente surreale che è possibile stia parlando una lingua sconosciuta. Devo scuotere la testa per essere certa di aver sentito bene.

"L'altro giorno il mio comportamento è stato imperdonabile," dice. "Mi sono infuriato come un idiota. Ti ho chiamato con un'espressione che è più appropriata a me che a te, perché sono io il vero imbecille, il re vanitoso privo di alcun titolo. L'unica spiegazione a quella follia è il disturbo che mi affligge: tra i sintomi c'è la malsana tendenza a inveire contro gli innocenti. Ti prego di accettare le mie scuse."

Non riesco a seguire del tutto quello che sta dicendo, ma il suo viso è solcato dalla pena. In quell'istante faccio una scoperta importante: non importa se comprendi il dolore di un'altra persona perché le ferite rimangono visibili.

"La perdono, signor Grimthorpe," dico. "Ma lei sa cosa significa 'mi dispiace'?"

"Illuminami," risponde.

"Significa che lei promette di non commettere più lo stesso errore."

L'uomo sospira e si avvicina alla scrivania, sprofondando sulla sedia. "Non lo farò più, sebbene non possa essere certo che non commetterò altri errori. La verità, Pip, è che ho perso il mio gaudio, sempre che ne abbia mai avuto."

"Gaudio?" chiedo, esitando sulla soglia.

"Significa gioia, contentezza, felicità," spiega. "Ero solito trovarlo nel fondo di una bottiglia, ma ho chiuso con quella roba. E anche con altre. Dove sia ora la serenità, non mi è dato saperlo. A volte sono convinto che la troverò una volta raggiunta la fine del prossimo romanzo, anche se sto combattendo con una nuova e più grave afflizione."

"Intende dire una malattia?"

"Sì. Un problema degli autori conosciuto come blocco dello scrittore. Sono incapace di continuare il libro. Non riesco ad afferrare la storia e, anche se sapessi come fare, sono certo che non riuscirei a ottenere ciò che desidero."

"Ovvero?"

"La notorietà: un posto nelle librerie per i secoli a venire. La fine dell'inquietudine, un ritorno al gaudio."

Entro con circospezione nello studio, fermandomi a distanza dalla scrivania e dalle pile pericolanti di Moleskine con le iniziali.

"Posso chiederle di cosa parla il libro?"

Lui si inclina verso di me. "È un giallo. Uno scrittore viene tenuto prigioniero nella propria abitazione dalla moglie. Ha due possibilità: ucciderla o uccidersi."

"Quale sceglie?" domando.

"Uccide la moglie. Ma sorge un nuovo problema."

"Cioè?"

"Deve far sparire il corpo o affrontare le accuse di omicidio e, quindi, una nuova forma di prigionia: in galera e non nella comodità di casa propria."

Osservo l'uomo esile seduto di fronte a me, con i capelli scompigliati e gli occhi di uno stallone. E se non fosse solo finzione? Il pensiero mi contorce lo stomaco.

"Sta progettando di uccidere la signora Grimthorpe?"

L'uomo getta la testa indietro e ride sguaiatamente.

"Perché sta ridendo?"

"Perché è assurdo. Non ho intenzione di uccidere mia moglie. Non ce ne sarebbe motivo: è come se fosse morta da almeno vent'anni, ed è colpa mia. Quella santa donna ha trascorso la vita a difendere la mia reputazione e occuparsi del mio benessere. Credimi, non le ho facilitato le cose.

Diciamo che ci sono uomini più fedeli al mondo, ma poche donne leali quanto lei."

"Non capisco," dico.

"Fa lo stesso. Il punto è che ho bisogno di un finale per il romanzo. Un colpo di scena, magari due. Devo far sparire quel corpo immaginario."

"Con una soluzione."

"Quale soluzione?" chiede.

"Non ha capito: intendo una soluzione chimica, che sia in grado di infiammare. Se ne usa a sufficienza, credo che potrà far sparire il corpo."

Lui si alza in piedi e cammina a grandi passi. Si ferma di colpo, piantandomi addosso lo sguardo gelido. "Come fai a saperlo?"

"Tanto tempo fa c'era una cameriera," dico. "Era così arrabbiata con il padrone che gli sciolse le mani nella soluzione alcalina."

L'uomo sgrana gli occhi. "Chi te l'ha detto?"

"Me la sono inventata, più o meno. La nonna mi ha raccontato una storia, che ho trasformato proprio in questo momento. Come si chiama un racconto che contiene delle verità ma non è realmente accaduto?"

Il suo viso si trasfigura: ogni ruga si addolcisce e la pena si dissolve. Per la prima volta sembra euforico e spensierato.

"Romanzo," risponde. "Si chiama romanzo."

12.

Mi allontano dal tavolo della colazione, scusandomi con le GREGGI e, quando esco dal ristorante, Angela mi ferma.

"Molly, sei stata fantastica!" dice. "Quelle signore hanno creduto che fossi una detective, se la sono bevuta!"

"È stato umiliante e disonesto," dico. "E non sono sicura di aver scoperto qualcosa di importante."

"A volte sono i dettagli insignificanti la chiave per svelare il mistero. Bisogna solo capire come mettere insieme i pezzi."

"Non mi interessa mettere insieme i pezzi, Angela. Voglio solo svolgere il mio lavoro, quello di cameriera."

"Okay," risponde Angela. "Non arrabbiarti. Va' pure a fare la cameriera. Non preoccuparti della situazione di merda in cui ti trovi. Ma stai attenta, d'accordo, Molls? Se senti o vedi qualcosa di sospetto, me lo fai sapere?"

"Sì," rispondo. "Posso andare?"

Non aspetto una risposta, mi limito a uscire dal ristorante a passo di marcia e a dirigermi verso l'atrio, dove

Snow mi intercetta e mi fa cenno di raggiungerlo alla reception. "Dove stai andando, Molly?"

"Angela non ha più bisogno di me," dico. "Torno a fare il mio vero lavoro, se lei è d'accordo."

"Molto bene. Le cameriere saranno felici di vederti."

Mi avvio verso la scala sul retro, in direzione del quarto piano. Ho lo stomaco sottosopra. Conosco perfettamente il motivo dell'angoscia: durante la colazione con le GREGGI ho mentito, ho dichiarato di essere la persona che non sono. Anche se la nonna non ha gli occhi per vederlo, so che questo comportamento non la renderebbe orgogliosa. Sono un'imbrogliona e un'ipocrita, due cose che non mi ha mai insegnato. Perché non dico la verità? Perché non ho insistito sul fatto che sono solo una cameriera?

Raggiungo il quarto piano dove trovo Sunshine in corridoio, con il carrello e una cesta colma di bucato.

"Molly," dice appena mi vede. "Ti prego, dimmi che sei tornata a lavorare con noi. Non riusciamo a stare dietro alla nuova capa. È nella sala dello staff a 'prendersela comoda,' e Lily… be', non ho idea di cosa le stia succedendo. Siamo esauste. Guarda Sunitha."

Quest'ultima fa capolino dalla camera accanto, trascinandosi dietro una cesta del bucato piena di lenzuola sporche. Il suo volto è ricoperto da una patina lucida come un pasticcino glassato al sole.

"Il sogno del pulito funziona meglio se il gruppo è unito," dico. "Ricordate?"

"Il gruppo non esiste in questo momento. Molly, Lily ha qualcosa che non va. So che ieri è stato uno shock, ma si comporta più stranamente del solito e non vuole dirci di cosa si tratta. E poi continua a sparire. Prima, mentre pulivamo una camera, mi sono girata per chiederle dei fazzoletti di carta, e puf! È scomparsa come se niente fosse."

"Adesso dov'è?" chiedo.

"Laggiù," dice Sunshine, puntando il corridoio.

"Grazie," dico, dirigendomi verso una porta tenuta aperta da un carrello. Lily è accanto alla finestra, con un flacone di detergente in una mano e uno straccio nell'altra.

"Lily?" dico, spaventandola. "Stai bene?"

Mi fissa con uno sguardo che non corrisponde a nessuna espressione mai raccolta nel catalogo mentale dei comportamenti umani. "Chi è la capa?" mi chiede, la voce è un sussurro tremante.

"Cosa intendi?"

"È Cheryl o sei tu?"

"Oggi è Cheryl la governante. Domani le cose torneranno alla normalità. Ce la fai?"

Fa spallucce.

"Lily, se hai un problema puoi venire da me."

"Davvero?" chiede lei. "È così che funziona?"

"Certo."

"Ma 'con bocca e lingua castigate, molte pene ti saranno risparmiate.' Lo hai detto tu quando mi hai assunto. 'La discrezione è sovrana presso il Regency Grand.'"

"Lily, sei l'ultima persona che accuserei di essere indiscreta," dico. "Mi ci sono volute settimane per farti parlare. Ti prego di non tornare muta, almeno con me."

"Ci sto provando. Ma... non è semplice. Tengo molto a questo lavoro, Molly. Sono già stata licenziata e non voglio che succeda di nuovo."

È la prima volta che accenna alla perdita dell'impiego precedente ed è piuttosto scioccante. Reprimo la sorpresa e chiedo con garbo. "Cos'è successo?"

"Prima di arrivare qui facevo la cassiera in un negozio di alimentari," dice Lily.

"Mi ricordo," dico. "Era scritto nel curriculum."

"Quello che non ti ho detto è che, quando ho riferito di un furto per mano di un'altra cassiera, mi è stata attribuita la colpa e sono stata licenziata. Pensavo che se te lo avessi detto non mi avresti assunto. E ora ho paura di dire qualunque cosa. Molly, di chi dovrei fidarmi?"

"Di me," dico. "Fidati di me." La guardo e intravedo me stessa. Quando cominciai a lavorare in hotel non potevo contare su nessuno e ci sono momenti, ancora oggi, nei quali riaffiora quella sensazione angosciante.

"Molly, un giorno sei la mia capa e il giorno successivo non lo sei più," spiega Lily. "E un uomo al quale ho servito il tè è morto nel salone." Si allontana per cancellare alcune impronte sulla finestra.

"Lily, se sei preoccupata che ci sia un assassino nell'hotel, posso dirti con estrema sincerità che non esiste alcun motivo per crederlo." Il mio stomaco si contorce, perché ciò che sto dicendo non è un fatto assolutamente inconfutabile.

Lily si volta e mi guarda: gli occhi sono privi di espressione. "La colpa è sempre della cameriera," dice prima di tornare a pulire.

Non posso farci niente. Sono esasperata dalla conversazione ed emetto un sospiro. Sto cercando di fare del mio meglio, ma non so come aiutare questa ragazza. Mi viene in mente che il modo migliore è quello di evitare le parole, lavorando fianco a fianco con lei.

Mi occupo del letto in silenzio, togliendo le lenzuola sporche e mettendone delle nuove. *Un letto ordinato calma la testa*, penso. Ma non funziona: la mente è lontana dalla quiete ed è chiaro che Lily sta attraversando un momento di grande confusione.

Porto le lenzuola sporche verso il carrello e, quando le infilo nella cesta, noto qualcosa nella spazzatura: è una scatola piegata che riporta il nome Serena sul coperchio. È quella scomparsa durante l'allarme antincendio di ieri.

"Lily?" dico.

Si volta e mi guarda negli occhi.

"Hai messo tu questa scatola nel carrello?"

Scuote la testa.

"Sai chi è stato?"

Fa segno di no, poi mi fissa con gli occhi vitrei.

"Dimmelo, Lily. Ti supplico."

Ha solamente una cosa da dire: "Con bocca e lingua castigate, molte pene ti saranno risparmiate."

Ho i nervi logori. Aiuto Lily a pulire la Camera 429 e sento l'agitazione crescere. Conosco l'origine del malessere: non è Lily, per quanto mi preoccupi, non è nemmeno la morte di Grimthorpe o le strane vicende in albergo. È il fatto di essermi impelagata in una menzogna e l'idea mi turba.

Di' una menzogna una volta e ogni verità diventa contestabile. La voce della nonna continua a echeggiare nella testa e non riesco a fermarla.

"Lily," dico. "È ora di pranzo. Facciamo una pausa."

Lei annuisce, posa lo spray ed esce rapidamente dalla camera.

So quello che devo fare e non ho tempo da perdere.

Esco dalla stanza rimasta in uno stato di imperfezione e mi affretto a scendere in direzione dell'atrio. Esco dall'albergo, spingendomi in fondo agli sfarzosi gradini rossi. Il signor Preston mi ferma.

"Molly," dice. "Dove vai così di fretta?"

"Una commissione," spiego. "Ci vediamo dopo."

"Anche io ne ho una," dice. "Riguardo al pranzo di domenica, stavo pensando… "

"Signor Preston," lo interrompo. "Possiamo aspettare il ritorno di Juan Manuel? Riesco a malapena a gestire la situazione così com'è, non credo di essere in grado di fare altro in questo momento."

Il viso di Preston si affloscia come una torta sfornata troppo presto, ma prima che possa aggiungere altro, alcuni uomini d'affari con i bagagli gli fanno cenno di scendere. Lui scatta in loro soccorso e ne approfitto per allontanarmi.

Mi dirigo verso la strada. Cammino a passo spedito, girando a sinistra, a destra, poi ancora a sinistra. Arrivo alla stazione di polizia in quindici minuti esatti. Mi prendo un attimo per osservare l'edificio: un palazzo grigio con le finestre oscurate.

Attraverso la strada trafficata ed entro dalla porta principale, nell'area della reception.

Una donna bionda con lunghe unghie viola mi saluta. "Desidera?"

"Sono venuta per vedere una detective," dico, cercando di mantenere ferma la voce.

"Denuncia? Soffiata? O si vuole costituire?"

"L'ultima," dico.

"Lo sa che significa l'ultima cosa che ho detto, giusto?"

"Sì," rispondo. "Ho talento per le parole."

La donna dagli artigli viola mi fissa con occhi indecifrabili.

"Devo parlare con la detective Stark," dico. "Mi conosce. Sono una cameriera a servizio presso l'hotel nel quale è morto il signor Grimthorpe."

La donna si alza lentamente in piedi. Senza togliermi gli occhi di dosso, apre una porta alle proprie spalle e grida lungo il corridoio, con voce tremante, "Detective Stark! Faccia presto! La prego!"

Non torna alla scrivania come mi aspettavo, ma rimane contro la parete, osservandomi come se potessi rubare qualcosa o estrarre una pistola.

Avverto il rumore degli stivali che percorrono il corridoio, poi vedo la Stark, vestita di nero come al solito, che fa capolino sulla soglia. "Molly? Cosa diavolo ci fa qui?"

"Si sta costituendo," sussurra la signorina Artigli viola.

Le sopracciglia della detective si sollevano di scatto. "Venga con me."

Ringrazio la signorina e seguo la Stark lungo il corridoio in direzione di una stanza dove sono già stata una volta, in circostanze alle quali non ho voglia di pensare. L'ambiente è come lo ricordo: le luci fluorescenti e sgradevoli illuminano uno strato di sporcizia che ricopre ogni superficie.

"Si sieda," dice la Stark, indicando una sedia sudicia davanti a un tavolo imbrattato di bianco. Mi accomodo e la detective si mette di fronte a me.

Non sono certa di come iniziare, dato che non ho mai confessato un reato, così aspetto che mi venga un'illuminazione. Una luce rossa lampeggia nell'angolo della finestra dietro la detective.

"Vuole un caffè?" chiede la Stark. "Renderebbe le cose più semplici?"

"No," rispondo. L'ultima volta che sono stata qui mi ha portato dell'acqua, non del tè, come avevo chiesto e, per di più, in un fastidioso bicchiere di plastica. Se succede ancora non credo di riuscire a pronunciare alcuna parola.

La detective mi fissa. "Bene," dice, "ha già anticipato perché si trova qui. Può parlare apertamente, dopo si sentirà meglio, glielo prometto."

Traggo un respiro profondo. "Non posso convivere con l'inganno," dico. "Mi dà la nausea. Mi sta mangiando viva. Ho pensato alla nonna e a come sarebbe delusa se sapesse quello che ho fatto. Per fortuna non lo sa, perché è morta."

"Sta facendo la cosa giusta, Molly. Sono pronta ad ascoltare la confessione," risponde la Stark.

"Ho commesso un crimine."

"Sì, lo so. Ma deve essere più specifica. Deve dire chiaramente che ha ucciso il signor Grimthorpe, che l'ha avvelenato."

"*Cosa*?" esclamo. Non riesco a crederci. "Non ho fatto una cosa del genere! Per chi mi ha preso, per un'assassina?"

“Ha detto che è qui per confessare.”

“Una truffa, non un omicidio!” rispondo. “Mi sono spacciata per un funzionario della polizia e sono profondamente pentita. Ho provato a dire la verità sulla mia vera identità, ma le GREGGI non hanno voluto ascoltarmi. Non capisce?”

“No, Molly. Perché, come al solito, dice cose senza senso. Non so neppure perché riesca ancora a sorprendermi.”

Mi prendo un attimo per ricompormi, poi comincio dall'inizio e spiego alla Stark di come le GREGGI mi abbiano scambiata per una detective che lavora in incognito presso l'hotel e di come, nonostante le mie proteste, si siano rifiutate di credere alla verità: ovvero che sono soltanto una cameriera.

“Così è chiaro?” dico, arrivando alla conclusione. “Ho fatto dichiarazioni false sulla mia identità. E forse anche ostruzione alla giustizia. Adesso può incriminarmi: me lo merito.”

“Incriminarla?” dice la detective. “Perché un branco di fanatiche di mezz'età l'hanno scambiata per una detective?”

Solo allora realizzo ciò che ha detto la Stark. “Un attimo,” dico. “Il signor Grimthorpe è stato avvelenato?”

La detective sospira. “Abbiamo ricevuto gli esiti dell'autopsia e degli esami tossicologici. Glicole etilenico nel tè. Non è ancora di dominio pubblico, ma lo avrebbe scoperto presto, visto che faremo una conferenza stampa tra un'ora. Qualche idea su come sia finito nella tazza, Molly?" chiede la Stark, inclinandosi verso di me in un'invasione dello spazio.

"Come faccio a sapere in che modo il liquido antigelo è finito nel tè?" domando.

La Stark appoggia i gomiti sul tavolo. "Non ho mai parlato di antigelo," dice.

"Il glicole etilenico è esattamente quello," spiego. "Sono scioccata che un agente di polizia del suo livello non lo sappia."

"Che Dio mi aiuti," dice la Stark, portando le mani alla fronte. "Molly, non le ho mai detto che il glicole etilenico è l'antigelo! E non è proprio di dominio pubblico. Non capisce che questo mi fa pensare che sia lei l'assassina?" Ora mi guarda di traverso.

"Mi prende per un'imbecille?" chiedo. "Per sua informazione, sono piuttosto ferrata sulle sostanze chimiche e sui veleni, e non solo grazie a *Colombo*. Una volta Angela mi ha raccontato una storia su una donna che ha ucciso il primo e il secondo marito, aggiungendo dell'antigelo nelle focacce. Sul caso è stato prodotto un film per la televisione: *Vedove nere*, credo s'intitolasse. È tra i suoi preferiti."

"Chi è Angela?"

"La barista del ristorante," rispondo. "Il titolo del film è appropriato, non crede?"

La Stark incrocia le braccia. "Se conosce così tante cose sui veleni, forse sa anche il motivo per il quale il liquido è stato usato per uccidere Grimthorpe."

"Certo che lo so," dico. "Perché ha un sapore dolce. Molto dolce. Lo si può nascondere in qualunque cosa."

"Esatto," risponde la detective. "E come prendeva il tè lo scrittore, Molly?"

"Con il miele," rispondo. "Parecchio."

"Giusto!" dice la Stark in una cantilena stridula. "E chi ha messo il vasetto del miele sul carrello del tè, Molly?"

"Io," dichiaro in tono solenne. Mi rendo conto soltanto dopo averlo detto che rischio di essere fraintesa. "Però non ho avvelenato il signor Grimthorpe," chiarisco. "Non avevo motivo di fare una cosa del genere."

"Abbiamo trovato le sue impronte digitali sul carrello," risponde la Stark.

"Ovvio. E sono certa che avete trovato anche quelle di Lily."

La detective tira su col naso, ma non risponde.

"Sono venuta a confessare un reato per il quale non mi arresterà e scopro, ancora una volta, che mi vuole incolpare di un omicidio del quale non so nulla. Detective Stark, se ha intenzione di arrestarmi sarà meglio che abbia delle prove che mi inchiodano al reato. Non può trattenermi senza un movente o una prova. E, per quanto ne so, tutto ciò che possiede, in questo momento, è il reato."

"Allora dov'è, Molly?" chiede la detective. "Dov'è il dannato vasetto di miele? L'ha conservato come una specie di morboso trofeo? O l'ha gettato in un cassonetto per l'immondizia?"

"Perché non controlla in hotel? Se sono abbastanza stupida da avvelenare un uomo famoso, lasciando le impronte sul carrello, è altrettanto ragionevole che abbia lasciato il vasetto del miele nell'armadietto."

La Stark fa una risata sguaiata. "Snow mi ha permesso di controllare il suo armadietto ieri notte. Non ho trovato granché."

Ansimo rumorosamente. "Ha aperto l'armadietto senza il mio permesso?"

"Sta dicendo sul serio?" risponde la detective.

"È stato un terribile errore venire qui," dico. "Per quanto mi sforzi, non mi vedrà mai per quella che sono," dico. "Abbiamo finito? Posso andare?"

"Non ho modo di impedirglielo, giusto? Ma osserverò ogni sua mossa, Molly. Ho degli occhi dentro l'albergo, che guardano dappertutto."

A meno che non sia una libellula o un ragno, è ridicolo, ma dal momento che la Stark è sfinita, decido di non mettere in dubbio la sparata sugli occhi.

Invece dico: "Arrivederci, detective." Faccio un inchino e tolgo il disturbo.

Solo dopo essere uscita dalla stazione e aver guadagnato l'altro lato della strada, ricomincio a respirare e realizzo la gravità della situazione. Il signor Grimthorpe non è morto per cause naturali: è stato assassinato a sangue freddo. Qualcuno lo ha avvelenato, e chiunque l'abbia fatto si trova ancora in hotel. Devo dirlo al signor Snow prima che la notizia si diffonda.

Affretto il passo e torno in albergo il più velocemente possibile. Mi trovo a qualche isolato di distanza quando qualcosa, dalla parte opposta della strada, mi paralizza. È il banco dei pegni della zona, con l'insegna al neon che brilla ininterrottamente.

Il signor Preston sta scrutando qualcosa in vetrina, poi entra nel negozio accompagnato dal suono del campanello e sparisce all'interno. Di per sé non ci sarebbe nulla di strano: Preston, il mio amico, il portiere dell'hotel, entra a curiosare nel banco dei pegni del quartiere. Nulla di preoccupante.

Il problema è quello che aveva in mano quando è entrato: la porta di legno scura e quell'unico occhio che sbriciava attraverso il buco della serratura. Persino da lontano sono riuscita a vedere il disegno della copertina: era una copia della prima edizione di *La cameriera nella villa*, di J.D. Grimthorpe.

13.

Prima

È sempre stato così: sono una persona attenta ai dettagli. Vedo una cosa, ma ne tralascio un'altra. Osservo con attenzione, ma trascuro ciò che gli altri notano con facilità.

Mi immagino bambina: stringo una pagella che giudica i miei comportamenti sociali ESTREMAMENTE INETTI, mi dichiara ufficialmente un DISASTRO, e mi ordina di ripetere l'anno scolastico. Lavoro nella villa con la nonna da circa due settimane e, giorno dopo giorno, acquisisco fiducia nelle mie capacità. Ora, però, con la pagella in mano, l'autostima si dissolve in un istante.

Non riesco neppure a guardare la nonna. Le guance bruciano dalla vergogna. Vorrei strappare il foglio in mille pezzi, dargli fuoco e ridurlo in cenere. Ma una parte di me è anche curiosa di capire quanto sia diversa dai coetanei.

"Nonna, che effetto fa comprendere tutti i comportamenti sociali?"

Scoppia a ridere. “Molly, nessuno, men che meno io, li capisce *tutti*. Le interazioni sono complesse. Più si fa esperienza delle relazioni, più ci si rende conto di come tutto, alla fine, combacia perfettamente.”

“Spiegamelo,” dico.

La nonna si ferma a riflettere. “A volte è quella parte invisibile che conferisce forma e significato a qualcosa,” dice. “Di colpo, si intuisce come il non detto sia una porzione essenziale dell’equazione, come la X mancante: esiste, anche se non è presente.”

Mi sforzo di capire ciò che sta dicendo, ma è difficile. Se qualcosa manca, non c’è. Se non esiste, non c’è nulla da vedere. In quel momento decido che non ho speranze, che *sono io* quella senza speranza: non imparerò mai.

La nonna si china e mi guarda negli occhi. “Non prendere la pagella sul serio, Molly. Se c’è un fallimento, è soltanto del sistema. È uno sciocco pezzo di carta che si rifiuta di mettere in risalto i tuoi punti di forza.”

“Punti di forza?”

“Sì. Ne hai tanti. Può darsi che a volte ti scordi certi convenevoli, ma il cuore e l’anima sono davvero al posto giusto.”

Il cuore è a sinistra. Lo so perché riesco a sentirlo quando poso la mano sul petto e, in base alla ricerca in biblioteca, sono perfetta dal punto di vista anatomico. Quanto all’anima, non so dove sia. Forse è come la X misteriosa dell'equazione della nonna, qualcosa con una forma che viene rivelata solo a chi le sta vicino.

"Da quando sei migliorata nelle interazioni sociali," dice la nonna, "vorrei farti presente che non dovresti dire così spesso 'sì signora' in presenza della Grimthorpe, o di qualunque altra persona. È giusto mostrare rispetto, ma quando esageri la gente pensa che tu sia ossequiosa."

"O-S-S-E-Q-U-I-O-S-A. Vale a dire: eccessivamente obbediente."

"Sì, e servile. Una persona che non ha rispetto di sé. E già che ci sei, quando vuoi sapere il significato delle parole, non devi pronunciarle ad alta voce. Adoro le gare di spelling, ma non piacciono a tutti. Magari puoi sostituirle con qualcosa di più sobrio?"

La nonna si avvicina e mi abbraccia, baciandomi la sommità della testa. "Molly, ricordati: costi quel che costi, sarò sempre orgogliosa di te. Hai diritto, come chiunque altro, di tenere la testa alta."

"Forza e coraggio, fiorellino di maggio," dico, alzando lo sguardo verso la nonna.

"Questa è la mia bambina," risponde. "Scendo a prendere il bucato. Lo piego e ritorno in un batter d'occhio."

Oggi deve fare tre carichi di lavatrici e, anche se ne avesse soltanto uno, nel tempo che impiegherebbe a piegare tutto, probabilmente avrei sbattuto le ciglia un migliaio di volte. Però so che la nonna adora i modi di dire.

Non intende le cose in senso letterale, ovvero: precisamente, esattamente.

Apre la porta d'ingresso e si volta. "Se il signor Rosso passa di qui, ti prego di consegnargli la busta che ho lasciato sul tavolo della cucina. E chiedigli la ricevuta, mi raccomando. È arrivato di nuovo quel periodo dell'anno," dice con sguardo stanco.

So cosa intende con "quel periodo dell'anno." Significa il primo giorno del mese: quando è previsto il pagamento dell'affitto. Il signor Rosso, con il grosso naso e la pancia prominente, sarà qui da un momento all'altro. Busserà alla porta e chiederà ciò che gli spetta.

"Perché si chiama padrone di casa?" chiedo. "Non si comporta proprio come un signore."

"Davvero?" risponde la nonna. "Pretende di venir pagato per alloggi scadenti, si aspetta del rispetto a fronte di una mancanza di servizi e parla solo di immobili, come se il mondo gli appartenesse. In ogni caso consegnagli l'affitto. In fondo, vogliamo che le luci rimangano accese, pertanto sii gentile."

"Lo sono sempre."

"Certo," dice. Sorride ed esce dalla porta, chiudendola a chiave dietro di sé. La sento canticchiare lungo il corridoio e sulle scale.

Una volta che se n'è andata, accartoccio la pagella fino a formare una palla e la getto nella pattumiera della cucina.

Non molto dopo sento bussare. "Arrivo!" dico, afferrando una sedia. La trascino verso l'entrata. La nonna mi chiede di guardare attraverso lo spioncino prima di aprire. Sistemo la sedia, vi salgo sopra e sbircio fuori.

Non è il signor Rosso. È una giovane donna che non riconosco, con i capelli neri e gli occhi furbi.

"Buongiorno!" grido attraverso la porta. "Posso sapere chi è?"

"Ti dirò il mio nome se mi dirai il tuo," dice la giovane.

Mi fermo a riflettere senza togliere l'occhio dallo spioncino.

"La nonna dice che non devo rivelare il nome agli sconosciuti. E non sono tenuta a farli entrare."

La donna sposta il peso da una gamba all'altra come se avesse bisogno del bagno. "Non sono una sconosciuta," dice. "La nonna mi conosce bene. E io conosco te. Lei si chiama Flora e tu Molly. Sono già stata qui. Non te lo ricordi perché eri alta come un soldo di cacio, come diceva sempre la nonna."

Tutto ciò sembra rassicurante, ma ho letto Alì Babà e non sono così ingenua da aprire la porta prima che venga detto 'Apriti sesamo'. "Mi dimostri che è già stata qui," pretendo.

Si gratta la testa. "Okay... La tazza preferita della nonna è quella con l'immagine del cottage. La tiene sulla mensola accanto alla stufa in cucina."

Ha ragione. E si tratta di un dettaglio che può sapere solo chi ha visto l'appartamento.

Eppure, decido di chiedere un'altra prova. "Come conosce la nonna?"

"Be'," esclama, cercando di sbirciare attraverso lo spioncino. "Lavoravamo insieme."

"Dove?"

"Nella villa dei Grimthorpe."

"Cosa faceva?"

"Cosa credi? Ero una cameriera."

Questo mi basta: scendo dalla sedia, giro la chiave nella serratura e apro.

La giovane abbassa lo sguardo su di me con gli occhi spalancati. Il viso sembra infossato e pallido. Potrebbe essere più gioiosa, ma sta tremando come se avesse freddo, sebbene non sia una giornata grigia. Noto dei segni rossi sulle braccia. So come se li è procurati: anche noi abbiamo avuto le cimici nei letti. Avevo le gambe altrettanto scorticate, una costellazione pruriginosa come in un disegno ottenuto dall'unione dei puntini.

La donna mi guarda senza dire una parola.

"È un'amica della nonna, ha detto?"

"Già." Annuisce.

Non assomiglia a nessuna di quelle che conosco. Di solito hanno i capelli grigi e gli occhiali, proprio come la nonna. Arrivano armate di lana comprata di seconda mano o con dei biscotti appena sfornati. Quando apro l'armadietto ed estraggo il panno per pulire le scarpe, la giovane me lo ruba: sa cosa fare. È una prova ulteriore del fatto che sta dicendo la verità: è già stata qui, senza dubbio.

Strofina le suole delle vecchie scarpe da ginnastica e se le sfila, sistemandole sul tappetino. Gli occhi osservano la casa.

"Wow. È rimasta ferma nel tempo. Non è cambiata minimamente." Nota la sedia all'ingresso sulla quale svetta il cuscino ricamato dalla nonna.

"Si dedica ancora ai lavoretti," dice. Lo afferra e legge ad alta voce. "Dio concedimi la serenità di accettare le cose che non posso cambiare, il coraggio di cambiare quelle che posso, e la saggezza per conoscere la differenza. Wow," esclama. "Sembra il mio vecchio sponsor."

"Sponsor," dico. "Vale a dire: promuovere, appoggiare."

"Qualcosa del genere, sì."

Mi accorgo di essere stata scortese. Non capita spesso di dovermi occupare degli ospiti. A dire il vero non è mai successo prima. "Le andrebbe di entrare?" chiedo, pensando a come sarebbe orgogliosa la nonna della cortesia.

"Dov'è?" chiede la giovane. "La nonna."

"A piegare il bucato," spiego. "Oggi ha tre carichi di lavatrice. Abbiamo risparmiato parecchie monetine nel barattolo speciale. Venga," dico, accompagnandola in cucina.

La donna è di fronte al tavolo, allunga una mano e lo sfiora come se stesse accarezzando un gatto piuttosto che un mobile.

"Gradirebbe una tazza di tè?" chiedo.

"No," risponde. "Sto bene."

"La prego, si sieda." Indico il posto abituale della nonna a tavola.

"Grazie," dice. Afferra la sedia e si siede con cautela.

"Sei davvero... educata. Sei completamente diversa da come pensavo. Vieni qui, fatti guardare bene."

Mi metto di fronte a lei: mi prende le mani nelle sue. Si sporge, avvicina il viso al mio e, come se niente fosse, comincia a singhiozzare.

"Mi dispiace," dico. "Ho saputo da poco di essere un disastro nei rapporti sociali e non sono al livello dei coetanei. Qualunque cosa abbia fatto per turbarla, le assicuro che non l'ho fatto di proposito."

La donna lascia andare le mani e si asciuga gli occhi. "Non hai fatto niente di male."

"Forse non le piaccio," dico. "Non piaccio a molte persone."

"No, mi piaci molto. Non hai idea. È proprio... come se mi guardassi allo specchio."

E così mi viene in mente cosa fare. Estraggo un fazzoletto dalla scatola sul tavolo della cucina. "Un fazzoletto è sempre benaccetto," dico.

Me lo prende dalla mano. “Grazie,” risponde. “Molly, l’ultima volta che ti ho visto non dicevi una parola. Tua nonna era preoccupata che fossi...” si interrompe, come se non riuscisse a trovare la parola.

“Diversa?” suggerisco.

“Già. Proprio così.”

“Sono diversa,” dico. “Ma riesco a parlare normalmente. In realtà è difficile attenermi alla regola secondo la quale ‘bisognerebbe vedere i bambini, ma non sentirli,’ Oppure ‘sarebbe preferibile non vedere né sentire i bambini.’ O qualunque cosa sia. Mi piacciono le parole. Adoro il termine ‘loquace.’ E a lei? Quale parola piace?”

La donna si soffia il naso. “Quelle semplici.” Ricomincia a piangere finché scorge la busta sul tavolo. Le lacrime si arrestano all’istante, nello stesso modo in cui il rubinetto del bagno cessa di erogare acqua quando ruoto la manopola dopo essermi sciacquata le mani.

“Gesù. Il primo del mese,” esclama, scuotendo la testa. “Il proprietario di questo tugurio è lo stesso spilorcio di una volta? Com’è che si chiamava...”

“Il signor Rosso,” dico. “Mi aspettavo di trovare lui alla porta.”

La donna comincia a respirare più profondamente. Si gratta la testa in modo tanto convulso da rendermi nervosa.

“Molly, hai per caso dei cerotti?”

"Non si deve vergognare delle braccia. Le cimici non sono una colpa. La nonna dice che si diffondono da un appartamento all'altro perché i proprietari non spendono abbastanza per sanificare gli ambienti. Non significa che lei non sia pulita."

"Non sono pulita, Molly," risponde. "È proprio questo il problema."

Percorro il corridoio, arrivo in bagno e apro l'armadietto sotto il lavandino. Sul fondo c'è il kit di primo soccorso. Lo prendo ed estraggo tre cerotti tra i più grandi, da dare all'amica della nonna. Quando esco dalla stanza, trovo la giovane davanti alla porta d'ingresso, intenta a infilarsi le vecchie scarpe. Si asciuga gli occhi con il fazzoletto sgualcito.

"Sta già andando via?" chiedo.

"Devo scappare," dice.

"Non vuole aspettare la nonna? Sono sicura che sarà contenta di vederla."

"No. È stato un errore. Non voglio che mi veda in questo stato."

"Ecco i cerotti."

"Tienili pure," risponde. "Chi voglio prendere in giro? Non posso nascondere chi sono."

Gira il pomello e apre la porta.

"Aspetti!" dico. "Cosa dovrei dire alla nonna?"

Si ferma. "Dille… che si sta prendendo cura di te in modo amorevole. E mi manca." Ricomincia a piangere e avverto un dolore allo stomaco e al cuore: è forte e non riesco a comprenderlo.

"Aspetti! Non so nemmeno come si chiama."

"Come mi chiamo?" chiede, fissandomi. "Maggie."

"È stato bello conoscerla, Maggie," dico. Allungo una mano, invece di stringerla la racchiude tra le sue e la bacia, prima di lasciarla andare.

"Torni a trovarmi in qualsiasi momento," dico.

Mi posa una mano sui capelli. "Addio, Molly."

Si allontana e chiude la porta.

La serro immediatamente con il catenaccio. *La porta bisogna sbarrare, di giorno e quando buio comincia ad arrivare.*

Mi appoggio per un istante: sono confusa, ma allo stesso tempo eccitata. Mi sento una persona adulta. Ho accolto un ospite, il mio ospite, e ho fatto tutto da sola! Se questo significa socializzare, forse posso farcela. Non funziona allo stesso modo tra bambini: sono cattivi, maleducati e offensivi. E anche se l'amica della nonna era triste, l'ho capito subito. E ho saputo anche come farla sentire meglio.

Mi dirigo verso il bagno per rimettere a posto i cerotti nel kit di pronto soccorso. Richiudo l'armadietto e sento la chiave girare nella serratura. Esco dalla stanza e vedo la nonna che entra con una cesta colma di biancheria piegata. La posa a terra, accompagnando il gesto con un sospiro.

"Santi numi, Molly, c'è un caldo infernale in quella lavanderia," dice, chiudendo la porta. Si sfila le scarpe, le pulisce e si dirige in cucina a bere un bicchiere d'acqua. La seguo.

"Nonna, ci ha fatto visita una persona," dico. "Ma non preoccuparti. Sapevo che non era una sconosciuta perché le ho fatto delle domande e ha risposto correttamente. Ho capito che ti conosceva e conosceva anche me fin da quando ero alta come un soldo di cacio. È una cameriera, nonna, avete lavorato insieme. È stato bello conoscere un'altra cameriera, anche se aveva delle punture di cimice sulle braccia. È proprio come hai detto tu: non si possono biasimare le persone per le condizioni economiche. E poi ha detto che ti stai prendendo cura di me in modo amorevole e che le manchi. Ecco tutto."

La nonna posa il bicchiere con un tonfo. Ha la bocca spalancata: se ci fossero ancora le cimici potrebbero saltarle dentro. Lancia un'occhiata al tavolo della cucina.

"Molly, è passato il signor Rosso? Ti prego, dimmi che ha ritirato la busta."

Abbasso gli occhi verso la superficie del tavolo.

È a quel punto che diventa chiaro il discorso della nonna sulle cose invisibili.

Due variabili si uniscono nella mente: l'ospite e la busta con i soldi dell'affitto. Vedo formarsi l'equazione, ma è troppo tardi.

Sono sparite entrambe.

14.

Non ho dormito bene. Mi sono rigirata nel letto tutta la notte. Ho allungato una mano in cerca di Juan Manuel, ma non l'ho trovato: non c'è, al suo posto è rimasto uno spazio vuoto. Ho pensato di telefonargli nel cuore della notte e raccontargli quello che è successo negli ultimi due giorni, ma è troppo distante per riuscire ad aiutarmi. Cosa avrei dovuto dirgli? *Juan, non ti ho informato della morte improvvisa di un uomo che è stramazzato sul pavimento del salone da tè dell'hotel. E c'è un'altra cosa: ricordi il signor Preston? Be', è un ladro. E ora mi sto chiedendo se non sia qualcosa di peggio.*

Non c'è da stupirsi se non ho chiuso occhio.

Non riesco a cancellare quei pensieri assurdi dalla testa. E se Preston, il caro amico e collega, un uomo che ho considerato l'incarnazione più pura di una brava persona, fosse un ladro? Se è in grado di rubare, cos'altro potrebbe fare?

È ridicolo. Sento la nonna che mi mette in guardia: *solo gli sciocchi saltano alle conclusioni.*

Ha ragione. Eppure, nessuno può smentire ciò che ho visto al banco dei pegni: Preston stava vendendo la copia di una prima edizione di *La cameriera nella villa* di J.D. Grimthorpe il giorno dopo la morte dell'autore e dell'impennata del valore del libro. È possibile che lo scrittore sia stato ucciso solo per avidità? E che Preston possa essere coinvolto? È un'idea inconcepibile che mi sconvolge.

Scosto le lenzuola, infilo i piedi caldi nelle pantofole ed entro in cucina. Sono le 5:00 del mattino, è troppo presto per alzarsi, ma non riesco a rimanere a letto. Afferro un secchio da sotto il lavabo e lo riempio d'acqua. Rovisto nel cassetto in cerca di uno straccio per pulire, entro in soggiorno e poso gli attrezzi accanto alla vetrinetta con i cimeli della nonna.

Accendo la televisione per distrarmi ma, come previsto, il canale dell'informazione sta ritrasmettendo la conferenza stampa di ieri: la detective Stark annuncia che il signor Grimthorpe è stato ucciso. I giornalisti la tempestano di domande.

"Detective, ha qualche prova?"

"Stiamo seguendo ogni indizio a disposizione."

"Detective, crede che l'assassino sia un ospite o un dipendente dell'hotel?"

"Se lo sapessi pensa che sarei qui?"

"Detective, ha detto che il tè è stato avvelenato con del liquido antigelo. Sa come possa essere successo?"

"Ci stiamo lavorando," dice lei. "Abbiamo una pista."

"Detective, c'è un messaggio che vorrebbe recapitare all'assassino?"

La Stark fa una pausa. È proprio come se mi guardasse attraverso la televisione. "Puoi nascondere la verità per un po', ma non rimarrà sepolta per sempre. Tienilo bene a mente," dice, prima di allontanarsi dalla ressa.

Spengo la televisione.

Prendo lo straccio e apro delicatamente gli sportelli della vetrinetta. *Una pulizia approfondita conferisce significato alla vita. Afferra uno spolverino, tesorino.*

Sì, nonna, penso. Estraggo gli oggetti preziosi: uno zoo con degli animali Swarovski, il suo orgoglio, e i cucchiai ricevuti come souvenir provenienti da posti che non è mai riuscita a visitare.

Lucido ogni oggetto, poi passo alle foto incorniciate in cima alla vetrina. C'è una nuova foto dell'adorato Juan Manuel con un paio di baffi di gelato. Ci sono anche ritratti più vecchi della nonna e di me. Ma è l'immagine di mamma da giovane che osservo con attenzione. Capelli scuri come i miei, una pelle simile alla porcellana e gote rosse come mele: non pallide né scavate come quella giovane che, molto tempo fa, ci rubò l'affitto il primo giorno del mese. Da piccola non avevo idea di chi fosse. Mi resi conto solo quando diventai più grande che Maggie, la sconosciuta che aveva bussato alla porta, era mamma ed era venuta a vedermi. Non so come abbia fatto a non intuirlo. Perché succede sempre così? Perché capisco tutto troppo tardi?

Ripongo gli oggetti nella vetrinetta. Faccio la doccia e pulisco il bagno finché le dita si increspano come prugne essiccate. Mangio una focaccia seduta al tavolo della cucina, masticando ogni boccone venti volte. Poi esco di casa e mi avvio verso il lavoro, con l'ansia che mi carica come un motore a reazione.

Ora tutti sanno che Grimthorpe è stato assassinato e la giornata al Regency Grand sarà lontana dall'idea di normalità. Non ho idea di cosa aspettarmi.

Quando arrivo, il signor Preston è in postazione, intento a dirigere moltitudini di ospiti sulle scale rosse. Mi faccio largo tra la folla finché non arrivo di fronte a lui.

"Molly," dice. "Hai sentito? Hanno scoperto com'è morto il signor Grimthorpe."

"Sì, e sono molto angosciata. Chi potrebbe essere capace di una cosa simile, secondo lei?"

"Molta gente. Quell'uomo non era ciò che sembrava."

Scruto il viso di Preston: è severo e nervoso, le labbra ritirate nella bocca. "E lei, signor Preston? È ciò che sembra?"

"Molly, stai bene?" chiede, appoggiandomi una mano sul braccio. "Ti senti debole?"

Mi scosto. "Dobbiamo parlare," dico. "Ma non qui. Non ora."

"Mia cara, te lo sto chiedendo da tempo."

"Olive Garden. Diciassette e un quarto," dico. "Mi aspetto che sia puntuale."

"Naturalmente, Molly. Sei sicura di stare bene?"

Non riesco a credere che me lo stia chiedendo di nuovo. "Dovrebbe rivolgere la domanda a se stesso, non a me."

Preston mi fissa nel tentativo di riconoscere una persona estranea.

"Buona giornata," dico, prima di salire i gradini ed entrare nel Regency Grand, spingendo le porte girevoli.

L'atrio è persino più affollato di ieri: è gremito di ospiti con gli occhi sbarrati e curiosi che bisbigliano in gruppetti sparuti, ma dato il numero di presenti, è fin troppo tranquillo. Nell'aria aleggia un silenzio funereo. E non c'è da stupirsene.

Scorgo il signor Snow al banco della reception. Sta sussurrando alcune disposizioni a un fattorino dall'aria seccata. Mi avvicino in attesa che termini la conversazione. Il dipendente si allontana di fretta e Snow mi rivolge gli occhi da gufo. "Molly, non riesco a crederci," dice. "Un uomo è stato avvelenato. Qui, nel nostro hotel. Ma com'è possibile?"

"Non lo so, signor Snow," rispondo. "Abbiamo trascorso gli ultimi anni a lucidare la reputazione annerita, ma ora ci siamo imbrattati in modo terribile. Mi chiedo se la macchia andrà mai via."

"Non serve a nulla pensarci, Molly. La polizia punta le dita e fa domande."

Mi guardo intorno e scorgo parecchi uomini vestiti di nero con gli auricolari nelle orecchie. "Chi sono?" chiedo. "Non hanno l'aria di essere degli ospiti."

"Sono agenti sotto copertura," risponde il direttore. "Sono ovunque e osservano ogni mossa. La detective Stark ci ha chiesto di continuare a essere operativi, cercando di 'comportarci normalmente'. Lei e gli agenti sono convinti che sia il modo migliore per stanare l'assassino."

"Non dovrebbe essere già scappato?"

"A quanto pare la modalità dell'omicidio suggerisce che potrebbe ancora aggirarsi da queste parti. La Stark ha accennato a dei trofei e alla 'patologia della tazza avvelenata'." Sembra che, per alcuni killer, nascondersi sotto gli occhi di tutti faccia parte dell'eccitazione."

Sono scossa da un tremito e, mentre osservo l'ambiente, vedo qualsiasi persona avvolta in un alone di sospetto.

Snow getta lo sguardo oltre l'atrio, attraverso le porte girevoli dove Preston dirige il traffico dalla postazione sulle scale. "Difficile da credere," dice il direttore, "ma la detective è convinta che l'assassino sia..." Fa una pausa.

"Sputi il rospo, signor Snow. Un dipendente? Uno di noi?"

Il direttore annuisce con fare solenne.

Una morsa mi attanaglia il cuore e, per un istante, mi chiedo come trovare la forza di andare avanti. *Forza e coraggio, fiorellino di maggio.*

"È meglio che vada," dico. "Questo albergo non ha intenzione di pulirsi da solo." Credo che uno strato di sudiciume criminale si annidi in ogni angolo, ma non possiamo pulire ciò che non vediamo.

"Stai all'erta, Molly," dice.

"Come sempre," rispondo.

Mi allontano e mi dirigo verso gli ascensori quando avverto un richiamo familiare alle spalle. Mi volto e vedo due componenti delle GREGGI sedute sul divano smeraldo accanto alla scala principale. Gladys, la presidente dai capelli ricci, sta sventolando la bandierina rossa verso di me, mentre Beulah è intenta rimuovere peli di gatto dallo stesso orribile maglione. Sono le ultime persone con cui desidero parlare, ma, come Snow ricorda spesso ai membri dello staff, "Siete alle dipendenze di ogni ospite."

"Signore," dico, avvicinandomi. "Spero stiate bene."

"Bene?" ripete Gladys. "Come potremmo? J.D. Grimthorpe è stato ucciso a sangue freddo."

"Siamo in lutto," aggiunge Beulah, cingendosi le spalle con le braccia.

"Sa se il ristorante aprirà al solito orario per la colazione?" chiede Gladys.

"Sì," rispondo. "Al Regency Grand ci gloriamo della nostra affidabilità e della qualità del servizio."

"Bene," commenta Beulah. "Vorrei provare a mettere qualcosa nello stomaco per calmarmi."

Anche se non riesco sempre a interpretare correttamente le emozioni umane, non posso fare a meno di notare una certa incongruenza. Le donne sembrano più preoccupate di non poter fare colazione piuttosto della possibilità che ci sia un assassino a piede libero. E per quale motivo sono ancora qui, quando non hanno nessuna possibilità di incontrare l'uomo per il quale sono arrivate? Di colpo mi viene in mente il terzo membro del trio: la donna con i colpi di luce rosa.

"Dov'è l'altra super fan?" chiedo. "La signorina Birdy è tornata a casa?"

"Sta scherzando? Non può rischiare di perdersi tutto questo," dice Beulah. "Sta girando per l'hotel a raccogliere indizi. Sta esponendo teorie e moventi ai colleghi."

"Ai miei colleghi?"

"Sì. Gli agenti segreti, gli uomini vestiti di nero sparsi nell'albergo. Sappiamo che lavorano con lei," dice Gladys. Indica un ragazzo con gli auricolari.

"Non lavorano con me," rispondo. "Sono solo una cameriera. Tutto qui."

"Certo. Capiamo," dice Gladys. Fa un cenno d'intesa e un ammiccamento. "Non diremo una parola. Però abbiamo qualcosa di importante da dirle. Da cameriera quale è, naturalmente."

"Se è davvero una cosa 'da cameriera', allora la ascolterò. Di che si tratta?"

"A proposito di Birdy," dice Gladys.

Beulah strofina il maglione ricoperto di peli, poi dice: "Come avrà notato, io e Birdy non andiamo sempre d'accordo. Condividiamo una passione per Grimthorpe, ma è l'unica cosa che abbiamo in comune. Per anni c'è stata una rivalità professionale tra noi."

"Io la chiamerei una gelosia professionale," dice Gladys.

"Vede, io sono ciò che Birdy non è: la biografa di Grimthorpe."

"Biografa *non ufficiale*," aggiunge Gladys.

"Una cosa che ho imparato negli anni è di non sottovalutare le donne minuscole. Birdy può anche essere piccola, ma è forte, scaltra e..."

"Ha dei trascorsi con il veleno," dice Gladys.

Le due donne si scambiano un'occhiata.

"Di cosa sta parlando?"

"Due anni fa, durante il simposio semestrale su 'Il genio di J.D. Grimthorpe', era presente un'accademica dell'università della zona. Dopo la conferenza, piuttosto prolissa, di Birdy sul delitto e il castigo nei misteri di J.D., la professoressa alzò la mano e disse che non aveva mai capito perché le opere avessero così successo. Definì la scrittura rigida."

"'Stitica' fu il termine che usò," dice Beulah. "Birdy era furibonda."

"Il secondo giorno del simposio, quando l'accademica tornò all'evento Delitti & Delizie, Birdy le servì un brownie che aveva cucinato lei stessa," dice Gladys.

"Marrone, come il mio maglione preferito e corretto con i lassativi," aggiunge Beulah. "Diciamo che la professoressa non ha più partecipato a nessun altro seminario."

"Tipico di Birdy," dice Gladys, scuotendo la testa ricciuta. "Il castigo si addice al delitto."

Le due donne annuiscono.

"Quando la detective ha detto che il signor Grimthorpe è stato assassinato, abbiamo pensato entrambe la stessa cosa: Birdy," dice Beulah.

Gladys si avvicina. "Se Birdy è riuscita ad avvelenare un brownie, di cos'altro sarebbe capace?"

"Per quale motivo ucciderebbe il suo idolo?" chiedo.

"Perché è arrabbiata," suggerisce Beulah. "Con lui e con me. Ammazzando J.D. punisce sia me che se stessa." Beulah si china verso di me con fare cospiratorio, abbassando la voce. "Ultimamente mi ero avvicinata al signor Grimthorpe, scoprendo dei segreti dei quali Birdy non sa nulla. Io e lui avevamo discusso della possibilità che diventassi la biografa ufficiale. Birdy non era contenta, ha sempre voluto essere molto di più della fan numero uno. Era verde d'invidia quando le dissi che l'avevo battuta sul tempo."

"E, come abbiamo detto," aggiunge Gladys, "Ha sempre avuto una particolare predilezione per *Veleno & Castigo*. Il romanzo, intendo."

"È il suo libro preferito di J.D. perché l'antagonista riceve ciò che si merita attraverso un drink contaminato. Dubito che si tratti di una coincidenza," dice Beulah.

"Io e Beulah ne abbiamo discusso ieri notte," dice Gladys, "e, anche se è difficile immaginare che Birdy arrivi fino a questo punto, abbiamo deciso che sarebbe stato prudente raccontare l'antefatto alle autorità."

"Non sono una persona autorevole," dico. "A meno che non vi riferite al ruolo di governante."

"Naturalmente," dice Gladys ad alta voce. "È così."

Beulah mi afferra il braccio. "Ora farà delle indagini in merito, giusto?" Mi sussurra.

"Non mi occupo di queste cose," dico. "Parlate con le vere autorità. Adesso, se volete scusarmi, devo scappare. Le camere non si puliscono da sole."

"Soprattutto quella di Beulah," dice Gladys. "Sembra che là dentro si sia trasferita un'accumulatrice compulsiva."

"Non è poi così male," risponde Beulah. Si accarezza il maglione e spande peli di gatto nell'aria.

Giro i tacchi e me ne vado senza dire una parola. Bisogna ammetterlo: mi sento sollevata appena le saluto. Ogni dettaglio mi dà sui nervi.

Mi precipito al piano inferiore, verso il reparto pulizie, dove indosso la divisa, appuntando la targhetta di governante nella giusta posizione: sopra il cuore. Lily è già arrivata. Le scarpe sono sistemate di fronte all'armadietto.

Una volta vestita, mi controllo allo specchio un'ultima volta, poi salgo al secondo piano. Si aprono le porte dell'ascensore e scorgo il carrello di Lily alla fine del corridoio, ma quando guardo dall'altra parte, vedo Cheryl che sta uscendo da una camera, con la mano grassoccia piena di banconote.

Non ci siamo. È la seconda volta, in meno di ventiquattro ore, che becco un ladro in flagrante. Cheryl ne sta combinando una delle sue: sgraffigna le mance dalle camere che non pulisce, soldi che spetterebbero a Lily e a me.

"Cheryl!" dico, anzi, urlo, dato che mi sento ribollire di rabbia. Percorro il corridoio a passo di marcia e mi fermo davanti a lei. "Come osi rubare le mance delle altre cameriere. Ti ricordo che è espressamente vietato interferire con la remunerazione destinata agli altri membri dello staff. Ti rendi conto che è causa di licenziamento?"

"Ehi, Molly!" dice Cheryl, con le mani alzate. "Non c'è bisogno di agitarsi. Come ho detto a Lily, ho pensato che sarebbe bello mettere in comune le mance e poi dividerle equamente. Come dici sempre tu: 'In modo equo e imparziale, tutte le cameriere condividono il totale.'"

"Quell'affermazione si riferisce al carico di lavoro," preciso. "Tu ne hai travisato il significato."

La testa di Lily fa capolino da una camera. I cerchi scuri sotto gli occhi sono così pronunciati che la fanno sembrare un procione.

"Diglielo tu, Lily," dice Cheryl. "Siamo d'accordo a mettere insieme le mance, giusto?"

Lily sta per dire qualcosa, ma le parole le rimangono impigliate in gola.

"Io… immagino di sì," riesce a balbettare, poi scuote la testa e si fa silenziosa.

Questo atteggiamento mi agita ancora di più: mi fa venir voglia di immergere le avide grinfie di Cheryl in un secchio colmo di soluzione alcalina. Invece sfoggio un sorriso forzato e dico, "Sono io la governante. Spetta a *me* decidere come distribuire le mance. E, per essere precisi, ne ho avuto abbastanza di schifose ladre come te."

"Schifose ladre?" ripete Cheryl, sottolineandolo con uno sbuffo. "Mi hai appena chiamato con un termine molto sgradevole. Chi sta infrangendo il regolamento? Mi chiedo cosa direbbe il signor Snow se decidessi di denunciarti. Devo andare," dice. "Assicuratevi di strillare se vedete un assassino che brandisce un'ascia dietro la porta di una camera. O meglio ancora, non gridate: state zitte," dice, guardando Lily. Poi si allontana verso il corridoio.

Lily riemerge dalla camera che stava pulendo, fermandosi davanti a me: ha gli occhi colmi di lacrime.

"Hai davvero acconsentito a mettere in comune le mance?" chiedo.

Lily non parla, è immobile.

"Quando finirà questa terapia del silenzio?" chiedo. "Lo so che questo posto è spaventoso, ma andrà tutto bene. Le cose si sistemeranno, alla fine."

Il viso di Lily rimane impassibile: è una maschera di preoccupazione e ansia.

"Questo hotel?" sussurra. "È più sudicio di quanto mi sia mai resa conto. Non so cosa fare."

"C'è soltanto una cosa da fare in presenza della sporcizia, Lily. Bisogna ripulirlo."

Per un attimo mi fissa e poi scivola dietro il carrello e sparisce lungo il corridoio.

15.

Prima

Sono in cucina con la nonna: mi rivolge una domanda, ma il pavimento sul quale appoggio i piedi si sta deformando. La nonna è davanti a me, con le mani sulle spalle, ma è come se mi stesse parlando da dentro una bottiglia che ondeggia nel mare.

"Ti prego, dimmi che il signor Rosso ha ritirato la busta," ripete. "Molly?"

"Non è venuto," dico. "Il signor Rosso non è passato." Tengo gli occhi sul tavolo della cucina con il desiderio che la busta riappaia, ma non succede. E so che non accadrà.

"Quella donna ti conosceva. Ha detto di chiamarsi Maggie."

Le mani della nonna scivolano via dalle spalle e si posano sul viso. Le sfugge un suono che ho sentito in un documentario: il verso di una mamma pecora dopo che un leone ha catturato l'agnellino e l'ha portato via.

"Nonna, chi è quella donna? Forse non è troppo tardi."

Le lacrime le rigano il volto. "Bambina mia," esclama. "È sempre troppo tardi con lei."

"Ma chi è?" insisto.

La nonna rimane in silenzio. Una ruga le solca la fronte. "Davvero non lo sai?"

Scuoto la testa.

"Perché dovresti?" dice. "In fondo, per te, è una sconosciuta."

"È una ladra," dico. "Dovremmo chiamare la polizia. Possono catturarla e restituirci i soldi."

"È inutile, Molly. Se ne è andata già da un pezzo."

La nonna si accovaccia sul pavimento e io le siedo di fronte, a gambe incrociate. Sento le costole premere contro il cuore, la gravità della situazione mi atterrisce.

"Nonna, ti prego, non piangere. Mi dispiace tanto."

Proprio in quell'istante sentiamo battere alla porta e sussultiamo. È lei, penso, è Maggie. Ha cambiato idea e ci sta riconsegnando i soldi. È una brava persona!

Mi alzo con un saltello e aiuto la nonna rimettersi in piedi. Estraggo un fazzoletto dalla scatola sul tavolo e glielo passo. Poi afferro una sedia e mi precipito alla porta d'ingresso. Ci salgo sopra e guardo attraverso lo spioncino.

Ciò che vedo mi terrorizza. "È il signor Rosso," dico.

"Lascia fare a me," risponde la nonna, soffiandosi il naso. Mi raggiunge mentre scosto la sedia.

Apre la porta al padrone di casa, con il naso bulboso e le braccia conserte sulla pancia tonda.

"Buongiorno, signor Rosso," dice la nonna. "Confido che sia una bella giornata per lei." La voce cantilenante le rimane impigliata in gola.

"Il giorno dell'affitto è un piacere solo se viene effettuato il pagamento," risponde lui.

La nonna unisce le mani, poi le sfrega contro le cosce. "Signor Rosso," dice. "Temo di essere incappata in una situazione imprevista che ha causato un ritardo del pagamento."

"Ora lo ripeta in un inglese semplice," replica l'uomo.

"Non abbiamo i soldi, ma la pagherò presto."

Il viso dell'uomo passa da un rosa chiaro a una sfumatura tra la barbabietola e la rosa rossa.

"Il condominio è pieno di buoni a nulla, ma pensavo che fosse migliore di loro, Flora. Lo credevo davvero."

"Sono terribilmente dispiaciuta di deluderla," dice la nonna. "Ci sarebbe quel detto sui limoni e la limonata, ma oggi non ho nemmeno un agrume e non c'è molto che possa fare. A volte, la vita interferisce nonostante si abbiano le migliori intenzioni."

"Non senza conseguenze," risponde lui con le narici dilatate. "È l'unico modo per dare una lezione a gente come voi." Si volta e percorre il corridoio, strascicando i piedi.

"Scusi?" gli grida la nonna. "Cosa intende con gente come noi?"

Io e la nonna sporgiamo la testa fuori dalla porta in attesa di una risposta, ma il signor Rosso non si volta.

Rientriamo nell'appartamento e la nonna chiude piano la porta, facendo scattare la serratura.

"Cosa intendeva?" domando. "Cosa succederà?"

"Inutili minacce, tesoro. Niente di cui preoccuparsi." Fa un respiro profondo e poi batte le mani. Perché non facciamo quello che sappiamo fare meglio?"

"Una pulizia approfondita conferisce significato alla vita," intono.

"Riordinare tira su il morale," risponde la nonna.

"Che cosa stai aspettando? Prendi uno spolverino, tesorino!" dico, correndo in cucina a preparare un secchio e gli stracci per la missione Pulizie approfondite.

Trascorriamo il pomeriggio a sfregare, spolverare e lucidare. Sebbene la nonna sembri stanca e non canticchi come al solito, mi sento rinvigorita dall'aroma del limone che fluttua nell'aria: è il profumo di casa.

Dalla cucina al bagno, dall'ingresso alle camere da letto, nell'ora del crepuscolo tutto è perfettamente pulito.

Io e la nonna ci teniamo per ultima la parte migliore: siamo in soggiorno, intente a svuotare la vetrinetta con i cimeli. Ci sediamo sul pavimento, circondate dagli animali di Swarovski, i cucchiai souvenir e le foto incorniciate. La nonna tiene tra le mani la foto di mamma. La ruga profonda ricompare sulla fronte quando strofina la cornice dorata fino a farla brillare.

Sentiamo uno strano rumore, un intenso crepitio. Poi le luci si spengono di colpo.

Silenzio.

"Nonna?" la chiamo ad alta voce.

Non riesco a vedere nulla. È buio pesto, anche se scopro che l'udito funziona ancora meglio nell'oscurità.

Ciò che avverto subito dopo è un lamento: la mamma pecora chiama l'agnellino che non vedrà mai più.

16.

Lavoro accanto a Lily per il resto della giornata nella speranza di aiutarla ad aprirsi, ma gli sforzi non danno risultati. Lei pronuncia due frasi in tutto il giorno: "Mi passi uno strofinaccio pulito, per favore?" e "Posso fare una pausa per andare in bagno?" Qualunque cosa stia tormentando Lily, ho abbastanza buon senso da non strappargli elo di bocca con la forza: *le cose belle accadono a coloro che sanno aspettare.*

L'unica buona notizia è che insieme, quasi in silenzio, siamo riuscite a pulire più delle camere che compaiono nell'elenco. Le abbiamo lasciate immacolate, quasi nuove, come se la vita non le avesse mai insudiciate, come se la sporcizia non fosse mai esistita.

Magari fosse vero. Sappiamo entrambe che non è così, perché per quanto puliamo, non conosciamo chi vi soggiorna. Uno di loro potrebbe essere l'assassino di Grimthorpe. E se il colpevole non fosse un ospite, chi potrebbe essere?

Sono le 17:00 in punto e il turno è finito. "La giornata è terminata," dico a Lily. "Grazie per il meticoloso, seppur silenzioso, lavoro."

Non risponde, non mi rivolge nemmeno uno sguardo. Si sistema dietro il carrello e lo spinge verso l'ascensore, diretta al reparto pulizie, dove si sfilerà la divisa e indosserà gli abiti borghesi fino a domani.

È quasi l'ora dell'appuntamento con Preston all'Olive Garden e, a dire la verità, è tutto il giorno che penso a quello che, per anni, è stato un amico fidato. Il signor Preston che viene a pranzare con me e Juan la domenica. Il signor Preston che ho considerato uno di famiglia. Il signor Preston che ha venduto un libro usato. Il signor Preston che, nella migliore delle ipotesi, è un ladro e nella peggiore...

Traditori e farabutti, faccendieri e lupi travestiti da agnelli. Non può essere uno di loro. Eppure, l'ho visto coi miei occhi: è entrato nel negozio con la prima edizione di quel volume sotto il braccio.

Nel reparto pulizie Lily se n'è già andata, così come le altre cameriere. Sono di nuovo sola. Mi guardo il viso allo specchio. A quanto pare sto trasportando dei bagagli: due borse nere sono apparse sotto gli occhi. Se ci fosse Juan Manuel lo annoterebbe su un taccuino come ha fatto l'ultima volta in cui ho lavorato fino allo sfinimento.

"Cos'è?" ho chiesto quando mi ha allungato il foglietto.

"Una prescrizione," ha risposto.

"R&R, riposo e relax, una volta al giorno per Molly Gray," ha letto. "Somministrazione da parte di J.M., che include un bagno con molta schiuma, un massaggio ai piedi e spaghetti con polpette per cena. E non sono permesse pulizie da parte della signorina Molly." Un cuore appariva accanto al nome.

Mi manca da morire. Se fosse qui, saprebbe esattamente che cosa fare. Ma adesso, mi chiedo a chi posso rivolgermi?

Angela fa capolino sulla soglia dello spogliatoio, facendomi sussultare.

"Mi hai spaventato a morte," dico. "Cosa ci fai qui? Dovresti essere al Social."

"Sì, lo so," dice Angela. "Ma sto facendo alcune indagini private. Ho parlato con lo staff della cucina per capire se la polizia ha analizzato tutti i liquidi presenti nella dispensa alla ricerca del veleno."

Eccola di nuovo, penso. "Angela, per quale motivo ti stai immischiando? Stanne fuori e basta."

"Posso perdere la grande opportunità di risolvere un crimine? Neanche per sogno. Ad ogni modo, giusto per tenerti informata, la polizia ha analizzato ogni cosa in cucina, ma non ha trovato nulla fuori posto. Io, però, ho condotto comunque delle analisi."

"Cos'hai fatto?"

"Ho assaggiato una goccia di ogni liquido presente per vedere se mi avrebbe provocato il vomito."

"E cos'hai scoperto?"

"Che il succo d'arancia e l'aceto, seguiti dalla salsa di soia e il miele causano una grave indigestione. La buona notizia? Non sono ancora stramazzata a terra," dice Angela.

"Non riesco a credere che tu l'abbia fatto. Stai esagerando."

"No," risponde. Esce dalla soglia della porta, guarda da entrambe le direzioni del corridoio e torna da me in punta di piedi. "Senti, Molly. La situazione sta diventando davvero strana. Gli agenti sotto copertura si stanno concentrando su un sospetto. Li ho sentiti parlare e ci sono cose che devi sapere."

"Ci sono cose che *tu* devi sapere, Angela," dico. "La prima è che non sono un'investigatrice, né voglio essere scambiata per tale. Ho detto alla Stark che ho fatto un terribile errore e che mi sono spacciata per un'agente. Mi sono costituita per frode. Ovviamente non le ho detto di chi è stata l'idea."

Angela mi fissa incredula, una mano sul fianco. "Questa è ufficialmente la cosa più stupida che abbia mai sentito."

"Sembri la detective Stark," rispondo. Apro l'armadietto ed estraggo la borsa. "Continuo a dire alle GREGGI che sono solo una cameriera, ma non vogliono ascoltarmi. A causa delle tue menzogne, continuano a fornirmi degli indizi."

"Bene. Questo tornerà utile."

Sono infastidita e senza forze. Angela mi piace, ma a volte è la persona più testarda sulla faccia della terra. Serro l'armadietto e mi avvio verso la porta.

"Aspetta un attimo! Molly, dobbiamo parlare," dice. "Stai andando a casa?"

"No. Vedo Preston." Mi volto: voglio guardarla negli occhi. "Angela, ti rivelo questa cosa in confidenza e ti chiedo di tenerla per te finché non parlo con lui. Ieri ho beccato Preston mentre vendeva la prima edizione di Grimthorpe scomparsa dalla scatola alla reception. La stava portando al banco dei pegni, a qualche isolato da qui. L'ho visto con i miei occhi."

"Molly, che importanza ha?" risponde Angela. "Era solo un libro."

"E se dovesse essere tutto collegato?" chiedo. "E se Grimthorpe è stato ucciso per far lievitare il prezzo delle edizioni?"

Angela rimane in silenzio. Gioca con il laccetto del grembiule e prende in considerazione la possibilità. "Macché. Impossibile. Preston non farebbe male a una mosca. Non dovresti saltare alle conclusioni."

"Mi sembra di sentire la nonna. Ora devo andare. Ciao, Angela."

Mi volto e mi dirigo verso le scale che portano nell'atrio senza dire un'altra parola. Sono agitata e tremolante.

Esco dall'hotel, spingendo le porte girevoli, e mi precipito lungo le scale in direzione dell'Olive Garden, a meno di un isolato di distanza.

Una volta arrivata, un cameriere dall'aspetto familiare mi accoglie con un sorriso e mi accompagna dietro un séparé. Posa due menù sul tavolo e si allontana.

In quell'istante scorgo Preston all'entrata e gli faccio cenno di avvicinarsi. Estraggo il telefono dalla borsa, segna le 17:14. Almeno è puntuale.

"Molly," dice, scivolando sulla panca di fronte a me. È vestito in modo formale, con un maglione di lana blu e una camicia sulla quale svetta una cravatta. È un abbigliamento che indossa di rado, nemmeno durante i pranzi domenicali.

"Che bello vederti fuori dal lavoro," dice dopo essersi seduto. "È da un po' che volevo parlarti." Sorride, con le rughe che si annidano intorno agli occhi.

Non riesco a fidarmi nemmeno del viso familiare solcato da ciò che, una volta, pensavo fosse gentilezza. "Signor Preston," dico. "L'ho invitata qui perché è un bugiardo."

Gli occhi si spalancano. "Scusa?"

"Un bugiardo e un ladro," dico. "Mi ha sempre detto che non bisogna fidarsi delle apparenze e che non tutti i rospi diventano dei principi. Signor Preston, con il cuore pieno di dolore, glielo confesso: l'ho vista per quello che è. Nel bene e nel male."

"Ragazza mia, non ho idea di cosa stia dicendo. Deve esserci un errore."

"No," dico. "Ieri, mentre tornavo dalla stazione di polizia, l'ho vista fuori dal banco dei pegni con un volume in mano. L'ha venduto, si trattava della prima edizione di *La cameriera nella villa*."

Preston fa spallucce. "Non lo nego. Il prezzo è salito considerevolmente e capisco che tu possa interpretarlo come un tentativo di approfittare dalla morte dello scrittore, ma la verità, Molly, è che ho bisogno di soldi. Sto invecchiando. Questa è una delle cose di cui volevo parlarti, ma temevo che potesse turbarti. Sollevare bagagli è un lavoro per giovani e non so per quanto tempo lo potrò fare. Sto pensando di andare in pensione e ho bisogno di un ammortizzatore finanziario, un piccolo gruzzolo per poter andare avanti."

"Rubare non è il modo per accumulare un Fabergé!" Le parole mi escono dalla bocca con foga. Me ne accorgo solo dopo aver notato delle persone voltarsi verso di noi.

"Rubare?" sussurra Preston, allungandosi sul tavolo. "Non ho mai rubato nulla in vita mia, men che meno un Fabergé."

Scruto il suo volto, cercando dei segni rivelatori della disonestà, che spesso tradiscono una falsità, ma non ne trovo.

Provo una nuova tecnica. "Tanto tempo fa, c'era una volta una scatola," dico. "All'interno c'era la copia della prima edizione di *La cameriera nella villa*, che apparteneva alla signorina Sharpe e che è rimasta sul banco della reception. Poi è scattato l'allarme antincendio e la scatola è scomparsa. Qualche giorno dopo ho visto il libro nelle sue mani."

"Oh, Molly," esclama il signor Preston: appoggia i gomiti sul tavolo e si copre il viso con le mani.

"I gomiti non devono stare sul tavolo, né ora né mai," gli ricordo.

Il signor Preston trae un sospiro e li rimuove.

Il cameriere si avvicina. "Siete pronti per ordinare?"

"Chardonnay, due bicchieri," dice Preston.

"Non ho intenzione di bere del vino," dico. "Per me acqua. Non stiamo festeggiando."

Il cameriere distoglie lo sguardo da me, rivolgendolo a Preston, in attesa di ulteriori spiegazioni. Quando si accorge che nessuno gliele fornirà, se la svigna.

"Molly," dice Preston. "Ho una confessione da farti."

Ecco l'attimo nel quale le paure diventano realtà, quando la fiducia riposta in un uomo che per me è stato un famigliare, viene distrutta in un secondo. Provo a giocare d'anticipo. "Quindi lo ammette: ha avvelenato il signor Grimthorpe!"

"Cosa?! Non ho fatto nulla del genere!" risponde Preston. "Come può passarti per la testa?"

Lo guardo attentamente, scrutando il viso. È sul punto di piangere.

"Molly, l'unica cosa della quale sono colpevole è una piccola innocente bugia," dice. Afferra una salviettina dal portatovaglioli e si tampona adagio la fronte, prima di continuare. "Qualche giorno fa, quando mi hai chiesto del signor Grimthorpe, ho detto di non conoscerlo, ma non è così. Più esattamente, lo conoscevo tanto tempo fa." Si ferma e mi fissa come se aspettasse che intuissi qualcosa.

"Vada avanti."

"Il libro che ho dato in pegno me lo ha regalato Grimthorpe in persona, anni fa, quando ero alle sue dipendenze e tu... eri alta come un soldo di cacio."

Quelle parole non hanno né capo né coda. Sembra un abile discorso per togliersi dai guai e distrarmi dalla verità. "I Grimthorpe non hanno mai avuto un portiere," dico a braccia conserte. "Ne sono sicura."

"Giusto," risponde. "Avevano un custode."

La testa comincia a girare. La panca si inclina e rotea. Ricordi ed emozioni si scontrano come se mi stesse attraversando un tornado.

"Molly? Non sono un assassino, ma non sono neppure un ladro. Il fatto che tu possa pensare che sarei potuto cadere così in basso... mi spezza il cuore." Preston allunga la mano sul tavolo in cerca della mia. "L'unica cosa della quale sono colpevole è il fatto di non averti confessato di conoscere Grimthorpe. Il giorno dopo la sua morte sono passato davanti al banco dei pegni, prima di tornare a casa dal lavoro, e ho visto la copia di una prima edizione in vetrina. Era stata messa nel listino a un prezzo astronomico. Da lì ho avuto l'idea di vendere la mia. Ho sempre detestato Grimthorpe e, quindi, perché avrei dovuto conservare il libro? Tua nonna era solita predicare la pazienza, ma non sopportava più l'atmosfera che regnava in quella casa, specie quando Grimthorpe era ubriaco. Lei pensava che, se fosse riuscito a smaltire la sbornia, sarebbe cambiato, ma aveva torto. La signora Grimthorpe non si fidava quasi di nessuno, soltanto Flora e l'assistente potevano stare accanto al marito. Diceva che c'erano soltanto altre due donne, oltre a lei, abbastanza forti da riuscire a gestire le sue stravaganze. Per molto tempo tua nonna è rimasta al fianco dei Grimthorpe, ma alla fine ha scoperto la verità: era un uomo ignobile e indegno della sua lealtà. E anche la signora l'ha delusa. L'hanno tradita entrambi in modi diversi."

"La nonna non mi ha mai raccontato niente. Davvero, credimi."

"Non l'avrebbe fatto. Provava vergogna e umiliazione. Voleva mettersi tutto alle spalle e ricominciare da capo."

"Perché me lo sta dicendo adesso?"

"Perché è collegato con quello che sto cercando di dirti da tempo."

"E cioè che mi conosceva da prima. Quando ero una bambina e lavoravo dai Grimthorpe. L'ho capito," dico.

"È solo una parte della storia. Mi ricordo di te, la ragazzina coraggiosa che teneva la nonna per mano e camminava lungo il sentiero di rose. Quella stessa bimba che un giorno ha percorso la strada al contrario e si è fermata di fronte alle telecamere del cancello per consegnare un regalo al custode. Ti ricordi?"

Certo che mi ricordo. Come potrei dimenticare la gentilezza di quello sconosciuto? Non sapevo con chi stessi parlando. All'epoca non ne avevo idea.

Lo stomaco si contorce. "Signor Preston," dico. "Ho fatto un terribile errore." Sento la vergogna bruciarmi la gola e mi sforzo di trovare le parole. "Sono io ad aver fatto una figuraccia, non lei. Non so chi abbia rubato quel libro dalla reception, ma ora capisco che lei non c'entra nulla. Mi dispiace tanto. Riuscirà mai a perdonarmi?"

"Perdonarti? Molly, è una cosa scontata. Ora e sempre."

Traggo un sospiro di sollievo. "C'era qualcos'altro che aveva intenzione di dirmi?"

Preston mi dà un colpetto affettuoso sulla mano. "Ti ho già raccontato parecchio. Forse è meglio lasciare il resto a un'altra volta."

"Non se lo dimenticherà?"

Mi fissa con quegli occhi affettuosi e lucidi. "Non potrei mai, Molly."

17.

Prima

Sono piccola, terrorizzata e seduta al buio, mentre la nonna singhiozza sul pavimento del soggiorno senza che possa vederla. Non sono le lacrime a spaventarmi e neppure l'oscurità. Sono turbata da me stessa: dall'imperterrita capacità di capire le cose troppo tardi.

I singhiozzi si fermano. La sento spostarsi, trascinando i piedi. Avverto i passi, il familiare cigolio del lavandino del bagno, il rumore di chi cerca qualcosa.

"Nonna?"

"Arrivo subito," risponde. "Rimani lì."

Altri passi e un fruscio.

"Sia fatta la luce," dice la nonna: sistema una candela accesa su un tavolino e accende le altre a terra, spargendole per la stanza. L'effetto è meraviglioso: il soggiorno è immerso in un'incantevole bagliore.

"Dove c'è la volontà, c'è sempre una strada. Per un attimo l'ho persa, Molly, ma ora è tornata. Tè?"

"Non c'è l'elettricità, il bollitore non funziona."

"Abbiamo ancora del ghiaccio nel freezer, almeno per un po'. Posso fare quello freddo."

Afferra una candela e si avvia verso la cucina. Fruga in giro, mentre rimango seduta sul pavimento, sentendola canticchiare tra sé come se non ci fosse alcun problema. Qualche minuto più tardi emerge con due bicchieri alti, una brocca e alcuni biscotti su un vassoio d'argento.

"Tè per due?" Lo posa sul tavolo del soggiorno, si siede sul sofà e lo accarezza.

Prendo posto accanto a lei.

Per il resto della serata beviamo tè ghiacciato e mangiamo biscotti. Non possiamo guardare David Attenborough né *Colombo*, così la nonna mi intrattiene con storie di fate e principesse, di signori e signore, di cameriere e domestiche, che lavorano al piano inferiore. A un certo punto percepisco le palpebre chiudersi. Una mano avvolge la mia e mi conduce a letto. Nonna era così: ha sempre trovato un modo per alimentare la speranza. E cos'è la speranza se non la decisione di diffondere la luce nell'oscurità?

Il mattino seguente il sole è alto e non c'è bisogno di candele, anche se l'elettricità è ancora staccata e manca l'acqua calda. Mi lavo con quella fredda, contorcendomi come un gatto, come dice la nonna, anche se in casa non ci sono felini.

Durante il tragitto verso la villa, sottopongo la nonna a un interrogatorio.

"Come faremo per l'affitto? E se il signor Rosso non ripristina l'elettricità? E se dobbiamo vivere al buio per il resto dei giorni?"

"Non preoccuparti, Molly. La nonna ha un piano."

Quando arriviamo alla villa ci fermiamo, come al solito, al cancello.

La nonna preme il pulsante del citofono, ma invece di salutare e chiedere il permesso di entrare, dice: "Vengo alla torretta." È insolito, non è mai andata in quel luogo: la fortezza impenetrabile che sorveglia la villa, a pochi metri dal cancello.

Si avverte un trillo e le porte si spalancano.

"Aspetta un minuto," dice la nonna.

Annuisco confusa, ma fiduciosa del fatto che sappia cosa sta facendo. Cammina lungo il recinto di ferro battuto in direzione della torretta, poi entra da una porta della quale non ho mai saputo l'esistenza. Come mai? Che intenzioni ha?

Attendo accanto al cancello e conto le lance appuntite in cima alla recinzione. Quando le vertigini cominciano a increspare il terreno sotto i miei piedi, la nonna esce dal varco segreto e si avvicina.

Mi raggiunge e si ferma. "Ho ricevuto un pagherò," dice con voce cantilenante. "Più tardi avremo i soldi dell'affitto. Significa che l'elettricità verrà ripristinata. E sia fatta la luce." Mi posa una mano sulla schiena e mi guida lungo il sentiero di rose in direzione della villa.

Camminiamo e cerco di metabolizzare la notizia, ma ho qualche difficoltà a mettere insieme i pezzi. "Chi ti ha dato i soldi, nonna?"

"Il custode," risponde.

L'uomo invisibile della torretta? "Perché dovrebbe prestarci dei soldi?"

"Perché ci sono ancora delle brave persone in questo mondo, Molly. E ce n'è una, in quella torre, che sta vigilando su di noi."

Lancio un'occhiata dietro di me, verso la colonna a tre piani di pietra grigia con le finestre oscurate dalla quale chiunque può guardare, ma è invisibile dall'esterno. In quell'istante mi viene un'idea.

Trascorro la mattina a lucidare l'argento. La signora Grimthorpe entra in cucina intorno alle undici e trenta per valutare il lavoro.

"Può bastare," dice. "Puoi andare di sopra a leggere, in silenzio."

Mi congedo e salgo in biblioteca, dove afferro *Grandi speranze* e mi accomodo sulla chaise longue. Mi sono appena seduta quando sento un clic e vedo la luce diffondersi sul pavimento dalla fessura nella parete. I passi delle pantofole, il movimento dell'Oxford Dictionary e un, secondo dopo, il muro di libri che si apre, rivelando il signor Grimthorpe sulla soglia: schiude le labbra in un sorriso da un orecchio all'altro.

"Pip," dice. "Dove sei finita? Sono giorni che non ti vedo. Ho sperato che ricomparissi. Sei davvero una piccola profeta, una giovane indovina, colei-che-sa-tutto."

"Non so nulla," rispondo. "Anzi, col passare dei giorni ne so meno di prima."

"Ma mi hai dato la risposta," continua. "Sono anni che combatto e tu mi hai suggerito la soluzione: la soluzione alcalina. La fine è vicina, Pip. Ho quasi terminato il romanzo."

Scruto l'uomo rachitico davanti a me. Il viso risplende come il Fabergé sulla mensola del camino al piano inferiore.

"Davvero?" chiedo. "Ha finito di scrivere il libro?"

"Quasi," risponde. "La soluzione alcalina e la cameriera. Sono entrambe idee tue. Sei stata tu a capire come un corpo può essere presente e l'attimo dopo non esserci più: dissolto, disintegrato, sparito. Invisibilità e assenza. Mi ci vorrà qualche giorno per buttare giù le ultime righe, ma ci sono quasi. E credo di avercela fatta, di essermi guadagnato un nuovo posto nella libreria: *in perpetuum*."

Comincia a percorrere la stanza in lungo e in largo. Prende una Moleskine e la penna stilografica, scarabocchiandovi qualcosa a grandi tratti. Il corpo è diverso, si è trasformato. La nodosa asimmetria, l'affilata spigolosità, ogni aspetto sembra vigoroso e determinato, come una pantera a caccia di prede.

Rat-a-tat-tat-tat.

Ci risiamo. La battitura a macchina: chiara e sonora. La donna vestita di blu dev'essere nell'ufficio: ovunque sia, è impegnata a battere la fine della nuova opera del grande scrittore.

Dal momento che è di buon umore, decido di correre qualche rischio. "Signor Grimthorpe," dico. "Dov'è l'ufficio dell'assistente? Ogni giorno la vedo entrare dalla porta laterale e la sento battere a macchina, ma non ho mai visto dove lavora."

"Allora non osservi bene," dice lui. Chiude la Moleskine con un colpo secco e mi rivolge un ghigno.

"Non passeggia mai nei pressi della villa," dico. "A volte mi domando se sia reale."

Grimthorpe ridacchia. "Eccome se è reale."

Non so cosa ci sia di divertente, ma sono grata che l'umore stia resistendo. Si avvicina a grandi passi al punto in cui mi trovo, sulla soglia della biblioteca.

"Niente mi può sfiorare oggi, Pip," dice. "Potrei camminare sull'acqua. Mi sento come quando smisi di bere, all'epoca in cui il primo romanzo entrò nella classifica dei bestseller ed ero al settimo cielo. Oggi sarei capace di qualunque cosa."

In quel momento sento la nonna chiamarmi dalla scala principale: "Mancano dieci minuti al tè!"

Anche Grimthorpe la avverte. "Una volta aveva l'abitudine di venire qui e sedersi con me ogni giorno. Lo sapevi? Se avevo voglia di parlare, mi ascoltava. Durante la fase peggiore, con i tremolii e i sudori, mi intratteneva con delle storie. Mi distraeva nelle giornate più nere. Ora non passa quasi più a trovarmi." La lingua di Grimthorpe attraversa rapida l'avorio dei denti prima di scomparire nella caverna della bocca.

"Se ha bisogno della nonna, perché non scende?"

Annuisce e sfoggia un sorriso ammaliante. "Buona idea, Pip. Magari lo farò."

"Ora devo andare," dico.

"Sì. Lucidare e far brillare. Riportare tutto a uno stato di perfezione: il futile tentativo di mia moglie di preservare l'illusione di un matrimonio e di un marito perfetti. Due cose che non ha mai avuto. Ti rivelerò un segreto, Pip: il fiore non dura mai. L'oro non splende in eterno."

"Vado," dico. "Ho una cosa da fare. Arrivederci, signor Grimthorpe." Allungo il braccio e spingo l'Oxford Dictionary. Il muro di libri si richiude e l'uomo sparisce.

Non ho molto tempo. La nonna mi chiamerà di nuovo. Mi precipito in corridoio e mi dirigo in punta di piedi verso le scale. Afferro le scarpe dall'anticamera, le infilo, giro il pomello e sgattaiolo fuori dalla porta principale, richiudendola alle spalle senza fare rumore.

Me la svigno lungo il sentiero di rose, che ormai hanno superato la fase migliore della fioritura: il gambo è pesante e i petali cadono sui ciottoli. Cammino e cerco un esemplare non ancora sbiadito. Impiego del tempo, ma scorgo un fiore cremisi nascosto in mezzo a un cespuglio: i petali si spiegano in un apice di splendore. Allungo il braccio nei rovi, ignorando il graffio delle spine, finché le dita non trovano lo stelo che alimenta l'ultima rosa brillante. Lo stringo, lo spezzo e lo estraggo dal cespuglio. I segni lungo il braccio sono simili a punture di spillo, ma non importa, perché ne vale la pena: possiedo un tesoro, l'ultimo esemplare del raccolto dell'anno.

Percorro il resto del sentiero con la rosa che custodisco con entrambe le mani. Quando raggiungo il cancello di ferro battuto, premo il pulsante del citofono come ha fatto la nonna e mi avvicino alle asticelle.

"Riesce a sentirmi?" chiedo. "Mi vede? Sono Molly, la cameriera. Passo e chiudo."

Attendo una risposta, ma non arriva. Getto lo sguardo verso la torretta e premo di nuovo.

"Chiunque lei sia, so che ha aiutato me e la nonna. Ci ha prestato i soldi per l'affitto. Penso che sia un gesto molto generoso. Volevo solamente portarle un regalo," dico. "E ringraziarla."

Un clic, il rumore dell'elettricità.

"Ti ringrazio tanto, bambina mia," sento.

Guardo di nuovo la torretta. Le finestre scure non rivelano nulla, ma ciò non mi scoraggia dal tenere in alto la rosa per l'uomo invisibile, prima di lasciarla sulla sporgenza accanto al citofono.

Compio un inchino profondo, eseguendolo in modo impeccabile verso di lui. Poi mi affretto lungo il sentiero fiancheggiato dalle rose e torno alla villa.

18.

Fin da bambina mi è stato detto, in maniera schietta o indirettamente, che sono un fallimento. Non è abbastanza brava. Non raggiunge lo standard richiesto. Non riesce a comprendere ciò che gli altri capiscono con facilità. Molly la Mutante. Il Robot Roomba. Moll la Stramba.

Non ho mai creduto a nessuna di queste affermazioni. Mi scagliavo contro la supposizione secondo la quale le differenze mi rendevano inadeguata. Mi rifiutavo di accettarlo. Ora i piedi calpestano il marciapiede e mi dirigo verso il lavoro, dove affronterò Preston dopo averlo scambiato per un assassino e comincio a credere che sia tutto vero. Magari sono inadeguata. Senza dubbio sono una sciocca, una STUPIDA come ce ne sono poche. Come ho potuto pensare che Preston fosse una brutta persona? Come ho potuto prendere una tale cantonata? E se sono così cretina, di quali altri errori madornali sarei capace?

Questa mattina Juan Manuel mi ha telefonato mentre masticavo un boccone di muffin per la quattordicesima volta. Ho deglutito e gli ho chiesto, "Sono una brava persona?"

Per un attimo è rimasto in silenzio all'altro capo del filo. "*Mi amor*, di cosa stai parlando? Tu sei più di una brava persona. Molly, sei il mio Fabergé."

Ho trangugiato il tè e ho virato la conversazione su un argomento diverso, chiedendo a Juan del viaggio, della madre e dei fratelli, finché non ha continuato a chiacchierare, dimenticandosi delle mie domande strane.

Arrivo all'entrata principale del Regency Grand, con l'elegante facciata. I fattorini vanno su e giù, aiutando gli ospiti con i bagagli. Il signor Preston, con il cappotto e il berretto da portiere, mi attende nella solita postazione in cima alle scale: è il ritratto del garbo e della dignità. Nota la mia riluttanza a salire la scalinata. Le gambe non vogliono saperne di muoversi: non sono degna del tappeto rosso e penso di non averlo mai meritato.

Mi raggiunge e mi afferra il braccio. "Molly, tutto a posto?"

"Per niente. Non sono mai stata a posto."

"Via, via," dice, conducendomi per i gradini. "Un piede di fronte all'altro. È l'unico modo per andare da qualche parte nella vita."

"Lo diceva la nonna," rispondo e ritrovo l'equilibrio grazie all'appoggio del braccio.

"Lo so."

Ci fermiamo in cima alle scale, di fronte alle porte girevoli. "L'ho accusata di una cosa terribile. Non dovrebbe perdonarmi, signor Preston. Non merito la sua gentilezza."

"Tutti commettiamo degli errori. È quello che facciamo dopo a essere importante."

"La nonna diceva anche questo."

Lui sorride e mi stringe il braccio. Fino a questo istante non avevo capito quanto sia invecchiato in breve tempo, quanto siano diventati grigi i capelli, non più sfumati di nero, ma completamente argentati. Neppure questo avevo capito fino a ora. Preston andrà in pensione a breve e ciò significa che non lo vedrò più tutti i giorni. Il solo pensiero mi rattrista.

"Molly," dice. "Ieri sera ho parlato con Angela. Vuole vederci subito."

"Ha parlato con Angela?" ripeto intontita, sorpresa, chiedendomi perché Preston si sia messo in contatto con lei dopo l'orario di lavoro.

"Dopo il nostro incontro, ho cominciato a riflettere. Ho telefonato ad Angela perché volevo sapere cosa pensasse della scatola che era sparita e della prima edizione del romanzo di Grimthorpe che ho visto nella vetrina del banco dei pegni. Avevi ragione, Molly: c'è qualcosa di ambiguo in questa faccenda. Ieri Angela non riusciva a vederci chiaro, ma stamattina le è venuta un'idea. Vuole incontrarci al ristorante."

"Molto bene," dico. "Ho qualche minuto prima di iniziare il turno."

Preston informa i fattorini che si prende una pausa, poi indica le porte girevoli dell'albergo e mi segue.

Troviamo Angela dietro al bancone del Social: i capelli color bronzo sono in disordine, l'espressione concentrata, lo sguardo fisso sul portatile aperto sopra il bancone. È talmente rapita dalla visione che non si accorge di noi. Quando finalmente nota la nostra presenza, ci indica di avvicinarci. Io e Preston ci sediamo sugli sgabelli davanti a lei.

"Sarà una cosa veloce?" chiedo. "Dovrei iniziare a lavorare."

"Molly, sei sempre in anticipo di mezz'ora," dice Angela. "E credimi, quando vedrai quello che sto per mostrarti, andrai fuori di testa. Anche lei, signor Preston," aggiunge. "Meglio se ci mettiamo comodi."

Preston si toglie il cappello, sistemandolo sul bancone.

Con un gesto enfatico, Angela gira il portatile verso di noi. Sullo schermo compare un sito Internet che si chiama KultureVulture.com. Il logo è un minaccioso uccello rapace con un vecchio libro tra gli artigli.

"Che cos'è?" domanda Preston.

"Un sito dove comprare dei cimeli," risponde Angela. "La gente mette all'asta libri usati, autografi di persone famose, pezzi da collezione e qualsiasi cosa pensa di poter vendere. C'è persino una quotazione per gli indumenti intimi sporchi di una rockstar. Sapete la cosa peggiore? Questa roba va a ruba. Date un'occhiata," dice Angela, cliccando un'altra scheda. "È un venditore che si fa chiamare 'Il Tristo Mietitore.'"

Il signor Preston legge ad alta voce la descrizione. "Vendo merce originale posseduta da gente ricca, deceduta e scellerata. Cento per cento autentica! Fonte interna anonima!"

"Ora vedrete," dice Angela. Scrolla verso il basso e mostra gli articoli etichettati come venduti.

"Non riesco a credere ai miei occhi." Ansimo sonoramente.

"Questi oggetti sono tutti collegati al signor Grimthorpe?" chiede Preston prima che io riesca a respirare.

"La maggior parte," precisa Angela. "Tranne uno." Mostra la foto delle bottigliette vuote di scotch di un minibar. Nella descrizione si legge: "L'ultima dieta liquida di Charles Black, proprio quel signor Black, il giorno che è schiattato al Regency Grand Hotel!"

Mi sta girando la testa. Il cuore comincia a battere all'impazzata.

"Guardate qua," dice Angela. Si sofferma sull'annuncio di un articolo venduto: una penna stilografica e un biglietto. "Due oggetti al prezzo di uno: potrebbero essere tuoi!" si legge nella didascalia. "La penna stilografica del signor Grimthorpe e una lettera d'amore scandalosa che scrisse alla sua assistente!"

"Buon Dio!" esclama Preston. "Cliccaci sopra."

Angela ingrandisce la foto.

Scruto la penna nera e dorata con l'elegante punta affusolata. "È quella di Grimthorpe," dico. "Era nella scatola che è scomparsa."

"È per colpa della mia pessima vista oppure il messaggio è illeggibile?" domanda Preston.

"Il venditore camuffa gli articoli di proposito," spiega Angela. "Soltanto l'acquirente ottiene 'lo scoop segreto.'"

"È la carta intestata del Regency Grand," dice Preston, notando il logo familiare anche se confuso.

"Ha ragione. Mi sento nella merda fino al collo." dice Angela.

"Però si sbagliano riguardo al messaggio," dico. "Non l'ha scritto Grimthorpe, ma il signor Snow. L'ha ammesso lui stesso."

"È comprensibile," dice Angela. "Come lascia presagire il nome, questi venditori sono degli avvoltoi. Mentirebbero su qualsiasi cosa pur di arricchirsi."

"E la penna con il biglietto a quale prezzo è stata venduta?" chiede Preston.

"Cinquecento dollari," dice Angela. "Più le spese di spedizione e altri costi."

"Chi spenderebbe dei soldi per questa roba?" chiede.

"Molta gente," risponde Angela. "E non solo i collezionisti. Anche gli autori di podcast e i reporter. Guardate qua." Clicca sulla foto di una Moleskine con le iniziali J.D.G. seguita dall'immagine del taccuino aperto: le pagine sono gremite di scarabocchi e ghirigori incomprensibili. "C'è scritto che apparteneva a J.D. Grimthorpe, ma dubito che sia autentica," dice Angela.

"Eccome se lo è," rispondo. "Senza ombra di dubbio." Un altro oggetto attira la mia attenzione. "Vai su quello, per favore."

Angela clicca sull'annuncio di un altro articolo che pubblicizza "le ultime parole di J.D. Grimthorpe! Potete essere i primi a leggere il discorso che non ha mai fatto!"

Il cuore mi batte più forte. "Sono gli appunti spariti dal leggio," dico. "Sono confusi, ma sono loro!"

"Ecco la conferma. Si tratta sicuramente di una faccenda losca," dice Preston. "Il venditore lavora qui o è collegato a qualcun altro che bazzica in hotel."

Angela annuisce, le labbra si piegano in una smorfia. "Stai cominciando a capire, Molly?"

Le nostre peggiori paure sono appena state confermate. "C'è un ladro tra di noi," dico. "E potrebbe trattarsi anche di..." Mi fermo. Non voglio dirlo ad alta voce.

"Un omicida freddo e spietato," risponde Angela. "C'è un'altra cosa. E devo avvertirti, Molly: è scioccante."

Chiudo le mani a pugno sulla superficie del bancone. Non so quanto altro riuscirò a sopportare. Lo sgabello sul quale sono seduta inizia a oscillare.

Angela scrolla fino ad arrivare all'unico oggetto collegato a Grimthorpe ancora invenduto. Pubblicizza il romanzo più recente, "l'ultimo che abbia firmato!" in vendita per "la modica cifra di cento dollari!"

"Preparatevi," dice Angela. Clicca sulla foto che mostra il libro aperto alla pagina del frontespizio, dove l'autore ha scritto una dedica:

Mia carissima Lily,
in cambio della tua dolcezza, grazie per la lettura.

Il messaggio è seguito dalla firma, la stessa comparsa nel libro che ha autografato a me e in ogni edizione che abbia visto: le lettere rachitiche, malridotte e imprevedibili, come lo stesso Grimthorpe. Un inconfondibile e autentico autografo.

Angela non sta più guardando lo schermo. Mi fissa con un'espressione che riconosco dal catalogo mentale dei comportamenti umani. Il volto di Preston è una sua fotocopia. Un tempo lo confondevo con l'angoscia, ma ora conosco il nome di quell'imbarazzo così doloroso: si chiama compassione.

"Vi prego," dico. "Ditemi che Lily non è il Tristo Mietitore. Non posso crederci. Non può essere!"

"Molly, non saltiamo alle conclusioni," dice Preston. "Può darsi che ci sia una spiegazione."

"Ha ragione," aggiunge Angela. "Innocente finché non si dimostra la colpevolezza e tutto il resto. Non sappiamo niente con certezza. Non ancora."

"Inoltre Lily non lavorava qui durante la vicende del signor Black," dice Preston. "Non poteva sapere che l'ultima cosa che aveva bevuto prima di morire era lo scotch."

"Invece sì," dico. "Gliel'ho detto io. Quando la seguivo durante il periodo di apprendista cameriera, trascorrevamo ore a pulire le camere. Le ho raccontato del giorno nel quale Black scolò tutto lo scotch del minibar, dimenticandosi dei vuoti nella camera. Le dissi che pensai fosse svenuto nel letto quando in realtà era morto. Le raccontai di come, dopo quell'episodio, la colpa ricadde su di me. 'La prudenza, per noi cameriere, non è mai troppa', ho detto. Era un racconto intriso di moralismo che voleva metterla in guardia."

Angela e Preston si scambiano uno sguardo preoccupato, che mi fa sentire peggio.

Non dico loro cosa avverto ripetutamente nella testa. È il sussurro di Lily a rivelarmi ciò che conosco: "La colpa è sempre della cameriera."

19.

Prima

Ecco: l'ho fatto. Ho lasciato un regalo all'uomo misterioso nella torretta come ringraziamento per averci aiutato. È un gesto che mi fa star bene, anche se qualcosa, dentro di me, desidera sapere il motivo della generosità di quest'uomo. Magari domani, a colazione, lo chiederò alla nonna e scoprirò altro su di lui.

Sono tornata all'entrata della villa, apro la porta d'ingresso e mi infilo dentro, chiudendola silenziosamente alle spalle. Sono riuscita a sgattaiolare così furtivamente che né la nonna né la Grimthorpe si sono accorte della mia assenza.

Pulisco le suole delle scarpe e le ripongo nell'anticamera. Sento qualcuno parlare in salotto. Per un attimo credo sia un dialogo a due voci, perché una di queste appartiene a uomo.

Cammino in punta di piedi lungo il corridoio fino all'entrata del salotto con le portefinestre aperte. All'interno scorgo la nonna dietro il carrello del tè che ha preparato per me. Dall'altro lato c'è il signor Grimthorpe. È la prima volta che lo vedo fuori dallo studio ed è una sorpresa, senza contare che si trova al piano terra e parla con la nonna a bassa voce. A quanto pare ha ascoltato il consiglio ed è andato a cercarla. Eppure, c'è qualcosa di strano in ciò che osservo. Decido di stare a guardare in silenzio.

Mi apposto aderente alla parete del corridoio ombreggiato. Scruto la nonna con maggiore attenzione. La postura è rigida dietro il carrello, le mani stringono il manico, il viso e le nocche sono bianche.

"Mi ha abbandonato nel momento del bisogno. Che genere di donna farebbe una cosa così orribile?" chiede l'uomo. Il tono è pacato, ma c'è qualcosa che mi fa contorcere lo stomaco.

"Signor Grimthorpe, non ho fatto nulla," dice la nonna. "Il mio lavoro consisteva nell'esserle d'aiuto durante il periodo peggiore di astinenza. Ma quando lei..."

"Quando cosa?" chiede lui, alzando il tono dell'ultima parola.

"Sono molto occupata oggi. Ho tanto lavoro da sbrigare per la signora Grimthorpe. Devo proprio andare."

"Perché, sarebbe al servizio solo di mia moglie. È così? Le ha ordinato di starmi lontano? Si è lamentata di me?"

"Signore, io e sua moglie abbiamo concordato che, una volta iniziata la riabilitazione, il mio compito sarebbe stato quello di pulire la villa e di cucinare. Niente di più."

"Il suo compito è di svolgere ciò che le viene ordinato. Ecco per cosa la pago," dice Grimthorpe, compiendo un passo verso il carrello.

"Si stava riprendendo," dice la nonna. "Aveva superato il momento più complicato. Ecco perché ho smesso di salire. E che sia chiaro, non la biasimo per... quello che ha fatto. Era malato e i dèmoni la tenevano sotto scacco. Non parliamone più."

"Sono un'altra persona, Flora," dice Grimthorpe, arricciando le labbra in un sorriso.

La nonna abbandona la presa dal carrello, era salda come una morsa. "Sono davvero contenta che si sia ripulito."

"Ripulito. Ossia: sobrio e immacolato," dice Grimthorpe. "Le ricorda qualcuno?"

Le spalle della nonna si sollevano.

L'uomo gira intorno a lei e la afferra. Accade velocemente e non capisco che altro possa succedere. È come se, in un istante, si fosse trasformato in un lupo. Le mani toccano i fianchi della nonna, i denti brillano e la bocca si avventa sul collo. Cosa sta facendo? Sta cercando di mangiarla? Le mani della nonna si agitano, tenta di allontanarlo.

Esco dal nascondiglio e mi precipito in salotto. "Nonna!" grido.

Il signor Grimthorpe rimane impietrito e la libera immediatamente. Ha i capelli arruffati. Una delle pantofole con le iniziali è scivolata via ed è rivolta verso di me, come una freccia mortale.

"Pip," dice l'uomo. "Stavo solo... invitando tua nonna a bere il tè." Infila il piede nella pantofola errante.

La bocca della nonna è sigillata. Le lacrime si raccolgono negli occhi mentre mi fissa. Vuole parlare, lo intuisco, ma le parole rimangono impigliate in gola.

"Il tè è un'ottima bevanda, non sei d'accordo?" commenta Grimthorpe. "Mi ha fatto superare il peggiore dei momenti. Tè dolce con miele. Non è così, Flora? Un uomo amaro desidera sempre la dolcezza. Vuoi unirti a noi e bere una tazza, Pip?"

Gli occhi sono blu acciaio, come sempre, ma non iniettati di sangue. È alto, magro e ben vestito, non curvo e irsuto. È pulito e ha un aspetto rispettabile, non sembra un lupo travestito da agnello. Non ci sono mucchietti di ossa negli angoli dello studio, e non vive su un ponte, terrorizzando chiunque voglia attraversarlo.

Però lo vedo chiaramente, come mai prima: ecco come si può essere un uomo e un mostro allo stesso tempo.

20.

"Molly? Molly?"

Il signor Preston, seduto accanto a me sullo sgabello del bar, mi sostiene la schiena con le mani, cercando di tenermi dritta.

Angela sta navigando su Internet: ha il viso segnato dalla preoccupazione. Spegne il portatile con un clic.

"Sto bene," dico.

"Non è vero," risponde Angela. "Sei svenuta, Molly. Se il signor Preston non ti avesse afferrata, saresti precipitata sul pavimento."

Mi sento stordita e confusa. Vedo spilli luminosi che luccicano in una visione periferica.

"Forza, forza," dice Preston. "Respira profondamente, Molly."

Inspiro ed espiro secondo le istruzioni.

"È tornata sulla terra dei vivi," dice Preston ad Angela, allentando la presa. "Non c'è bisogno di allarmarsi."

"Guardate che casino ho combinato," dico. "Ho insudiciato l'hotel. Ho assunto un topo d'albergo: un topo di nome Lily."

Preston ruota lo sgabello fino a mettersi di fronte a me. "Adesso mi stai a sentire, signorina. Non commettere lo stesso errore due volte."

"Quale?" chiedo.

"Quello di dare le cose per scontate," risponde. "Sai perfettamente dove ti porterà. C'è solo un modo di evitarlo."

"Sarebbe?"

"Lasciare che Lily si difenda da sola," risponde Preston.

"Ma se riesce a malapena a pronunciare una frase," dice Angela.

"Invece parla," dico. "Con me. Quando è a suo agio. Ma ci vuole tempo."

Stabiliamo che è necessario convincere Lily a parlare: dobbiamo ascoltare la sua difesa, così stabiliamo un piano.

"Te la senti di portarla qui?" chiede Preston.

"Sì," rispondo. Per un attimo rimango in piedi, accanto allo sgabello, in attesa di trovare l'equilibrio. "Sto meglio," annuncio, ed è vero: il mondo ha smesso di girare.

"Vai, Molly," dice Angela. "E continua a respirare."

Annuisco e mi affretto a uscire dal Social, diretta al piano inferiore, dove trovo Lily negli spogliatoi del reparto pulizie intenta a infilarsi la divisa e prepararsi per la giornata. Il viso sfiorisce quando, invece di "Buongiorno," dico, "devo parlarti di una questione molto importante," e le ordino di seguirmi verso scale dirette al bar.

All'arrivo trovo il signor Preston e Angela dove li ho lasciati. Lily si blocca di colpo appena li nota.

"Cosa sta succedendo?" chiede, il tono è poco più alto di un sussurro.

"È quello che dobbiamo scoprire," rispondo.

Preston si alza mentre ci avviciniamo. "Prego, siediti," dice, offrendole lo sgabello. Lily si accomoda, evitando di incrociare qualsiasi sguardo.

"Può darsi che tu sia nei guai, ma non ne siamo sicuri. Vogliamo darti la possibilità di spiegare. Mettiamo in chiaro una cosa: non stiamo dando per scontato il fatto che tu sia una ladra o un'assassina. Questo sarebbe avventato."

"Quello che Molly sta cercando di dire," aggiunge Preston, "è che ti stiamo offrendo il beneficio del dubbio."

Angela sistema il portatile sul bancone e lo apre davanti a Lily. "Vogliamo mostrarti una cosa," dice, indicandole l'homepage di KultureVulture. Angela scorre i messaggi del Tristo Mietitore e approda alla copia autografata del libro di Grimthorpe, con la dedica che recita: 'Carissima Lily'.

Lily si muove a malapena: è come se fosse diventata di pietra. Anche quando le viene richiesto di parlare, non dice nulla.

"Tutto ciò sta destando molta preoccupazione. Le dita sono puntate contro di te come se fossi una ladra e, allo stesso tempo, il Tristo Mietitore," dice Preston.

Lily annuisce.

"Non hai nulla da dire? Nessuna spiegazione?" chiedo.

Mi guarda negli occhi. "La colpa è sempre della cameriera."

"Quindi lo ammetti," interviene Angela. "Sei stata tu a rubare quegli oggetti e metterli in vendita su quel sito schifoso."

"No," risponde Lily. La voce è talmente sommessa che dobbiamo avvicinarci per sentirla. "Non ho detto questo. Non volevo dire che sono stata io."

"Se non sei tu la colpevole, allora chi è?" chiede Preston.

"Con bocca e lingua castigate, molte pene ti saranno risparmiate," risponde lei, con gli occhi scuri come pozzi.

"Lily," dico, "lo stai ripetendo da giorni, ma non capisco cosa significhi."

"Un giorno sei il capo, Molly, e il giorno successivo non lo sei più," risponde. "Io faccio il suo lavoro e il mio, e mi costringe a eseguire gli ordini. Dice che altrimenti sono spacciata, ma non voglio più proteggerla. Mi ha costretto ad azionare l'allarme così sarebbe riuscita a prendere la scatola nell'atrio. Ruba le mance nelle camere e, se non sto zitta, dice che perderò il lavoro e non ne troverò un altro.

'Tieni la bocca chiusa. Con bocca e lingua castigate, molte pene avrai risparmiate.' Ecco."

Le labbra di Preston si spalancano. Angela si schiaffeggia la mandibola cascante.

"Chi dice queste cose, Lily?" vuole sapere Preston. "Dobbiamo sentire il suo nome."

Forse deve ascoltarlo lui, non io. Il nome fluttua nell'aria come un odore pestilenziale.

Strano, è proprio come diceva sempre la nonna: a volte tutto si risolve, con la sicurezza che il pezzo mancante sia sempre stato presente.

"Cheryl," dice in tono inappellabile. "È lei il topo che ruba in albergo."

Sembra un déjà-vu. Abbiamo appena finito di parlare con Lily e attraverso l'atrio di corsa. Scendo le scale verso il reparto pulizie e vado a cercare un'altra cameriera. Sono in ritardo per il turno e la cosa mi turba, ma non quanto la recente rivelazione di Lily.

La trovo accanto al mio armadietto: è vestita e in procinto di fissare la spilla della targhetta di governante sul lato sinistro della divisa, sopra il cuore. Come osa. Vorrei strappargliela di mano e infilzarla.

La rabbia non risolve nulla. Le cose belle accadono a chi sa aspettare.

"Cheryl," dico, schiudendo le labbra in un sorriso forzato. "Bello vederti stamattina e, per di più, con soli quindici minuti di ritardo. Sono venuta per comunicarti che al bar ci sono dei muffin e del succo d'arancia gratis."

I suoi piedi flosci si trascinano verso di me fino a raggiungermi.

"Angela ha detto che adori tutto ciò che viene dato in omaggio."

Si posa una mano sul fianco. "Davvero?" chiede.

"Sì," rispondo. In realtà è andata così: quando ho chiesto a Preston e ad Angela come diamine avrei convinto quella ladruncola scansafatiche a raggiungerci al Social, Angela ha escogitato il tranello. "Dille solo che c'è da mangiare. Abboccherà all'amo."

Cheryl mi guarda, poi scrolla le spalle. "I muffin sembrano una buona idea. Qualsiasi cosa pur di fare una pausa dal lavoro."

E, come se niente fosse, salgo le scale e attraverso l'atrio, chiacchierando riguardo al tempo con la mia principale rivale nonché nemica numero uno. Sorrido e la accompagno lungo il maestoso atrio in direzione del Social, dove appare Preston, intento ad addentare un muffin al cioccolato sottratto al piatto che Angela ha sistemato sul bancone. Lily è immobile sullo sgabello.

"Ciao Cheryl," dice Preston, offrendole il posto. "Siamo felici che ti unisca a noi. Posso fare gli onori di casa?"

Cheryl si abbandona sullo sgabello. "Grazie," dice, servendosi un muffin. Schiocca le dita in direzione di Lily: vuole del succo d'arancia. La ragazza, senza dire una parola, lo versa in un bicchiere e glielo porge.

"Che bello rilassarsi un po'."

"Hai lavorato sodo stamattina, nonostante sia appena arrivata per iniziare il turno?" chiedo. Angela mi sbatte davanti al viso il piatto dei muffin, suggerendomi di infilarmene uno in bocca.

"Ehi, se Snow ci vede qui a perdere tempo, è stata una vostra idea, non mia," dice Cheryl.

"Ovvio!" risponde Angela. "Non vorremmo mai che ti beccassi la colpa per una cosa che abbiamo fatto noi. Per chi ci hai preso?"

Cheryl fa a pezzi un muffin e comincia a masticarc. Gli occhi piccoli e pungenti scrutano le nostre facce, senza scovare nulla. "D'accordo, è tutto troppo strano," dice. "Cosa volete? Cosa sta succedendo?"

Preston si schiarisce la gola. "Dato che lo hai notato, c'è qualcosa di cui vorremmo parlare con te."

Angela non spreca un secondo: estrae il portatile e apre la schermata del sito KultureVulture.com. "È un giorno così bello," dice Angela. "E, tuttavia, anche Tristo, non è vero, Cheryl?"

La donna osserva lo schermo. "Non ho nulla a che fare con questa roba."

"Sanno la verità," sussurra Lily. "Gliel'ho appena detta." Cheryl ruota lo sgabello e la fulmina con lo sguardo. "Razza di stronza spiona. Il banco dei pegni mi ha appena dato trentamila dollari per quella edizione. Ti avrei dato una fetta. Come hai potuto essere così stupida?"

"Te l'ho già detto," risponde Lily, la voce è una lama. "Non voglio i tuoi sporchi soldi. Desidero solo il mio lavoro."

Gli occhi infuocati di Cheryl si spostano da Lily ad Angela, poi a Preston e, alla fine, si posano su di me. "Un attimo," dice. "Possiamo trovare un accordo, no? Se non ne parlate dividiamo per quattro i ricavi delle vendite. Se riuscire a tenere a bada la lingua diventeremo tutti più ricchi."

Al momento, se dovessi tenere a freno una lingua, sarebbe quella di Cheryl, per strappargliela dalla bocca.

"Ne ho abbastanza," dice Lily, la voce si alza. Il tono squillante mi riempie di orgoglio.

"Molly, ti dispiacerebbe portare qui il signor Snow?" chiede Preston.

"Al contrario," rispondo, "lo faccio con piacere."

Eseguo un inchino rivolto a Cheryl, piegandomi con una solennità a me sconosciuta: sarà l'ultima reverenza che qualcuno le porgerà per molto tempo.

21.

Prima

Nella vita ci sono momenti così sismici che sono in grado di provocare una spaccatura nel tempo tra il prima e il dopo. L'ho sperimentato il giorno nel quale è morta la nonna. Anche se non è stata la prima volta.

La prima volta è avvenuta il giorno in cui ho visto quello che Grimthorpe ha fatto alla nonna nel salotto della villa. Anche se ho impiegato del tempo per capirlo. Ho realizzato che quel momento ha segnato il passaggio dall'infanzia all'età adulta in un istante.

Avrei dovuto capire fin dall'inizio che Grimthorpe era un mostro: l'istinto me l'aveva rivelato ancora prima di conoscerlo. Ma, come succede con molti avvenimenti, non riuscivo a credere a ciò che avevo davanti agli occhi. Non ero in grado di raccogliere gli indizi nel modo in cui mi riesce di solito: in un secondo momento, a posteriori.

Ora capisco perché alcuni giorni erano così difficili per la nonna. Apriva le tende e si dimenticava di dire "Alzati e brilla.” Preparava la colazione in silenzio invece di canticchiare il solito motivo allegro, perché aveva paura di andare a lavorare: temeva che Grimthorpe si avventasse su di lei. Ricordo come, alcune sere, a cena, si sedeva di fronte a me: aveva gli occhi spenti e spostava il cibo nel piatto senza mangiare quasi nulla, con la mente altrove.

Poi si riprendeva, la nonna si rianimava sempre, e cercava il lato positivo, concentrandosi sul bicchiere mezzo pieno. Si convinceva che Grimthorpe era un uomo nuovo e che, una volta sobrio, non l'avrebbe più assalita. La nonna era fatta così: aveva la capacità di accendere la speranza nell'oscurità. E ci riusciva quasi sempre. Mi convinceva del fatto che andava tutto bene nel nostro piccolo mondo protetto e che il futuro era incredibilmente luminoso. Tutto ciò che faceva aveva uno scopo preciso: non mirava alla sopravvivenza, ma desiderava che crescessi in modo sano. Solo ora comprendo quanto deve aver sofferto e come si sia fatta carico di quel peso da sola.

Torno bambina con la mente. Io e la nonna siamo sedute al vecchio tavolo della cucina a fare colazione il giorno dopo che Grimthorpe si era trasformato in un lupo famelico davanti ai miei occhi. Sto oscillando le gambe sotto la sedia come faccio di solito, ma niente sarà più uguale a prima. Quello almeno lo capisco. Solitamente di mattina le rivolgo una raffica di domande: dilemmi esistenziali e cose del tipo ‘Preferiresti questo o quello?’. Ma non quel giorno.

Cerco di ingoiare il porridge, ma quando la nonna mi dice che è ora di andare alla villa, rimango immobile.

"Non è giusto," dico. È la prima allusione a ciò che ho visto in salotto. Faccio una pausa. "Non puoi tornare là." Non so come esprimere quello che voglio dire, perché non ho parole per descriverlo.

"Molly, oggi è un giorno nuovo." La nonna balza in piedi così velocemente che la sedia stride contro il pavimento. "Il sole splende, gli uccelli cinguettano." Afferra le tazze quasi intonse e le porta verso il lavandino, allontanandosi da me. Le mani afferrano il piano della cucina. "Su, andiamo," annuncia. "È ora."

Quando si volta, schiude le labbra in un sorriso e vi giuro che è autentico. L'ha estratto da una sorgente profonda e ora lo offre come un bouquet di rose appena sbocciate. Indossa una maschera intrisa di coraggio. In fondo, quale altra scelta potrebbe avere?

La domanda retorica mi ha tenuto sveglia tutta la notte. Me ne stavo nel letto, la trapunta della nonna, con l'immagine di una stella solitaria, mi arrivava fino al collo. Fissavo l'oscurità e riflettevo sulle opzioni. A un certo punto, un piano si è affacciato nella mente e ho capito cosa avrei dovuto fare. Una volta la nonna mi disse che, ogni tanto nella vita, bisogna commettere qualcosa di sbagliato per fare qualcosa di giusto. Non l'ho mai dimenticato ed è diventato il mio motto.

Mentre dondolo le gambe sotto il tavolo, ho già deciso.

È un nuovo giorno. Il sole splende e gli uccelli cinguettano. Ho un piano e non c'è nulla che mi impedirà di portarlo a termine.

Arriviamo alla villa in orario. Il custode invisibile ci ha fatto entrare dal cancello. Io e la nonna ci troviamo sul sentiero. D'improvviso mi assalgono i dubbi. E se non ci riesco? Se non è la cosa giusta da fare? Se commetto un terribile sbaglio? No, non li ascolterò: dobbiamo fuggire dal mostro. Dobbiamo scappare dal lupo.

Non ne ho parlato con la nonna e non lo farò, ma sento i piedi incatenati a terra prima ancora di aver raggiunto la porta d'ingresso. La nonna mi posa una mano calda sul braccio. Avverto i piedi allentarsi e liberarsi. Insieme percorriamo il resto del sentiero verso la villa.

Le rose che ci circondano sono sciupate: i boccioli sono avvizziti e le teste appassite. Jenkins è in cima al sentiero, intento a spazzare i petali secchi. Li raccoglie in mucchi e li sistema sulla carriola con il rastrello. C'è un profumo nuovo nell'aria: il dolce aroma della scadenza.

"Buongiorno Flora," dice Jenkins quando passiamo. "è una bella giornata, come sta la piccolina?"

"Molto bene, Jenkins, o almeno credo," risponde la nonna.

"La stagione delle rose è finita, ma c'è sempre il prossimo anno."

"Qualcosa da attendere con gioia."

"Ne abbiamo bisogno, non è vero?"

La nonna annuisce. "Certo che sì."

Avanziamo lungo il sentiero finché non raggiungiamo l'ingresso. Afferro la mandibola d'ottone del leone e batto tre volte. La porta si spalanca e la signora Grimthorpe ci fa entrare. Io e la nonna ci sfiliamo le scarpe: le puliamo come al solito e le riponiamo in fondo al ripostiglio, nell'angolino buio destinato alle domestiche.

La signora non attende. "Oggi è il giorno del lava-e-asciuga. Flora, vai su a prendere il bucato. Fa' presto."

La nonna sussulta quasi impercettibilmente. Una reazione che non avevo notato prima e, invece, quel giorno sì.

"Una volta che hai raccolto la biancheria, portala al piano inferiore, nello scantinato. Rimani lì a monitorare le macchine. La lavatrice ha fatto di nuovo i capricci. E, mi raccomando, stai attenta alla candeggina: la volta scorsa nei hai usata talmente tanta che hai fatto un buco a una delle camicie del signor Grimthorpe."

"C'era una macchia, signora," dice la nonna. "Stavo cercando di rimuoverla."

"Bruciarla fino a farla cadere nell'oblio sarebbe l'unico modo?" chiede. "Qualsiasi cameriera vagamente in gamba avrebbe più buon senso."

"Sì, signora," risponde la nonna.

"E tu, bambina, puoi andare a leggere in biblioteca," dice la Grimthorpe. "Luciderai l'argento nel pomeriggio."

"Andrebbe bene se leggessi in salotto?" chiedo. "Solo per oggi?"

La signora corruga la fronte e dice: "Credo di sì, a patto che ti limiti a sederti su una poltrona senza toccare nulla. Non pulire o lucidare niente, capito? Tieni giù le zampe dagli oggetti preziosi del signor Grimthorpe."

"Sì, signora," dico.

"Puoi andare, allora."

La nonna mi stringe il braccio prima di seguire la Grimthorpe lungo il corridoio principale verso il retro della villa. Mi appoggio un istante alla ringhiera, ritrovo l'equilibrio e salgo le scale per andare a prendere il libro.

Gli scricchiolii delle assi del pavimento producono un suono diverso dal solito, come fosse un avvertimento. *Non farlo: non andare di sopra.* Mi avvio verso il primo piano e guardo fuori dalla finestra. Ecco la segretaria di Grimthorpe, con indosso il foulard e i guanti blu, mentre entra dalla porta laterale della villa. Una domanda sorge spontanea: anche lei ha dovuto tenere lontano il mostro?

Salgo la rampa successiva, poi imbocco il corridoio damascato, costringendo i piedi a continuare verso la biblioteca. Mi fermo sulla soglia e sbircio all'interno. La luce filtra dalla fessura sotto la porta nascosta e si riversa sul pavimento. Sento il fruscio delle pantofole di Grimthorpe dall'altro lato della parete.

Entro in biblioteca in punta di piedi, afferro *Grandi speranze*, ed esco altrettanto silenziosamente.

Mi dirigo lungo la scala principale e oltrepasso le portefinestre del salotto, accomodandomi su una poltrona blu con lo schienale alto, dove comincio a leggere in silenzio.

Rat-a-tat-tat-tat.

Il suono ricomincia quando finisco un capitolo. Il ritmo è familiare, è un rumore di sottofondo: è l'assistente di Grimthorpe che batte a macchina in un covo segreto, da qualche parte, nei recessi della villa.

Attendo e fingo di leggere, finché non vedo la nonna passare accanto alle portefinestre aperte. Mi sorride e continua la corsa. Avverto i suoi passi salire sui gradini scricchiolanti. Qualche minuto dopo ritorna con due grosse borse del bucato dietro la schiena.

"Tutto bene?" chiede.

"Tutto bene," rispondo. "E tu?"

"Benissimo," dice. "Oggi è un giorno nuovo."

Trascina il pesante carico lungo l'atrio in direzione della cucina. Ascolto la signora Grimthorpe urlare ordini, mortificandola con lingua tagliente.

Sento aprire la porta dello scantinato: il rumore sordo e ripetuto della nonna che lascia cadere le borse del bucato lungo le scale.

"Per l'amor di Dio, riesci a fare una cosa nel modo giusto?" la rimprovera la Grimthorpe. "Ma perché non le porti giù?" La voce si riverbera per la casa. La risposta della nonna è sempre la stessa. "Sì, signora."

Qualche istante dopo la Grimthorpe percorre il corridoio verso il salotto. Appare tra le portefinestre, osservandomi con lo sguardo pieno di sdegno.

"Vado a insegnare a Jenkins come si smaltiscono le rose morte. Quando contraggono la ruggine e vengono gettate nell'organico, infettano tutto il giardino, anche se lui non lo sa. A quanto pare, di questi tempi i domestici non sanno più nulla."

"Sì, signora," rispondo.

"Non ci metterò molto. E ricordati," dice, puntandomi un dito ossuto, "non toccare niente."

Annuisco. Gira i tacchi e si avvia verso l'ingresso.

Rimango immobile finché non sento il rumore della porta. Poi chiudo il libro di scatto e lo poso sul tavolino.

È ora.

Mi avvicino alla mensola sopra il camino e mi fermo ad ammirare il luccicante Fabergé. È bello come il primo giorno: delicato e incantevole, ricoperto da una fila di gioielli e posato sopra un piedistallo decorato dell'oro più puro.

Una volta eseguito il piano, ci sarà un nuovo squarcio nel tempo: un nuovo prima e dopo. Ma nulla riuscirà a fermarmi.

Allungo il braccio e afferro il Fabergé, ne avverto il peso tra le mani. Torno alla poltrona e apro *Grandi speranze*, nascondendo l'oggetto in grembo, dietro il libro, non appena sento la Grimthorpe rientrare.

"Flora!" strilla in quel tono capace di perforare i timpani.

Sono trascorse ore da quando ho concluso la prima fase del piano. Sono nello scantinato della villa. Sono scesa in lavanderia: per una volta c'è la nonna e non devo affrontare i ragni da sola.

"Flora!" la Grimthorpe strilla in un modo ancora più acuto.

Può significare soltanto una cosa: l'ha trovato.

Mi asciugo le mani ed esco dall'inquietante lavanderia.

La nonna sta piegando una delle camicie bianche del signor Grimthorpe. Si paralizza quando avverte il secondo strillo.

"Flora Gray! Mi senti? Vieni subito in cucina! E porta con te quella disgraziata!"

La nonna mi guarda e scrolla le spalle.

Ricambio l'alzata di spalle senza dire una parola.

La nonna mi precede mentre saliamo le scale umide dello scantinato. Io la seguo, approdando in cucina, dove troviamo la Grimthorpe che sta sbuffando: ha il viso paonazzo, le pupille sono punte di spillo.

"Venite," dice, non è un invito, ma un ordine. Ci porta nella stanza dell'argenteria a passo di marcia. Entriamo dietro di lei.

Ho lasciato gli oggetti lucidati il giorno prima in una fila ordinata sul tavolo. Il ripiano è ricoperto di argento, pronto per un banchetto che non avverrà mai. Ho lavorato giorni e giorni affinché ogni mensola alle spalle della Grimthorpe brillasse: ogni piatto, set di posate e vassoio è lustrato fino a raggiungere un perfetto splendore. È rimasta soltanto una mensola con alcuni oggetti ancora anneriti. È un peccato non riuscire a vedere il lavoro completato. Amen, non importa. Non più.

"Flora," dice la signora. "Poco fa ero in salotto a controllare che quella piccola delinquente non avesse toccato nulla. Sembrava tutto perfetto, finché non ho notato uno spazio vuoto sulla mensola del camino e mi sono accorta che il Fabergé era sparito. L'ho cercato ovunque. Poi mi è venuto in mente di controllare la stanza dell'argenteria. Indovina cosa ho trovato?"

La Grimthorpe avanza e apre l'armadietto dove ripongo i guanti, la bacinella, il grembiule e il flacone di soluzione alcalina.

"Guarda!" dice. "Guarda che cosa c'è nel grembiule."

La nonna lo prende ed estrae il Fabergé dalla tasca logora. Si volta verso di me: ha gli occhi spalancati e la bocca aperta. Lo sconcerto affiora in ciascuna ruga del viso.

"Aveva intenzione di rubarlo, Flora! Stava per farlo uscire dalla villa, quel diavoletto," dice la Grimthorpe. "Al giorno d'oggi non ci si può fidare di nessuno. Non esiste più la lealtà. Non ci sono più né confini né principi morali."

"Ma signora, è solo una bambina" dice la nonna. "Sono certa che ci sia una spiegazione."

"È una ladra, ecco cos'è. Dovresti educarla, insegnarle la distinzione tra ciò che è giusto e ciò che è sbagliato. Se ho imparato qualcosa alla mia età, è che la mela non cade mai distante dall'albero. Se lei è una ladra, prova a immaginare cosa posso pensare di te."

"Ha torto sull'ultima parte," dico, guardando la Grimthorpe negli occhi. "Ma ha ragione sul resto. Volevo rubare il Fabergé: l'ho preso e avevo intenzione di portarlo a casa. Ma è stata una mia idea, la nonna non c'entra. Non farebbe mai una cosa del genere."

"Molly, come hai potuto?" chiede la nonna. "Lo sai come stanno le cose."

"Certo che lo so. Ma l'ho fatto lo stesso."

"Vedi?" dice la signora, sputando le parole con veemenza. "Nessuna bussola morale. Nessuna consapevolezza di ciò che è giusto e ciò che è sbagliato. È profondamente radicato dentro di voi. Se non siete delle ladre, siete delle bugiarde, come tutte quelle che vi hanno preceduto. Fuori di qui, tutte e due. Adesso!"

"La prego, non lo faccia," dice la nonna. "Lo sa quanto è difficile trovare dei domestici affidabili."

"Via!" grida. È un urlo che la fa sussultare. La nonna mi afferra la mano e mi accompagna fuori dalla stanza. La Grimthorpe ci segue lungo la cucina, il corridoio, oltre le macchie di colore borghesi e la 'toilette da sogno', finché non raggiungiamo l'entrata. La signora apre il ripostiglio e ci guarda, furiosa, mentre io e la nonna frughiamo nell'angolo buio per trovare le scarpe.

Una volta indossate, la signora spalanca la porta, poi mi afferra per il colletto e mi butta fuori, con la nonna che mi segue. "Siete una disgrazia. Non dovete mai più mettere piede qui dentro: mai più, chiaro?"

Si gira e rientra nella villa, sbattendo la porta dietro di sé.

Io e la nonna restiamo immobili per un attimo, siamo troppo sconvolte per riuscire a muoverci. Jenkins è lì vicino, che assiste alla scena paralizzato dietro la carriola.

La nonna mi prende sottobraccio e ci incamminiamo, percorrendo il sentiero fiancheggiato dalle rose in direzione del cancello. Penso sarà l'ultima volta.

"Non posso crederci," dice la nonna a metà percorso. "Molly, perché diamine hai fatto una cosa del genere? Perché volevi rubare il Fabergé?"

Non rispondo perché ormai non importa.

Tutto quello che importa è che il signor Grimthorpe non metterà mai più le mani addosso alla nonna.

22.

Trovo il direttore in ufficio a occuparsi della burocrazia. Entro a passo di marcia e dico: "Signor Snow, è richiesta subito la sua presenza al Social. Anche se non è una questione di vita o di morte, si tratta di una situazione che richiede un'attenzione immediata."

"Che genere di situazione?"

Mi ci vuole un istante per trovare le parole, poi dico: "Disinfestazione. C'è una serpe in hotel. Di una specie non comune."

Il dettaglio attira la sua attenzione. Il direttore richiude il raccoglitore sul quale stava lavorando, si alza e sistema gli occhiali che, come al solito, sono asimmetrici sul viso. Lo precedo, uscendo dall'ufficio. Mi segue a passo spedito mentre attraversiamo i corridoi labirintici in direzione del Social.

Si accorge dell'anomalia appena entriamo. Cheryl è seduta su uno sgabello: Preston la affianca su un lato mentre Lily dall'altro. Angela è dietro il bancone.

"Nessuno lavora più in questo hotel?" chiede Snow. "Sarà meglio che si tratti di una cosa importante."

"Mi rendo conto che sembriamo i protagonisti di una pessima barzelletta," risponde Angela. "Un portiere e due cameriere entrano in un bar."

Snow sospira. "Molly ha parlato di animali infestanti. Di cosa ci occupiamo questa volta?"

"Di lei," dico, puntando il dito contro Cheryl. Al diavolo il protocollo.

La fronte di Snow si corruga per la confusione.

Angela apre il portatile e gli mostra gli oggetti di Cheryl su KultureVulture.com. Mentre gli occhi del direttore si spalancano progressivamente dietro le lenti, Cheryl rimane impassibile come un grumo in una salsiera: le braccia incrociate sul petto, le labbra piegate in un broncio sprezzante.

Al termine della presentazione di Angela, Snow si volta verso Cheryl. "Hai costretto Lily ad azionare l'allarme antincendio? E hai preso gli oggetti nella scatola destinati a Serena? Sei davvero..." con un gesto della mano indica lo schermo, "il Tristo Mietitore?"

Lei scrolla le spalle, "Io mi vedo più che altro come un'imprenditrice del riciclo. A proposito, lo stipendio che riserva alle cameriere fa schifo. Lo sa, vero? E quando mi ha tolto l'incarico di governante, mi ha pagato ancora meno. Cosa si aspettava?"

"Quello che mi aspetto," dice Snow, "è che non commetta raggiri o furti, specie ai danni delle colleghe."

"Hai costretto Lily ad aiutarti e a coprirti," dico. "Come hai potuto fare una cosa del genere?"

"Da che pulpito viene la predica," dice Cheryl. "Quante volte t'ho beccata a rubare i vasetti di marmellata dai vassoi abbandonati nei corridoi? O metterti in tasca i cioccolatini lasciati sui cuscini?"

"Non si tratta di un furto," dico. "Erano cose destinate alla spazzatura e le ho salvate dallo spreco. C'è una parte del regolamento su quel tema nel *Manuale di una cameriera*," dico.

"Tu e il tuo dannato manuale. Ammettilo. Sei un'arraffona quanto me."

Avverto la spina dorsale diventare rigida e il sangue pulsare nelle tempie. Mi hanno chiamato in svariati modi nel corso della vita, ma nulla mi è sembrato più offensivo di questo.

"Perché ti fai chiamare il Tristo Mietitore?" chiede Angela a Cheryl. "Perché usi quel nome?"

"Perché mi sembra bello. Si chiama marketing."

"Magari è più evocativo di quanto tu abbia voluto," dice Preston.

"Evocativo di cosa?" chiede Cheryl.

"Del delitto," dice Lily: la voce è forte e chiara, quanto di più lontano dal sussurro.

Cheryl scoppia a ridere e si dà uno schiaffo sulle cosce. "Quei detergenti chimici che voi due adorate devono avervi fottuto il cervello. Può darsi che a volte faccia delle cose strane, ma non sono un'assassina."

"Mi fa piacere sentirlo," commenta Snow. "Fammi la cortesia di mangiare un altro muffin, Cheryl, per gentile concessione del Regency Grand." Poi si alza, estrae il cellulare dalla tasca e compone un numero di telefono. "Potrai spiegare tutto quanto da sola."

"Spiegare cosa? L'ho appena fatto," dice Cheryl.

"Sto telefonando all'ispettore capo: la detective Stark."

Venti minuti dopo, una detective entra in un bar. Si dirige verso la fonte del trambusto, dove tre cameriere, una barista, un portiere e un direttore d'hotel stanno discutendo della vendita della prima edizione di un libro presso il banco dei pegni della zona.

"Io ho ceduto un oggetto di mia proprietà, ma *tu* hai venduto degli articoli acquisiti in modo illecito. Non riesci a capire la differenza?" chiede Preston a Cheryl.

"Se il libro nella scatola era così prezioso, avrebbe dovuto essere custodito in una cassetta di sicurezza," risponde lei. "Non si è mai troppo prudenti ai giorni nostri."

"Cavolo, Cheryl. Stai dicendo sul serio?" dice Angela.

Alcuni agenti dall'aspetto familiare entrano nel ristorante dietro la detective Stark. Rimangono all'entrata a sorvegliare, mentre la Stark si ferma davanti a noi, riuniti intorno al bancone. Lily, Snow e Preston si alzano dagli sgabelli.

"Grazie di essere venuta così tempestivamente, detective," dice il direttore.

"È davvero necessario?" chiede Cheryl. "Non dovrei tornare a lavorare?"

"Tu non vai da nessuna parte," risponde Preston.

"Qualcuno vuole spiegarmi cosa diavolo sta succedendo?" chiede la Stark.

Angela non perde tempo. Sistema il computer davanti alla detective e mostra le prove, mentre Cheryl sogghigna a braccia conserte.

"Tutti gli oggetti sul sito sono collegati a Grimthorpe, tranne uno," fa notare Angela. "Le bottigliette di scotch del minibar. Cheryl ammette di essere il Tristo Mietitore. Ha venduto quasi tutti gli articoli di Grimthorpe a un unico compratore."

La Stark si volta verso Cheryl, fissandola per un attimo. "Da quanto tempo vende su questo sito?"

"Da quando lavora qui," risponde Angela. "O così sembra."

"Le bottigliette di scotch del minibar," dice la Stark. "Ha dichiarato che sono l'ultima cosa che il signor Black ha bevuto prima di morire."

"Esatto," risponde Cheryl. "Le ho prese dal carrello di Molly. Ma è successo anni fa."

"Con quali altre persone lavora? Il personale della cucina? O forse qualche altra cameriera?" La detective guarda me e Lily e, sebbene abbia voglia di gridare, almeno per una volta ho la buona intuizione di stare in silenzio.

"Sta scherzando?" dice Cheryl, indicandoci. "Queste due non riconoscerebbero una pepita d'oro neanche se ci sbattessero contro."

"Ha costretto Lily ad assisterla nei suoi crimini," dico.

"Non volevo aiutarla, detective," dice Lily. "Ma... ma..." Le parole rimangono bloccate in gola.

"Vai avanti," la incoraggio. "Parla più forte."

"È solo che ho così tanto bisogno di questo lavoro," continua Lily, "e non pensavo che qualcuno mi avrebbe creduto."

Cheryl sta per dire qualcosa, ma ci ripensa. Le labbra sono talmente contratte che mi ricordano l'orifizio anale di un gatto.

"Quei foglietti di appunti pasticciati," chiede la detective, "cosa c'era scritto, Cheryl?"

"E perché dovrei saperlo? Non li ho letti. Sembravano noiosi."

"Chi li ha comprati?" chiede la Stark.

"Non ho idea," risponde Cheryl. "Ho spedito tutto a una casella postale qui in città: i clienti vogliono rimanere anonimi. Non conosco nemmeno i veri nomi."

"Non conserva gli indirizzi?"

"Certo, ma sono inutili dato che non posso venderli."

"Un livello decisamente basso," mormora Preston tra sé.

"Cheryl, mi farà avere i dettagli della casella postale," ordina la Stark. "Trasmetterò l'indirizzo alla stazione di polizia."

"Cheryl fa spallucce. "Certo."

"E cosa mi dice del messaggio d'amore?" domanda la detective. "Anche questo è pasticciato. Immagino che non l'abbia letto."

"A dire il vero era più intrigante, così l'ho letto," ammette. "Però era una sbrodolata sentimentale. Sembrava una cartolina di Hallmark del secolo scorso. Era firmato *Il Tuo Primo Ammiratore*. Il vecchio Grimthorpe se la stava spassando con l'assistente. Sempre la stessa solfa: il vecchio e la giovane amante. Più o meno come i signori Black."

"Ha torto," dico. "Quel messaggio non è stato scritto da Grimthorpe." Osservo il viso di Snow diventare rosso.

"L'ho scritto io," conferma il direttore. "Provo un certo... affetto per la signorina Sharpe, per Serena, già da diverse settimane, quando è venuta a proporci la conferenza stampa nel salone del tè. Quel messaggio, quello che ho messo nella scatola... be'... ammetto che era una dichiarazione dei miei intenti romantici."

"Ha lasciato un biglietto anche nella camera, non è così, signor Snow?" chiedo.

"Assieme a dodici rose dal gambo lungo," aggiunge la detective Stark.

"Già," risponde Snow. Rimuove il fazzoletto dal taschino e si asciuga le gocce affiorate sulla fronte. "Serena è una donna attraente, intelligente ed elegante. Il fatto che tu possa pensare che era l'amante di Grimthorpe mi è incomprensibile, Cheryl. Lei è un autentico esempio di bellezza."

"Ma caro," esclama Preston. "L'amore è cieco."

"Era coinvolto sentimentalmente con la signorina Sharpe?" chiede la detective.

"Oddio, no!" risponde il direttore.

"Non perché non ci abbia provato," aggiunge Angela sottovoce.

La Stark si rivolge a Lily. "Ha dato a Cheryl la copia firmata dell'ultimo libro di Grimthorpe?"

"Dato?" dice Lily col mento alzato. "Se l'è presa. Ha detto che l'avrei rivista dopo aver dimostrato di essere una brava cameriera in grado di pulire tutte le sue camere e le mie in un unico turno."

"Ma è impossibile," intervengo. "Nessuna riuscirebbe a farlo."

"Esatto," conferma Preston.

"La prima edizione contenuta nella scatola. Perché non è nel sito? E adesso dove si trova, Cheryl?" chiede la Stark.

"Venduta," risponde. "L'ho impegnata al tizio del negozio lungo la strada. Paga bene per i libri vecchi, anche meglio di Internet."

In quell'istante mi sovviene un pensiero. Lo vedo chiaramente: Cheryl ha rubato quello che poteva con le sue sporche mani. Ha persino portato via gli appunti dal leggio. E se avesse sottratto anche altro? "Il vasetto del miele e il cucchiaino," dico. "Quelli che erano sul carrello del tè del signor Grimthorpe il giorno in cui è morto. Li hai presi tu, Cheryl? Quel cucchiaino è stato l'ultimo oggetto a toccare le labbra di Grimthorpe."

"Un vasetto e un cucchiaino?" chiede Cheryl. "Non ne so nulla."

"Mentire la caccerà in nuovi guai oltre a quelli in cui si trova già," avverte la detective. "Lo ammetta. Li ha presi lei."

"No," risponde Cheryl. "Anche se il cucchiaino non è niente male se si pensa a... 'l'ultimo oggetto a toccare le labbra del signor Grimthorpe.' Il titolo si scrive da solo. I tizi di Vulture adorano quel genere di porcheria. 'Effimeri pezzi unici,' li chiamano."

"La Moleskine," continua la Stark. "Ha camuffato le fotografie di molti altri articoli. Perché non quella?"

"Perché non c'era nulla da vedere," risponde Cheryl. "Era piena di scarabocchi e segni assurdi. Per un autore all'apice del successo è piuttosto strano che non ci fosse nemmeno una parola leggibile."

Nel corso della conversazione sono rimasta ferma e tranquilla, ma ora una sottile crepa minaccia la compostezza. Com'è possibile che non me ne sia mai accorta? Nelle profondità del mio essere si apre una frattura e le vertigini cominciano a farsi sentire. La rivelazione che affiora alla coscienza ha una portata sismica tale che mi impedisce di rimanere dritta.

Sento una mano posarsi sul braccio: non è di Preston e nemmeno di Snow. Lily mi sta tenendo ferma, tirandomi a sé.

"Molly!" Sento gridare Preston.

"Che diavolo le prende?" chiede la detective.

La X dell'equazione, la chiave mancante: è sempre stata lì, davanti agli occhi!

"Detective Stark," dico. "Devo fare una confessione. C'è qualcosa che deve sapere. Conoscevo il signor Grimthorpe da quando ero bambina."

La detective scuote la testa. "E allora? Che cosa c'entra con il resto?"

Gli occhi sono puntati verso di me. Il viso di Cheryl trasuda un'avida soddisfazione.

"Grimthorpe aveva il blocco dello scrittore," spiego. "La prova è proprio in quella Moleskine. Aveva una cultura impeccabile, ma non riusciva a scrivere una parola. Lo ricordo chiaramente: sulla scrivania della villa c'erano tanti taccuini impilati che sosteneva fossero le prime bozze.

Erano uguali a quello che Cheryl ha rubato dalla scatola, con le iniziali e gli scarabocchi indecifrabili. Da piccola credevo fosse un codice o un linguaggio segreto. Ma non era così."

"Molly, come al solito non è chiaro quello che vuole dire," commenta la Stark.

"Non capisce? Le Moleskine sono la dimostrazione di un movente," dico. "C'è una buona ragione per cui qualcuno voleva Grimthorpe morto."

"Nemmeno io so dove vuoi andare a parare," dice Angela.

"Neppure io," aggiunge Preston.

"Per amor di Dio, Molly," dice la Stark. "Ce lo spiega?"

"Movente," dico. "M-O-V-E-N-T-E. Ovvero: un motivo per uccidere. Non è stato Grimthorpe a scrivere i libri, nemmeno uno. Lo ha fatto qualcun altro."

23.

Pensavo che succedesse solo nei film, quelli in bianco e nero che io e la nonna guardavamo su Movie Nights rannicchiate sul divano di casa. Ora, però, so che può succedere anche nella realtà: un segmento del passato può essere rivissuto come il montaggio di un film. La vita può scorrere davanti agli occhi, ricordandoti tutto ciò che hai superato, ti ha portato fino al presente e ti ha fatto diventare la persona che sei.

Ecco quello che provo mentre rivelo la verità alla Stark sulle due settimane che ho trascorso nella villa dei Grimthorpe, lucidando l'argenteria, leggendo i libri della biblioteca e stringendo amicizia con un uomo tormentato; un uomo al quale ho suggerito spunti che non pensavo lo avrebbero portato a scrivere un successo internazionale. Ho rivissuto le scene in technicolor e l'ho rivisto con occhi nuovi.

Snow ha proposto a me e alla Stark di ritirarci in ufficio per parlare in privato, ed è lì che siamo state nell'ultima ora.

Sono seduta su una sedia di fronte a una detective statuaria che mi ha sempre intimidito. E le sto raccontando la storia della mia vita.

Per la prima volta, la Stark sta ascoltando con attenzione e pazienza. E si rende conto che sono più brava di lei perché conosco dei dettagli che ignora. La vedo sforzarsi per collegare gli eventi e connettere il passato con ciò che è successo di recente: il mistero irrisolto dello scrittore avvelenato al Regency Grand Hotel.

La nonna diceva sempre:

Le storie sono un modo per fare un pezzo di strada nei panni di qualcun altro.

Aveva ragione. Ogni fiaba insegna una lezione.

Il mostro è sempre reale, magari non nel modo in cui pensavi.

Nessun segreto rimane sepolto per sempre.

Alla fine, la cameriera si salverà.

"*Rat-a-tat-tat-tat,*" dico alla detective Stark. "Il rumore era in sottofondo, il suono della donna intenta a battere a macchina. Grimthorpe scriveva a mano, non l'ho mai visto fare qualcosa di diverso dallo scarabocchiare su quelle Moleskine. Da bambina mi era stato detto che l'assistente batteva ciò che lui aveva scritto e ci avevo creduto. Ora, però, non penso sia vero."

"Ha appena detto di avergli dato l'idea per finire il romanzo più famoso," dice la detective. "La soluzione alcalina."

"Sì. Era una mia intuizione, ma poniamo il caso che qualcun altro gli abbia suggerito il resto del racconto, anzi, di tutte le storie. Magari l'assistente era più di una semplice dattilografa. Era..."

"Una ghostwriter?" suggerisce la detective.

"Sì," replico.

"Una ghostwriter che lavorava in segreto mentre quel disonesto si prendeva il merito e la fama," commenta la Stark.

"E guadagnava compensi sbalorditivi," aggiungo. "Questa cosa non fomenterebbe il malcontento? Non rappresenterebbe un motivo di vendetta?"

La detective si alza e percorre a grandi passi il perimetro della stanza. L'eco mi risale lungo la spina dorsale.

"Nella vita mi è capitato di conoscere degli autori," dice. "Quelli che scrivono libri gialli, a volte, si consultano con me. Vogliono sapere se possiedono i dettagli giusti. Diciamo che sanno un sacco di cose su come uccidere qualcuno senza lasciare tracce. La domanda è: riuscirebbe uno scrittore o un ghostwriter ad applicare le sue conoscenze a un omicidio reale? E se fosse così, potrebbe farla franca?"

La detective si ferma di colpo. "Molly," dice, "credo di averla sottovalutata."

"Cosa intende?" chiedo.

"Non capisco sempre cosa voglia dire, però ha appena raccolto una serie di indizi dei quali non mi ero resa conto. Ho bisogno del suo aiuto."

"Del mio aiuto?" chiedo. "Per cosa?"

"Faremo un viaggio in auto."

Il pensiero di andare da qualunque parte con la Stark è quanto di più terrificante possa immaginare. "Dove siamo dirette?" domando.

"Alla villa dei Grimthorpe, ovviamente."

Sono in periferia, a bordo di un'auto della polizia guidata dalla detective. Mi consola il fatto di essere seduta nel posto del passeggero e non sul sedile posteriore, oltre la barriera antiproiettile. Mi sento come una bambina diretta verso un luogo che pensavo non avrei più rivisto. Questa volta senza l'adorata nonna, ma con l'imponente detective accanto a me. Mi tremano le mani e stringo la maniglia della portiera proprio come avevo fatto anni fa, a bordo di un taxi, durante la prima visita.

Prima di salire in auto, la Stark ha fatto una telefonata a un giudice. Gli ha spiegato ogni dettaglio e discusso della necessità di un mandato di perquisizione. Un pezzo di carta che sporge dalla tasca interna della sua giacca nera.

"È lontano da qui?" domanda la Stark, guardando la strada davanti a noi.

"No, dista soltanto cinque minuti."

La Stark annuisce, poi osserva le ville sontuose che costellano la periferia ricoperta da una fitta foresta. "Che bell'angolo di tranquillità in mezzo al lusso!" esclama.

"Oltre la mia più sfrenata immaginazione," dico.

Facciamo l'ultima curva e la residenza dei Grimthorpe si staglia davanti a noi. "Eccola. Lassù."

La villa, a tre piani, ha la stessa imponenza di quando ero bambina, con le finestre dai pannelli neri e il muso terrificante di un ragno a otto occhi.

La detective raggiunge il cancello in ferro battuto. La vernice nera si sta staccando, la ruggine sta divorando ogni superficie. La torretta d'osservazione è vicina e le finestre oscurate nascondono chiunque sia all'interno.

La Stark spegne il motore. Scendiamo e ci avviciniamo all'ingresso.

I pulsanti del citofono nascosto sono sbiaditi dal tempo. "Bisogna suonare al custode," dico. "Si trova nella torretta."

La detective afferra il cancello con una mano e lo spinge. Si apre, cigolando, senza difficoltà.

"Ah," esclamo. "Le cose sono cambiate."

Supero la soglia e la seguo.

Percorriamo il sentiero familiare costeggiato dalle rose rosse. I boccioli stanno cominciando a schiudersi.

Diffondono una fragranza deliziosa, ipnotica e dolce come melassa.

"Questo posto ha visto giorni migliori," dice la Stark. "Sembra la dimora di Miss Havisham in *Grandi speranze*."

La villa è in rovina: la facciata ha i muri scrostati. Le rose sono gli unici fiori che sembrano aver ricevuto qualche cura.

Arriviamo davanti all'imponente porta d'ingresso con la maniglia a forma di leone. L'ottone è annerito e consumato. L'ultima volta che sono stata qui la mia mano era infilata in quella della nonna mentre raggiungevamo il portone. Il ricordo è un colpo al cuore.

"Io busso e lei avrà il compito di parlare," dice la Stark. Afferra la mandibola e la batte tre volte.

Avvertiamo dei passi pesanti, un leggero fruscio, poi il pomello gira e la porta si spalanca. Appare un uomo dai capelli grigi, gli occhi sporgenti e una cintura da lavoro in pelle intorno alla vita, nella quale sono infilate cazzuole, cesoie, forbici e tosasiepi. Con l'età si è arrotondato, il corpo non più un punto esclamativo ma ha assunto la forma del punto di domanda. Nonostante ciò, quando lo guardo negli occhi, riconosco l'uomo di fronte a me.

"Jenkins? È lei?"

"Molly? Molly Gray?"

"Si ricorda."

"Certo," risponde. "La mia piccolina. La bambina dell'argenteria che lucidava ogni cosa alla perfezione. Era così tanto tempo fa. All'epoca era un luogo oscuro, ma tu hai fatto brillare tutto."

"Era gentile con me," dico, "anche se mi faceva un po' paura. Ero troppo piccola per distinguere le brave persone da quelle cattive."

"Eri un delizioso essere che sprizzava energia fresca. Ricordo le storie fantasiose che raccontavi. Eri una che lavorava sodo. Tua nonna era così orgogliosa di te. Come sta, Flora?"

"È morta," dico freddamente.

"Mi dispiace. Era una brava donna."

"La migliore."

"Credo che possa bastare," interviene la detective con un sospiro.

Jenkins rivolge l'attenzione alla figura imponente accanto a me. "E lei chi è?"

"Detective Stark. Mi occupo delle indagini riguardo alla morte del proprietario di questo immobile. Mi chiedevo chi ci fosse oggi nella villa. Ho pensato di fare un salto."

"Temo che non ci sia nessun altro a parte me al momento," risponde Jenkins. "Stiamo aspettando che venga letto il testamento. Immagino che la proprietà verrà messa in vendita. Sono sicuro che la signora Grimthorpe si stia rivoltando nella tomba."

"Jenkins, posso chiederle come è morta?"

"Un ictus, cinque anni fa," risponde, "subito dopo aver strappato una rosa dal giardino. Come ben sai, Molly, il signor Grimthorpe è sempre stato strano, ma lo diventò ancora di più dopo quell'evento. Più paranoico. Diceva che, senza la moglie, i segreti non sarebbero più stati al sicuro. Tuttavia, non si attaccò alla bottiglia. Aveva fatto una promessa alla signora e la mantenne. Sospetto che questo sia l'unico modo in cui le è stato fedele." Jenkins si interrompe e abbassa lo sguardo verso la scatola accanto ai piedi. È colma di argento annerito, cianfrusaglie e dipinti. "Sto sgomberando la casa," dice. "Ho ricevuto degli ordini."

Guarda la Stark. "Quindi... ha un mandato di perquisizione?" chiede.

"Certo," risponde la detective. Lo estrae dalla tasca della giacca e Jenkins gli dà un'occhiata prima di restituirglielo.

"Le dispiacerebbe se dessi un'occhiata anch'io?" chiedo. "Significherebbe molto per me. Ho dei ricordi così belli di questo posto."

"Forse sei l'unica ad averli," dice Jenkins. Poi si volta verso la detective e le chiede. "Avete scoperto chi ha avvelenato il signor Grimthorpe?"

"Ancora no. Ma ci siamo vicini. È questione di tempo," risponde la Stark.

Jenkins annuisce, le rughe del viso sono una mappa dei segreti che conserva. "Entrate," dice. "Io sarò in salotto, lo sto svuotando. Di questi tempi nessuno ha cura delle cose vecchie. Il cambiamento è vicino."

"Grazie, Jenkins," dico, spostando la scatola degli oggetti prima di entrare. Sopra di noi, le gocce del lampadario sono ricoperte di ragnatele: la struttura sembra di legno più che di vetro.

"Da questa parte," dico alla Stark, mentre le faccio strada sulla scala principale. I gradini sono più scricchiolanti rispetto a un tempo e gemono a ogni passo.

Arriviamo in cima. "Mi segua," dico, percorrendo il corridoio con le luci che si accendono automaticamente – almeno quelle la cui lampadina non è fulminata. La carta da parati damascata del corridoio è sbiadita. Una volta avevo notato degli occhi nel disegno, ma ora non li vedo più. C'erano davvero o esistevano soltanto nella mia immaginazione?

Oltrepassiamo una camera dopo l'altra, le porte sono aperte, e ogni stanza ha le tende tirate.

"È sudicio," dice la Stark.

Ogni angolo e candelabro a muro è ricoperto da uno spesso strato di polvere. "In questa villa manca una domestica da molto tempo," dico. Mi chiedo se la nonna non sia stata l'ultima. Forse la Grimthorpe non si è fidata più di nessuno dopo averla licenziata.

Raggiungiamo l'ultima stanza alla fine del corridoio. Mi avvicino alla finestra, scosto le tende e lascio filtrare la luce.

La stanza non è più come una volta. I libri giacciono in uno stato d'abbandono: una coltre di polvere ricopre i dorsi rilegati in pelle. La detective osserva ogni dettaglio: la scala con le rotelle, la ninfa con in mano un paralume lurido, gli scaffali di libri lungo le quattro pareti. Nota il particolare anomalo, l'unico volume che sporge e non è ricoperto di sporcizia: l'Oxford Dictionary sulla quarta parete.

"È questo?" chiede, indicandolo.

"Sì. L'ingresso segreto, un portale che dà accesso a un'altra dimensione." Mi avvicino e lo spingo. La parete si apre di scatto, rivelando lo studio di Grimthorpe.

"Ma guarda un po'," esclama la detective, gli occhi e la bocca sono spalancati per la sorpresa.

La scrivania è al solito posto, con sopra le pile pericolanti di Moleskine marcate dalle iniziali. Dall'ultima volta che sono stata qui, si sono moltiplicate. Ce ne sono sul piano, come un tempo, ma anche sul pavimento. Alcune mi arrivano alla vita. La stanza è così piena di taccuini che l'unico spazio vuoto è un passaggio stretto che conduce verso la scrivania e un altro verso la libreria, sulla parete opposta.

"Perbacco," dice la Stark. "Roba da matti. Grimthorpe era un accumulatore?"

"Sotto un certo aspetto sì," dico. "Il proprietario di tutto. E di nulla."

La donna prende una Moleskine, l'apre con circospezione a una pagina a caso gremita di scarabocchi e segni incomprensibili. "Indecifrabile. Proprio come quella che ha venduto Cheryl," dice.

La Stark controlla qualche altro taccuino e io faccio altrettanto, sebbene sia restia a imbrattarmi le mani. I contenuti sono come me li ricordo: scarabocchi e segni, nessuna lettera scritta a mano, in codice e, di sicuro, nessun romanzo.

"Non c'è nulla che qualcuno potrebbe battere a macchina," dice la Stark.

"Esatto," rispondo. "E il signor Grimthorpe non ha mai scritto a macchina. Era l'assistente che continuava a battere, inosservata, mentre questi taccuini si moltiplicavano."

La detective nota qualcosa sulla libreria di Grimthorpe lungo la parete opposta: un altro volume sporgente, l'unico a essere pulito, un secondo Oxford Dictionary. Si avvicina e lo preme. Una parete si apre di scatto.

"Cosa?" esclamo. "Non me n'ero mai accorta!"

"Felice di essere utile," replica la Stark. Oltrepassa la soglia ed entra in un ufficio moderno, immacolato, di un bianco splendente. La seguo e noto, in un angolo, una scala a chiocciola che porta al piano inferiore, fino alla porta laterale. I ripiani Ikea rivestono un'intera parete e ogni scomparto è occupato da pile di manoscritti stampati, organizzati e uniti con degli elastici. C'è un sezione per ogni volume di Grimthorpe, con i titoli stampati in pile ordinate secondo l'anno di pubblicazione: dal più recente su carta bianca al grande bestseller, *La cameriera nella villa*, con le pagine ingiallite dal tempo.

"Sembrano i manoscritti dei romanzi," dice la Stark, rannicchiandosi per vedere da vicino.

Si alza e si avvicina a una scrivania disadorna su un lato della stanza sopra la quale svettano un Mac portatile rosa e una stampante.

E poi la vedo. In una nicchia ad arco dietro la scrivania c'è una vecchia macchina per scrivere. Sulla parete è appesa una foto in una sobria cornice dorata. Mi avvicino per guardarla meglio.

È sorprendente anche se, per certi versi, tutto torna: ecco la donna con il foulard e i guanti blu. Con il braccio cinge una ragazzina che le somiglia. "È lei," dico. "La vecchia assistente. Quando ero piccola veniva qui ogni giorno, entrando dall'ingresso laterale. Non capivo dove si trovasse l'ufficio, ma la sentivo battere a macchina ininterrottamente."

La detective si avvicina, piegandosi verso la foto. "Ma chi è la bambina?"

Accade un'altra volta: intuisco qualcosa prima della Stark. Faccio due più due e ottengo una somma, che è più di quanto avessi immaginato. "Non la riconosce? Guardi più da vicino."

Socchiude gli occhi. "Gesù," dice. "È lei?"

"Sì," rispondo. "La somiglianza è impressionante, vero? Quella ragazzina," dico, "è Serena Sharpe."

24.

"Com'è gentile da parte vostra esservi introdotte senza permesso. Fate come se foste a casa mentre curiosate nell'ufficio."

Sia io che la Stark trasaliamo e ci voltiamo. Sulla soglia c'è Serena Sharpe, le chiavi dell'auto tintinnano in una mano.

"L'uomo di sotto ci ha fatto entrare," spiega la Stark.

"Così mi dicono. Posso chiedervi cosa diavolo ci fate qui?"

"Conoscevo sua madre," rispondo senza riflettere. "O meglio, non la conoscevo. La vedevo quando, da bambina, venivo a lavorare con mia nonna. Era l'assistente del signor Grimthorpe. In questa foto c'è anche lei," dico, indicando l'immagine sul muro.

La Sharpe sospira. "Sì, è mia madre. E allora?"

"Non ne ha mai parlato," dice la detective.

"E non ha neppure accennato al fatto che sua madre è la vera autrice dei libri del signor Grimthorpe," aggiungo.

La Sharpe mi punta addosso lo sguardo da sfinge. Poi attraversa la stanza a grandi passi e si ferma di fronte alla nicchia contenente la macchina per scrivere. Posa un dito sulla lettera I. "Come l'ha capito?" chiede.

"Le Moleskine," dico. "Contengono solo scarabocchi, eppure si sentiva quel *rat-a-tat-tat-tat*. Sua madre batteva a macchina ogni giorno."

Serena annuisce. "La signora Grimthorpe la scelse per la discrezione, tra le altre qualità. Mia madre era brava a mantenere un profilo basso ed era abile nel conservare i segreti." La Sharpe commenta la foto sulla parete. "Grimthorpe non è mai stato un autore. Tanto tempo fa, prima del blocco dello scrittore, aveva concepito trame e intrighi complessi, che raccontava a mia madre durante lunghe farneticazioni. Lei teneva a bada la sua follia, trasformandola in una narrazione misurata, in grado di incuriosire il lettore. Era talmente brava che riuscì a farlo diventare uno scrittore di successo. Ma è sempre stata lei l'autrice della magia di quei romanzi."

"L'ha tenuta segreta," dico.

"Sì," conferma la Sharpe. "Solo la signora Grimthorpe conosceva la verità, nessun altro."

"Perché non me ne ha parlato prima?" chiede la Stark. "Quando ci siamo viste alla stazione di polizia non mi ha detto di sua madre e si è rifiutata di accennare all'annuncio di Grimthorpe."

La Sharpe passa dietro la scrivania e si accomoda sulla sedia. “Non potevo dirglielo perché ho firmato un contratto,” dice, indicando le sedute bianche di fronte. “Prego, accomodatevi.”

La detective accetta l’invito. Io mi siedo accanto a lei.

La Sharpe intreccia le dita prima di posare le mani sulla scrivania.

“Sono molti anni che so di mia madre. La imploravo di chiedere a Grimthorpe un compenso e una percentuale dei diritti d’autore, ma era una ragazza-madre terrorizzata dal capo e dalla possibilità di perdere il lavoro. Sapeva di meritarsi di più, ma non se l’è mai sentita di affrontare lui o la moglie. Non voleva sfidare la loro furia.” La Sharpe si fa silenziosa mentre getta lo sguardo oltre la porta, verso lo studio caotico di Grimthorpe. “Era un uomo colto e, nonostante ciò, incapace di scrivere un libro come si deve. Era così alterato.”

“Alterato e potente,” preciso. “Aveva la capacità di farti sentire speciale e allo stesso tempo insignificante.”

Gli occhi della Sharpe si spalancano. “Proprio così. L’anno scorso, quando mia madre morì senza aver ricevuto una retribuzione adeguata, mi sentii ribollire di rabbia. Aveva fatto sacrifici per tutta la vita. Aveva ricevuto uno stipendio da segretaria per decenni. La paura la costringeva a mantenere il silenzio, ma con me non funzionava. Perciò escogitai un piano.”

Io e la detective Stark ci scambiamo un'occhiata. "Vada avanti," dice.

"Lasciai il master in Direzione aziendale e subentrai nel ruolo di assistente personale di Grimthorpe. Ne fu elettrizzato: si garantì la continuità e la segretezza, il tutto in un modello più giovane e carino. Era abbastanza sciocco da pensare che anch'io potessi scrivere, ma non ho mai avuto talento per la narrazione. Quando lo capì, minacciò di licenziarmi e io cercai di intimorirlo."

"In che modo?" chiede la Stark.

"Gli dissi che avrei rivelato a tutti che era un truffatore: avrei detto al mondo intero che mia madre era la vera autrice dei romanzi," dice, indicando gli scomparti pieni di manoscritti. "Minacciai di fargli causa per ogni centesimo che aveva guadagnato… a meno che non avesse accettato le mie condizioni."

"Ovvero?" domando.

"Un compenso forfettario di cinque milioni di dollari e il cento per cento dei diritti d'autore, da quel momento in poi, per ogni libro scritto da mia madre."

"Vale a dire tutti," puntualizza la Stark.

"Esatto."

"Come reagì?" chiedo.

"Con una calma glaciale. Penso che se lo aspettasse." La Sharpe posa le mani sul portatile. "Accettò le condizioni. Non cercò nemmeno di convincermi a mantenere il silenzio riguardo a mia madre. Ma, in cambio, avanzò alcune richieste."

"Vale a dire?"

"Voleva rendere la notizia di dominio pubblico in persona. Doveva controllare il messaggio."

"Così si spiega la conferenza stampa in albergo," fa notare la Stark.

"Già. E mi fece firmare un contratto nel quale specificava che, se avessi fatto trapelare qualcosa prima dell'evento, l'accordo sarebbe saltato."

"Quindi, niente soldi," dice la detective.

"E nessun merito per mia madre," replica la Sharpe, con la voce tagliente come un rasoio. "Ecco perché non potevo dire nulla quando mi ha chiesto cosa intendesse annunciare Grimthorpe. Non volevo annullare il contratto."

La Sharpe si fa silenziosa mentre tira fuori il contratto da un cassetto e lo porge alla Stark, che inizia a leggerlo attentamente, corrugando la fronte, e poi annuisce.

"E ora, cosa succede?" domando. "Dato che le persone decedute non raccontano storie."

"Ho consultato un legale. A quanto pare sono nei guai," risponde la Sharpe. "Se rivelo la verità, niente accordo, nemmeno dopo la morte."

"Quindi riconoscere i meriti di sua madre significa perdere il guadagno economico?" chiedo.

"Esatto," risponde, con un sorriso che non raggiunge gli occhi felini.

La detective si alza e cammina di fronte alla scrivania.

"Deve averlo odiato," dice.

"Lo odio ancora," risponde.

"Allora lasci che le faccia una domanda: lo odiava abbastanza da avvelenarlo?"

La Sharpe scoppia a ridere, il suono è metallico e debole. "Non ha capito? Non mi serve a nulla da morto."

La Stark mi lancia uno sguardo, le labbra arricciate in un sorriso quasi impercettibile.

"Credetemi: odiavo quell'uomo con tutta me stessa. Ha approfittato di mia madre in più modi di quanti riesca a elencare. Ne ha sfruttato le doti e le ha spacciate per sue, ma ha fatto anche altre cose."

"Tipo?" domanda la Stark.

"Delle avance indesiderate alla madre, rivolgendole poi contro di lei," rivelo.

La Sharpe mi lancia uno sguardo curioso. "E come fa a saperlo?"

"Da mia nonna," rispondo. "Ha fatto la stessa cosa a lei. Ho il sospetto che si sia comportato così con tutto il personale femminile. Ecco il motivo per cui la signora Grimthorpe insisteva sul fatto di avere solo due donne in villa. E per 'fidate' intendo 'obbligate a stare zitte'."

"Sua nonna e mia madre."

"Già."

"L'ha fatta franca per tutta la vita e ci ha persino provato con me," rivela la Sharpe. "Giuro: l'ho respinto con una tale fermezza che per poco non l'ho ucciso. Un uomo così potente, eppure così debole. Ho sempre pensato che sarebbe morto sul colpo, data la sua ipersensibilità. Non vedevo l'ora che succedesse. Solo che non mi aspettavo morisse nel giorno sbagliato."

Una parola che ha pronunciato si differenzia dalle altre. "Ipersensibile," dico. "Perché lo definirebbe così?"

"Gli anni di alcolismo, alla fine, gli hanno presentato il conto. Il fegato e i reni erano distrutti," dice la Sharpe.

"Il che spiega il motivo per cui l'antigelo l'ha portato via così rapidamente," aggiunge la detective. "Gli organi non sono riusciti a metabolizzare il veleno."

In quell'istante Jenkins fa capolino sulla soglia dell'ufficio. Sorregge un vassoio con una teiera fumante e delle tazze di porcellana. Le riconosco da un tempo remoto. "Signora?" dice. "Il tè. Non ero certo che volesse delle tazze per le sue ospiti."

"Le mie ospiti? È lei quello che le ha fatte entrare," precisa la Sharpe.

"Non avevo molta scelta," dice lui, senza incrociare il suo sguardo. "A ogni modo, ho portato il tè per tre." Posa il vassoio sulla scrivania, mi sorride, poi sgattaiola fuori dalla porta.

La Sharpe afferra la teiera e lo versa nelle tazze. "Potete servirvi da sole," dice a me e alla detective.

"Io lo prendo senza latte," precisa la Stark mentre afferra una tazza sbeccata che sembra troppo piccola per le sue mani. "Non amo molto il tè. Preferisco il caffè."

Io afferro una deliziosa tazza dal vassoio. Aggiungo un goccio di latte e lo mescolo con un cucchiaino d'argento annerito. Produce un piacevole tintinnio mentre sfiora la porcellana: lo stesso suono che fa un cucchiaio del Regency Grand contro una tazza di tè del Regency Grand.

Ho un sussulto e per poco non mi rovescio il tè addosso. Poso la tazza e il cucchiaino sulla scrivania della Sharpe.

Il cuore comincia a battere forte. In un attimo tutto sembra incastrarsi perfettamente: ogni pezzo mancante, ogni variabile si inserisce nel posto giusto. Il respiro rimane impigliato in gola. La stanza oscilla. "Detective Stark," dico. "Dobbiamo tornare in hotel. Subito!"

"Ma siamo appena arrivate," ribatte. "Ho altre domande per la signorina."

"No! Basta con gli interrogatori. Non abbiamo tempo. Dobbiamo andare immediatamente al Regency Grand!"

"Che diavolo sta succedendo, Molly? Perché tutta questa fretta?" chiede la Stark.

"Perché non è la signorina Sharpe ad avere ucciso Grimthorpe. E io so chi è stato."

25.

Tanto tempo fa, la nonna mi raccontò una storia vera su una cameriera, un ratto e un cucchiaio. Non l'ho mai dimenticata. Una cameriera in servizio in un castello viene incolpata della sparizione di un cucchiaio d'argento, ma anni dopo, il cucchiaio viene trovato sotto il pavimento accanto allo scheletro del ratto che lo aveva rubato.

Ecco a cosa sto pensando mentre mi siedo accanto alla detective, a bordo dell'auto della polizia. Siamo fuori dal cancello della villa e mi ritrovo un uovo tempestato di gioielli in grembo: il regalo d'addio di Jenkins.

Ho appena finito di spiegare alla detective, con dovizia di particolari, il motivo per il quale dobbiamo affrettarci a raggiungere il Regency Grand. Le ho detto ciò che so e che ricordo.

"Non riesco a crederci," dice quando finisco di parlare. "Molly, come diavolo ha fatto a collegare tutto?"

“Dettagli,” rispondo. “Le avevano detto che me la cavo bene, ma non ci aveva creduto. Magari mi sfugge ciò che per lei è ovvio, ma sono sempre stata in sintonia con ciò che gli altri ignorano. Siamo tutti uguali in modi diversi, detective Stark. Me lo ha insegnato la nonna molto tempo fa.”

“Mi... dispiace di... averla sottostimata,” dice la Stark. È come se avesse una rana impigliata nella gola, sputare fuori le parole sembra costarle fatica.

“La maggior parte della gente mi sottovaluta,” rispondo. “Ma ora non ha importanza: dobbiamo sbrigarci.”

La detective annuisce e mette in moto. La schiena viene spinta contro il sedile mentre l’auto prende velocità e sfreccia lungo la strada.

“A proposito,” dice una volta in viaggio, “perché il tipo strano ha insistito affinché accettasse quella vecchia cianfrusaglia?” Per un attimo distoglie lo sguardo dalla strada e lo rivolge verso l’uovo annerito che ho in grembo.

“Il Fabergé?”

“Non crederà davvero che si tratti di un Fabergé, Molly? È un gingillo da due soldi.”

“Non è bello ciò che è bello, ma è bello ciò che piace, detective. Questo uovo significava molto per me quando ero piccola e lo custodirò gelosamente. Bisogna guardare oltre le apparenze per riuscire a scovare il valore delle cose.”

“Ti riferisci all’uovo?” chiede la Stark.

"Di cosa crede che stia parlando?"

La detective non risponde, ma avverto l'auto aumentare la velocità. Accende la sirena e il lampeggiante e ci dirigiamo in direzione del Regency Grand.

Arriviamo in tempo record, arrestando l'auto con uno stridio di gomme davanti al tappeto rosso.

"Molly, che succede? Stai bene?" chiede Preston mentre scendo dalla macchina e lo supero di corsa.

"Non ho tempo!"

"Non può lasciare un'auto della polizia con i lampeggianti accesi nella zona d'entrata," dice un fattorino alla detective.

"Certo che posso!" risponde la Stark mentre ci affrettiamo ad attraversare le porte girevoli.

Ci precipitiamo al banco della reception, dove il signor Snow parla con degli ospiti.

"Le GREGGI hanno già liberato le camere?" chiedo.

"Molly, non mi dovresti interrompere," dice il direttore.

"Le mie più sentite scuse per aver trasgredito al protocollo," dico, "ma si dà il caso che sia un'emergenza."

"L'ha sentita?" s'intromette la Stark. "Quando liberano le stanze quelle pazze scatenate?"

"Domani," risponde Snow.

"Entreremo in una delle camere. Immediatamente," annuncia la Stark.

“Non potete entrare senza motivo,” dice lui. “È violazione della privacy.”

“La cameriera mi ha appena rivelato informazioni cruciali. Sta per scoprire qualcosa di grosso,” dice la detective.

Le sopracciglia dell’uomo si inarcano. “In tal caso, seguitemi.”

Ci avviamo verso l’ascensore e saliamo al quarto piano immersi nel silenzio. All’apertura delle porte usciamo nel corridoio: incontriamo Sunshine e Lily con i rispettivi carrelli. Il viso di Sunshine mostra sgomento appena ci vede. Lily si blocca.

“Molly, cosa sta succedendo?” domanda Sunshine.

“Non c’è tempo!” dico, avanzando a passo di marcia dietro Snow e la detective in direzione della Camera 404.

Ci fermiamo fuori dalla porta. “Fai gli onori di casa,” mi dice il direttore.

“Molly, si comporti normalmente,” suggerisce la Stark.

“Non è certo il mio forte,” rispondo. Busso alla porta tre volte. “Pulizie!” dico, con voce ferma ma autorevole.

Attendiamo con le orecchie accostate alla porta.

Nulla. Nessun rumore.

“Libera,” dice Snow. Estrae il passe-partout e apre la porta.

Entriamo e ci guardiamo intorno.

“È proprio la camera giusta,” dico.

È stata pulita di recente: il letto è perfetto, con le lenzuola fresche ripiegate negli angoli, anche se ogni centimetro dell'ambiente, a parte il letto, è occupato da ogni genere di oggetto. Scatoloni pieni di raccoglitori sono disposti lungo il perimetro della camera, ognuno con l'etichetta GRIMTHORPE seguita da un numero. C'è una valigia aperta accanto alla finestra, vestiti ammucchiati, e ogni cosa è ricoperta da montagne di peli di gatto.

Il signor Snow si copre il naso.

"È disgustoso," commenta la Stark. "Sembra che qui dentro abbia appena traslocato un topo. Ma le cameriere non la sistemano tutti i giorni?"

"Sì," confermo. "Ma non possiamo fare un lavoro approfondito finché l'ospite non va via. In una camera occupata possiamo pulire soltanto le superfici libere."

Mi avvicino al minibar accanto alla finestra. È come lo ricordavo: sopra il frigo c'è una fila di flaconcini di shampoo del Regency Grand accanto a varie confezioni di stuzzichini, aperte, con il contenuto sparso sul pavimento: e poi cereali, cracker e un barattolo di burro d'arachidi.

La detective si avvicina alla scrivania di fronte al letto. È un ammasso di documenti, raccoglitori, taccuini, libri e ricevute spiegazzate. "Molly, venga qui a vedere."

La raggiungo: la poliziotta sta indicando una Moleskine con le iniziali J.D.G. Accanto ce n'è un'altra con iniziali diverse: B.B.

Sono abituata a toccare gli effetti personali degli ospiti, ma ho una strana sensazione quando prendo in mano il taccuino di Beulah, non tanto per metterlo in ordine, quanto per guardare all'interno. La prima pagina è intitolata "Incontri ravvicinati", poi si susseguono, pagina dopo pagina, appunti schematici.

"È un resoconto," dico alla detective, mentre Snow ci osserva.

"Proprio così," esclama la Stark. "Ogni tentativo di incontro con Grimthorpe."

Sfoglio le pagine: le date risalgono a molti anni prima. Leggo a caso:

Volantino mandato per posta con l'obiettivo di fargli conoscere le GREGGI: NESSUNA RISPOSTA.

Inviata e-mail al sito Internet in cui mi definisco la sua prima fan: NESSUNA RISPOSTA.

Trovato numero del telefono privato e indirizzo di casa. Lasciato messaggio con informazioni per contattarmi: NESSUNA RISPOSTA.

Mandata la quinta richiesta per diventare la biografa ufficiale. Invio con posta raccomandata: NESSUNA RISPOSTA.

Sfoglio il taccuino fino alle annotazioni più recenti:

Fatto scivolare un biglietto sotto la porta della camera da letto, proponendogli una cena al Social: NESSUNA RISPOSTA.

Aspetto J.D. fuori dalla camera del Regency Grand: INDIVIDUATO!

Richiesta smentita dei preoccupanti fatti recenti: NEGATA

Richiesto permesso di essere la BIOGRAFA UFFICIALE: NEGATO.

Richiesto permesso di entrare in camera: PORTA SBATTUTA IN FACCIA.

"Quale data è indicata sull'ultima annotazione?" domanda la Stark.

"Il giorno prima della conferenza stampa," rispondo.

Io e la detective ci guardiamo negli occhi.

"Non vedo come questa cosa possa essere importante," dice Snow, scuotendo il capo.

"Io, invece, sì," ribatto. "Ho bisogno di Lily."

Poso la Moleskine e mi precipito fuori dalla camera. Il carrello sta tenendo aperta una porta dall'altro lato del corridoio. La trovo all'interno, intenta ad aspirare la moquette seguendo linee che ricordano quelle di un giardino zen.

"Lily!" grido, anche se non può sentirmi.

Spengo l'aspirapolvere. "Lily," ripeto.

Lei urla e, con un salto, si rifugia in un angolo accanto al letto.

"Va tutto bene," dico. "Non sei nei guai. Ma ho bisogno che venga subito con me."

Non perdo un attimo, le afferro la mano e la porto in corridoio e di nuovo alla camera 404, dove Snow e la detective Stark ci stanno aspettando.

Mi fermo senza fiato di fronte alla detective, con Lily accanto.

"Ti ricordi, qualche giorno fa, quando stavamo pulendo questa camera?"

Annuisce.

"Ricordi in che stato era?"

Annuisce di nuovo. "È sempre un caos. È difficile pulire se intorno c'è tutto quel ciarpame. L'ho trovata così ogni giorno."

"Esatto," rispondo. "E quanto abbiamo riso per lo schieramento dei flaconcini di shampoo e per il cibo gettato ovunque, proprio come adesso? Le confezioni di cereali e di cracker e quel barattolo di burro d'arachidi, erano là?"

"Sì. È lo stesso."

"Non proprio," ribatto. "Aveva qualcosa di diverso quel giorno."

"Era aperto e c'era un cucchiaino dentro," dice Lily.

"Esatto! L'ho tolto e ho richiuso il coperchio, chiedendomi chi lo lascerebbe aperto in quel modo. Poi ho lavato il cucchiaino e mi sono accorta che non era uno d'argento del Regency Grand, ma uno di quelli in acciaio del Social, al piano di sotto. Ricordi?"

"Sì, certo," dice Lily. "Ho chiesto se dovessi riportarlo al ristorante, ma hai risposto di no, se l'ospite lo stava usando, era giusto lasciarlo in camera."

"Giusto! Così ho messo il cucchiaino di acciaio sul minibar accanto al barattolo del burro d'arachidi," dico. "Ora, però, non c'è più: è sparito. Lily, hai pulito la camera oggi?"

"Il più possibile. Non è mai facile."

"E hai visto quel cucchiaino?" chiedo.

Lily guarda in successione me, Snow e la detective. Poi annuisce.

"Dove?"

Indica il tavolino e si sposta. "È là: accanto alla lampada."

Mi precipito da lei. Eccolo: è lo stesso cucchiaino in acciaio. "È proprio quello."

La detective e il signor Snow si avvicinano. La Stark lo osserva, poi si china in avanti e apre il cassetto del tavolino. All'interno, infilato in una scatola foderata di raso rosso, c'è un vasetto d'argento per il miele del Regency Grand.

"Oh, no!" esclama Lily appena lo vede. "Ho lavato il tavolino. Era tutto unto e appiccicoso," dice. "L'ho strofinato a fondo, proprio come mi hai insegnato tu, Molly:

missione pulizie approfondite. Non sapevo cosa ci fosse nel cassetto!"

"Non preoccuparti," dico. "Hai fatto bene."

Il viso della Stark è tirato, gli occhi spalancati. "Quindi l'assassino ha tenuto l'arma del delitto e l'ha infilata in una scatola di raso. È ufficialmente il trofeo più strano che abbia mai visto." Si volta verso di me.

"Molly, abbiamo sempre saputo il tipo di crimine e il luogo nel quale è accaduto."

"Delitto. La sala da tè," rispondo.

"Ora abbiamo un movente," aggiunge la detective.

"La vendetta," dico. "La vendetta per esser stata respinta."

"Temo di non seguirvi," dice Snow. "Come diavolo avete dedotto che l'ospite di questa camera è responsabile di un omicidio? Tutto ciò che avete scoperto è un oggetto d'argento che qualcuno stava cercando di rubare."

"È qui che si sbaglia, signor Snow," dice la detective. "Abbiamo trovato l'arma del delitto. È proprio qui."

"Ma si tratta solo di un vasetto per il miele e di un cucchiaino," dice il direttore.

La detective allunga la mano e afferra il fazzoletto dal taschino della giacca. "Le dispiace?" chiede.

Lui fa spallucce e si sistema gli occhiali.

La Stark lo apre e lo usa per rimuovere, con cautela, il coperchio d'argento del vasetto del miele, senza toccarlo con le dita. Un aroma dolce e bruciato pervade l'ambiente.

"Ha un odore strano. Il miele è andato a male," dice Snow. "E non è del colore giusto."

"Perché non è miele," dico.

"E allora cos'è?" chiede Snow: lo sguardo si alterna tra me e la detective.

"Miele mescolato a un altro ingrediente," suggerisco.

"Quale?"

"Antigelo," dice la Stark.

26.

Quando ero piccola, io e la nonna guardavamo *Colombo* accoccolate sul divano. La nonna adorava il momento nel quale l'assassino cominciava a mentire.

"Non fiuti qualcosa, Molly?" mi chiese una volta.

"Nulla."

"Io avverto qualcosa di losco e viscido," intonò con la sua voce cantilenante.

"Dobbiamo trovarlo subito!" Ero preoccupata che qualcosa si fosse nascosto nell'appartamento.

"Non intendo in senso letterale, Molly. Parlo dell'assassino. Osserva il comportamento: non ti accorgi che sta mentendo? Guarda come si impegna per nascondere i fatti."

Gli occhi furtivi, i dettagli mutevoli. Il desiderio di segretezza che lotta con il bisogno di ottenere il riconoscimento della genialità criminale.

"Sì," dissi. "Ora lo vedo."

"Nota cosa fa Colombo," rispose la nonna. "Osserva come riesce a scovarlo."

"Come?"

"Con le parole. Lo attira nella trappola."

Quel ricordo mi regala l'idea su come agire.

Ci troviamo nell'atrio, accanto al banco della reception: il signor Snow, Lily, la Stark e io. Siamo usciti dalla camera 404 e la detective ha ordinato a tre agenti speciali di mettere in sicurezza la prova.

"Beulah non è in camera, ma si aggira nei dintorni," dico.

"L'importante è coglierla di sorpresa," consiglia la detective.

"In che modo?" chiede Lily.

"La attiriamo nella trappola," suggerisco. "Annunciamo un seminario gratuito sul signor Grimthorpe."

"Acuta," commenta la detective.

Non riesco a credere che abbia detto quella parola, oltretutto riferita a me.

"Possiamo preparare il piano per domani," dice il direttore.

"No. Lo facciamo adesso," ordina la Stark. "Tocca a lei, signor Snow: lo comunicherà dagli altoparlanti dell'hotel."

Perle di sudore si raccolgono vicino all'attaccatura dei capelli di Snow. "Non possiamo inventarci un seminario dal nulla. Persino la pianificazione ha bisogno di tempo."

"Non le sto chiedendo di preparare dei centrini di pizzo e dei dannati tramezzini," dice la Stark. "Si limiti a fare l'annuncio. E si sbrighi."

Snow va dietro il banco della reception, accende il microfono e comincia a parlare. "Parlo agli ospiti del Regency Grand Hotel. È un annuncio speciale per i fan di J.D. Grimthorpe. Si terrà un seminario gratuito sulla vita e le opere del famoso autore nel salone da tè..." s'interrompe, coprendolo con la mano. "Quando?" sussurra alla Stark.

"Ora!" risponde lei, mimando la parola con le labbra.

"... tra cinque minuti," dice il direttore. "Verrà servito il tè con dei tramezzini. E all'evento sarà presente un ospite VIP."

Spegne il microfono e si allontana dalla reception seguito dallo sguardo interrogativo degli addetti, che studiano ogni mossa.

"Ospite VIP?" chiedo appena torna accanto a me.

"Non potevo dire 'detective', vero?"

"Ha promesso il tè," dice Lily a Snow.

"E i tramezzini," aggiunge.

"Povero me. Ho detto proprio così. Lily, avvisa la cucina, per favore. E chiedi l'aiuto di Angela."

Lily si precipita al Social. Io sto per seguirla, ma la detective mi trattiene. "Molly, lei stia qui con me a osservare e ascoltare. Se vede qualcosa che mi sfugge, me lo dice, okay?"

"Molto bene," rispondo.

Si volta, esce dall'atrio a passo spedito e percorre il lungo corridoio, in direzione dell'entrata del salone da tè. Io e Snow arranchiamo dietro di lei.

Arriviamo appena in tempo. Dalla parte opposta della sala si avvicina una decina di signore, capeggiate da una donna alta con i capelli ricci che sventola una bandierina rossa.

"Siamo qui per il seminario gratuito," annuncia Gladys, la leader delle GREGGI. "Chi è l'ospite speciale?" domanda a Snow. "È Serena Sharpe?"

"C'è stato un errore nell'annuncio," dice la detective. "La VIP che stiamo cercando è la fan numero uno del signor Grimthorpe. Sapete dov'è?"

Una scarica elettrica attraversa il gruppo. Alcune mani si alzano e diverse donne fanno un passo avanti.

"Sono io la fan numero uno!"

"No, non è lei. Sono io!"

"Eccomi, sono qui!"

"Io! Io!"

Le GREGGI si avvicinano. Snow allarga le braccia per impedire che si precipitino nel salone in massa.

"Per favore!" grido con voce ferma ma autorevole. "C'è soltanto una fan numero uno."

"Lei," dice la Stark, indicando la donna dall'aspetto familiare con il maglione marrone ricoperto di peli di gatto. "Ci siamo conosciute due giorni fa. È la biografa ufficiale del signor Grimthorpe, giusto?"

"Non ufficiale," corregge Gladys, sventolando la bandierina.

"Non è solo la fan numero uno," dico a Beulah, "ma anche l'esperta dello scrittore più importante al mondo."

"Ci sono molte persone delle GREGGI altrettanto competenti," dice Gladys, sbuffando.

"Esatto!" sento esclamare da una voce in mezzo al gruppo: è Birdy. I capelli fucsia la distinguono dalle altre. È in punta di piedi per farsi vedere. "Sono io la fan numero uno. È con me che vuole parlare," insiste.

"Sono certa di no," dice la Stark. "Ora, se volete scusarci, terremo un'udienza privata con la biografa di J.D. Grimthorpe."

"State seguendo una pista?" grida una delle GREGGI. "Avete scoperto chi è l'assassino?"

"Temo di no," confessa la detective. "Siamo in difficoltà," dice. "È d'accordo, detective?" La Stark mi guarda. "Detective?" ripete.

"Non sono una detective," preciso.

"È meglio di molte persone con le quali ho lavorato." Poi si volta verso Beulah. "Potremmo aver bisogno del suo aiuto, signora, come grande ammiratrice di Grimthorpe."

Beulah sistema il maglione e raddrizza le spalle, facendosi più alta.

"Grazie a tutte," dico. "Abbiamo l'esperta che ci serve. Ora circolate."

Snow conduce gentilmente il gruppo verso l'atrio e la detective fa entrare Beulah nel salone da tè. Le seguo e le raggiungo al tavolo ricoperto di lino al centro della stanza. Avvicino una sedia e mi accomodo di fronte a loro.

Mi aspetto che la Stark si lanci in una versione del tipo: *È in arresto per l'omicidio di J.D. Grimthorpe*, ma non lo fa. Mette in scena qualcosa di diverso.

"Quale onore poter parlare in privato con un'esperta del suo calibro," dice. "Quando io e la detective Gray l'abbiamo conosciuta, ci siamo rese conto di essere in presenza di un'autorevole biografa."

Il volto di Beulah arrossisce. "Raramente mi viene riconosciuta la stima che merito, neppure dalle GREGGI. È bello sentirvelo dire."

"Certo," risponde la Stark. "Mi dispiace averla trascinata qui con l'inganno, ma abbiamo davvero bisogno di aiuto. A quanto pare c'è un giro di corruzione qui al Regency Grand e, sebbene sappiamo che lei non ne è coinvolta, abbiamo ragione di credere che, in qualità di fan numero uno e biografa, possa aiutarci. Molly, glielo dica lei."

"Cosa?" chiedo confusa.

"Del sito."

"D'accordo. Qualcuno sta vendendo pezzi rubati dalla collezione di Grimthorpe su un sito molto conosciuto. La detective è stata incaricata, o meglio, *siamo* state incaricate di indagare anche su quel reato."

"A quanto ne so, comprare su Internet non è reato," dice Beulah.

"Stiamo conducendo delle indagini sul venditore, non sull'acquirente," precisa la Stark. "Chiunque sia il cliente, è molto intelligente e intraprendente."

Beulah alza le mani. "Mi avete beccato! Sono io l'astuta acquirente. Ho comprato l'intera collezione di Grimthorpe appena le quotazioni sono salite. Però pensavo che gli articoli fossero raccolti in buona fede e non provenienti da guadagni illeciti. Ovviamente, volevo proteggere il lascito di J.D."

"Sicuro," dico.

La Stark mi dà un colpo con il piede sotto il tavolo.

"Mi dica," continua la detective. "Viste le sue eccellenti abilità di ricerca, per quale motivo non è la biografa autorizzata di Grimthorpe?"

Beulah si toglie dei peli dal maglione. "Non lo so," risponde. "Ma non importa: è morto. Posso scrivere qualunque cosa su di lui. E lo farò."

"Non vedo l'ora di leggere la sua biografia," dico. "Sarà sicuramente la più illuminante."

"Senza dubbio. Lo sapete che conduco ricerche da due decenni? Ho dedicato gran parte della vita a quell'uomo: un impegno che è stato sottovalutato. Ho sempre pensato che la mia biografia sarebbe stata perfetta." Si avvicina, abbassando la voce. "Ma le scoperte recenti ci suggeriscono che non fosse come appariva."

"Interessante," dice la Stark.

"Ci racconti altro," aggiungo.

Beulah appoggia sul tavolo le mani giunte con le dita intrecciate. "Se ve lo racconto dovete assicurarmi che nessuna delle mie ricerche verrà utilizzata in una biografia non autorizzata, né sarà diffusa pubblicamente. Il mio libro dovrà essere il primo a entrare sul mercato, a consolidare la posizione: diventerò la più importante biografa letteraria del secolo. Il mio nome vivrà nelle librerie *in perpetuum*."

"Notevole," dico a voce alta. Quello che ometto è come l'uso del latino rispecchi quello di Grimthorpe.

"Non ci approprieremo delle sue ricerche," dice la Stark. "Ho la strana sensazione che abbia ragione. Beulah Barnes è un nome che passerà alla storia," dice con un mezzo sorriso. "E ora parliamo di quegli oggetti."

"Li ho comprati," risponde Beulah. "E temo di non conoscere il venditore, mi dispiace, se è questo che state cercando. Però sono orgogliosa di possedere una Moleskine con le iniziali di Grimthorpe, tra gli altri pezzi da collezione. Le GREGGI hanno sempre creduto che i taccuini contenessero le prime bozze scritte a mano. Come per la maggior parte delle supposizioni, avevano torto."

"Torto?" dice la Stark.

"Lui faceva soltanto degli scarabocchi su quelle pagine," spiega Beulah.

"Non sembra una cosa così riprovevole," dico. "Perché l'opinione su quell'uomo è cambiata così tanto?"

"Per via di altre prove. Come il messaggio d'amore, ad esempio."

"Messaggio d'amore?" ripeto.

"J.D. aveva una storia con la giovane assistente, la signorina Sharpe," dice Beulah.

"Non è vero," rispondo, avvertendo un altro colpo sotto il tavolo.

"Molly ha ragione," aggiunge la detective. "Alla fine è venuto fuori che quel messaggio era da parte di qualcun altro dell'hotel."

"Sentite, non tutti gli articoli su KultureVulture hanno una provenienza chiara, ma vi assicuro che J.D. era un imbroglione," dice Beulah. "Gli appunti del giorno dell'evento lo dimostrano."

"Quindi li possiede?"

"Sì," conferma Beulah. "Li ho acquistati insieme agli altri oggetti."

"Sapeva che stavamo indagando su un omicidio, ma non ha mai pensato di farci avere quegli appunti?"

Beulah sbuffa. "Quali indagini! Non sapete niente di quell'uomo: J.D. Grimthorpe aveva un armadio pieno di segreti."

"Tipo?" domanda la Stark.

"Lo sapevate che, a un certo punto della vita, era un alcolista fuori controllo? Ho rintracciato alcune persone alle sue dipendenze: guardie giurate, giardinieri e una cameriera.

Sono stati tutti licenziati. La cameriera sostiene che la moglie di J.D. era una despota e lo stesso Grimthorpe non era la persona che sembrava. La donna lo ha accusato di aver allungato le mani e poi è stata licenziata per aver protestato. Lui, però, non ha osato mettermi le mani addosso." Beulah si toglie altri peli di gatto dal petto e li spande nell'aria.

"Quindi l'ha conosciuto?" chiedo. "Ha incontrato lo scrittore di persona?"

"Sì. Fuori dalla sua camera. Lezione da imparare: attenzione a conoscere gli idoli. Non sempre sono all'altezza delle aspettative."

"Ha scritto romanzi potenti," dice la Stark, "eppure era un uomo piuttosto debole, non è vero?"

"Già," concorda Beulah. "Danni al fegato e ai reni dopo anni di alcolismo."

"Quindi sapeva anche questo," dice la Stark.

"Ovviamente. Come ho detto, J.D. rappresentava il lavoro di una vita."

In quell'istante Lily e Angela fanno capolino sulla soglia della sala, spingendo un carrello verso il tavolo. Angela si torce le mani sul grembiule e gli occhi saettano per il locale. Le spalle di Lily sono dritte, la testa più in alto di quanto abbia mai visto. Per una volta non sembra in preda ad alcuna emozione.

"Scusate per l'interruzione," dice Lily, la voce sonora come uno squillo di tromba.

Ci voltiamo.

"Ci è stato detto di portare il tè," spiega. "È un omaggio. Per la fan numero uno del signor Grimthorpe." Si interrompe ed esegue l'inchino più impeccabile che abbia mai visto.

"È molto gentile da parte vostra," dice Beulah.

"Non indossa la spilla," le fa notare Angela, indicando il punto sul maglione dove appariva di solito.

"L'ho persa," si giustifica.

"Strano," dice Angela. "Credevo di averla vista mentre se la toglieva al Social l'altro giorno. L'ha gettata sul tavolo e l'ha lasciata lì."

"Deve avermi scambiato con qualcun altro," insiste Beulah. "Nessuno riesce a distinguere le componenti delle GREGGI l'una dall'altra. È piuttosto desolante."

Lily afferra la teiera e versa il tè fumante in una tazza del Regency Grand. La posa di fronte a Beulah. "Come prende il tè, signorina Barnes?" chiede.

"Quattro zollette di zucchero," risponde. "Sono molto golosa."

"Ah, sì," dice Lily. "Come il signor Grimthorpe."

"No. J.D. lo prendeva con il miele, non con lo zucchero. Sempre con il miele e in grandi quantità."

Un altro dettaglio che Lily ha indotto Beulah a rivelare. Un sorriso in stile Monna Lisa affiora sulle labbra della ragazza mentre rovescia quattro zollette nella tazza. Mescola il tè con un cucchiaino d'argento del Regency Grand che produce un piacevole tintinnio contro la porcellana.

"Grazie," dice Beulah quando Lily le allunga la tazza.

Tre agenti sotto copertura spuntano sulla soglia della porta. Uno di loro regge uno scatolone.

Beulah sta assaporando il tè, ma si interrompe a metà sorso. "Cosa ci fanno qui?"

"Sicurezza straordinaria," risponde la detective. "Non si è mai troppo prudenti con dei criminali a piede libero nell'hotel. La prego di scusarmi un secondo," dice la Stark mentre si avvicina agli uomini. Si scambiano qualche parola e le allungano lo scatolone. La detective ritorna verso di noi e si siede al tavolo, sistemandolo di fronte a Beulah. Rimuove il coperchio di cartone. All'interno c'è un cucchiaino d'acciaio e un vasetto di miele del Regency Grand in una custodia di raso rosso.

"Può spiegarcelo?" chiede, spostando lo sguardo dagli oggetti nella scatola al viso di Beulah, rimasta a bocca aperta.

"Siete entrate nella mia camera? Perché avete toccato le mie cose?"

"Perché conservava questi oggetti in stanza?" domanda la detective.

"Per l'amor di Dio. A volte un sigaro è solo un sigaro."

"Ma questo non è un comune cucchiaino, Beulah. È l'arma di un delitto. Così come il vasetto d'argento," dice la Stark. "Al quale ha aggiunto un ingrediente fondamentale prima dell'annuncio del signor Grimthorpe, non è così? L'ha contaminato con l'antigelo e, poiché conosceva i gusti dello scrittore, si è resa conto che non sarebbe mai riuscito a distinguere quel sapore. Ed era consapevole che l'avrebbe ucciso rapidamente per via dei danni al fegato e ai reni che si era procurato a causa dell'alcolismo."

"È assurdo. Per quale motivo avvelenerei il mio idolo?"

"Perché l'ha respinta," dico. "E ciò significava che il lavoro di una vita non era valso a nulla."

"State accusando la persona sbagliata. Dovreste parlare con lei: è l'unica che gli ha servito il tè!" dice Beulah, puntando un dito verso Lily.

"Eh no," dice Lily. "Non è sempre colpa della cameriera. Almeno non questa volta."

"Incredibile," interviene Angela. "Come fa ad avere la coscienza tranquilla, Beulah?"

"Ha rubato un colpo di scena da uno dei romanzi: uccidere il cattivo amareggiato con una tazza di dolcezza. Non è così, Beulah?" chiedo.

La rabbia della donna monta e mi prende di mira. "Ti spacci per un'investigatrice, ma non ti crede nessuno. Sei solo una cameriera e sei stata tu a ucciderlo. Tu e quell'altra tizia silenziosa, siete sempre state d'accordo! Questo posto pullula di persone abiette che non si fermerebbero davanti a nulla pur di ottenere un guadagno personale, incluso vendere la spazzatura di un morto solo per fare un affare!"

La detective si alza in piedi. "Basta così, Beulah Barnes. Il gioco è finito: è in arresto," dice, mentre gli agenti si avvicinano per ammanettarla. "Ha il diritto di rimanere in silenzio. Qualunque cosa dirà potrà essere usata contro di lei in tribunale. E, maledizione, il silenzio è davvero l'opzione migliore, perché ha parlato troppo."

"Troppo? Non ho detto nemmeno il minimo necessario!" grida Beulah, cercando di divincolarsi dagli uomini che la tengono per i polsi. La accompagnano verso l'uscita. "È la vostra parola contro la mia!"

"La sua 'parola' è stata registrata," dice Angela, mentre Lily rimuove un tovagliolo dal carrello, rivelando il cellulare di Angela, con il registratore acceso.

"Non azzardatevi a entrare di nuovo in camera mia!" strilla Beulah. "È violazione della privacy! Farò causa al Regency Grand!"

"Stia zitta," dice la Stark. "Si sta scavando la fossa da sola."

Beulah scompare lungo il corridoio, e mi viene in mente che la sua vera natura è stata rivelata: scavare è proprio quello che fanno i ratti.

27.

Le proteste di Beulah continuano mentre gli uomini della Stark la trascinano verso l'atrio.

Alla fine, il silenzio cala nella stanza.

Ci giriamo verso Lily: il sorriso da Monna Lisa risplende ancora sul suo volto.

"È stata sua l'idea di portare il carrello?" chiede la Stark.

Lily annuisce.

"Hai fatto in modo che ammettesse di sapere come Grimthorpe era solito prendere il tè," dico.

"Incredibile" dice la Stark. "E complimenti per quella registrazione, Angela."

"Grazie," risponde lei. "I podcast di cronaca nera mi hanno insegnato tutto quello che so."

"Vi dispiacerebbe rimanere di guardia all'entrata mentre scambio due chiacchiere in privato con Molly? Ho la strana sensazione che le GREGGI potrebbero rifarsi vive e non sono dell'umore giusto per rispondere alle domande."

"Certo," dice Angela. Lily annuisce e si avviano verso la porta.

Io e la detective fissiamo i trofei nello scatolone sul tavolo.

"Molly, c'è ancora una cosa che mi sfugge," dice la Stark. "Come ha capito che il cucchiaino era la chiave di tutto?"

"Il suono," dico. "Quando Jenkins ha portato il tè alla villa, mi è tornata in mente l'infanzia: la prima volta che ho sentito il tintinnio di un vero cucchiaino d'argento contro una tazza di porcellana. Adoro quel suono. Poi mi è tornato in mente il giorno nel quale Grimthorpe, al leggio, stava per iniziare il discorso. Prese la tazza dalle mani di Lily, aggiunse il miele con il cucchiaino del vasetto e mescolò."

"E quindi?" chiede la detective.

"Conosco bene il suono che produce un cucchiaino del Regency Grand contro una tazza del Regency Grand," spiego. "Quel tintinnio è musica per le orecchie. Ma il suono di quel giorno non c'entrava nulla: era un rumore sordo e metallico."

"Perché il cucchiaino di Beulah non faceva parte dell'argenteria dell'albergo?"

"Esatto," dico. "Era un cucchiaino di acciaio del Social, lo stesso che vidi spuntare dal vasetto di burro d'arachidi giorni prima."

La Stark scuote il capo. “Ha davvero occhio per i dettagli più strani. E anche orecchio.”

“Di solito noto le cose sbagliate nei momenti inopportuni,” dico. “È stata la mia rovina da quando ho memoria.”

“E crede che questo la renda diversa dagli altri?” chiede la Stark. “Molly, avevo torto su di lei. L’ho fraintesa fin dall’inizio.”

“*Mai giudicare un libro dalla copertina*, diceva mia nonna.”

“È un bel rischio professionale,” dice la Stark. “E potrebbe giungere inatteso, ma se mai desiderasse un cambio di carriera, la polizia sarebbe felice di avere qualcuno con le sue abilità. Nel mio reparto, intendo.”

“Sono una cameriera. Il mio lavoro consiste nel lucidare le camere degli ospiti fino a raggiungere uno stato di perfezione e ripulire il disordine che la gente si lascia alle spalle.”

“È così diverso da quello che faccio io? Cerco di lasciare il mondo più pulito di come l’ho trovato,” dice la Stark.

Ci sono delle similitudini, certo. Eppure, non ho mai immaginato di essere altro rispetto a ciò che sono.

“È impossibile, detective,” dico. “Cambiare professione significherebbe cominciare una nuova formazione, tornare a studiare.”

“E allora?”

"Non sono mai stata brava a scuola. Ero un fallimento, al di sotto dei coetanei in ogni aspetto e incapace di raggiungere il livello standard di apprendimento."

"Magari era nel posto sbagliato. Forse la scuola non era il luogo adatto e gli insegnanti hanno commesso il mio stesso errore: si sono concentrati sui punti deboli e non su quelli di forza."

"Lo sa che mi sembra di sentire parlare la nonna?"

Un ricordo si riaffaccia con una violenza così dirompente che la stanza comincia a girare. Stringo le mani contro lo stomaco. È l'attimo dopo la morte della nonna. È nell'appartamento e giace nel letto senza vita. Io le siedo accanto e afferro il suo cuscino, tenendolo stretto al petto, mentre un'ondata di dolore mi divora, minacciando di travolgermi per sempre.

Penso a quel cuscino sulla sedia vicino alla porta d'ingresso dell'appartamento che condivido con Juan Manuel. Lo vedo ogni giorno. La nonna vi ha ricamato la saggezza. Perché proprio quelle parole? Quella preghiera?

Mi viene in mente solo ora la potenza di quel messaggio, destinato a risuonare dentro di me *in perpetuum*:

Dio concedimi la serenità di accettare le cose che non posso cambiare, il coraggio di cambiare quelle che posso, e la saggezza per conoscere la differenza.

Cos'è che devo accettare?

Sono quella che sono: Molly. Con le debolezze, le fissazioni e i punti di forza.

È ora che cominci ad amarmi, perché non c'è nulla che posso fare per cambiare.

Sono una cameriera o è soltanto un lavoro? È qualcosa che voglio modificare? È qualcosa che posso cambiare? E poi, ho la saggezza per conoscere la differenza?

"È meglio andare," dice la detective. "Dovremmo uscire dall'ingresso principale e assicurarci che Beulah salga in auto. Ho la sensazione che l'atrio stia per riempirsi di gente.

"Ha ragione," dico. "Probabilmente i ficcanaso sono già arrivati."

La detective ripone il coperchio sulla scatola. Il suono della chiusura è piacevole.

"Andiamo," mi esorta la Stark, avviandosi verso la porta. Ci allontaniamo insieme dalla sala da tè, annuendo ad Angela e Lily, che fanno la guardia. Ci infiliamo nei corridoi finché non raggiungiamo il magnifico atrio del Regency Grand. Quanto lo adoro, mi mancherebbe se non lo vedessi ogni giorno: la maestosa scalinata a chiocciola che si eleva fino al terrazzo, i pavimenti di marmo italiano, la cera aromatizzata al limone che profuma l'aria, gli addetti alla reception, vestiti di bianco e nero come eleganti pinguini.

Li osservo da lontano: stanno registrando l'arrivo di nuovi clienti. Sui divani dalle tonalità delle pietre preziose, gli ospiti si siedono e si stringono l'uno all'altro, scambiandosi pettegolezzi e guardando la gente. Si sussurrano confidenze e segreti che rimarranno impregnati nel tessuto di quei sofà e di quelle poltrone.

Noto le espressioni: alcuni visi mi sono chiari, trasparenti e aperti, ma la maggior parte sembra sigillata e inaccessibile, come le porte delle camere al piano superiore. È proprio come diceva la nonna: *Le persone sono un mistero che non potrà mai essere risolto.*

"Ehilà," avverto un colpo sul braccio. "Lavora qui? Ha qualche idea di cosa sta succedendo là fuori?"

"Io?" dico, voltandomi verso il reporter di fronte a me. "Perché dovrei? Sono soltanto una cameriera."

"Giusto. Scusi," risponde mentre si allontana in cerca di una persona più autorevole.

"Andiamo, Molly," dice la Stark, conducendomi verso le porte girevoli. Le superiamo e ci troviamo davanti all'entrata, il tappeto rosso è ai nostri piedi.

L'ingresso è affollato: le GREGGI sono accalcate da un lato della scala e discutono animatamente su come avessero sempre sospettato che Beulah fosse coinvolta. Quest'ultima si trova a metà scala e si dimena mentre gli agenti le immobilizzano le mani. La detective scende i gradini per aiutarli.

"È assurdo! Non capite che ho fatto un regalo al mondo?" urla Beulah. "L'ho liberato da un mostro! Dovreste ringraziarmi, invece di arrestarmi!"

Ecco: l'ha appena ammesso davanti alla folla.

Vedo Birdy, con i capelli fucsia, che spintona le altre per avvicinarsi a Beulah. "Come hai potuto?" urla. "Come hai potuto avvelenare un genio letterario?"

"Non era un genio. Era un imbroglione!" grida. "E un predatore!"

"Sei tu l'imbrogliona, Beulah Barnes! E anche un'assassina!" sbraita Gladys, brandendo la bandierina rossa come una spada.

"Sei bandita per sempre dalle GREGGI!"

Alcuni giornalisti e altri curiosi si sono accalcati davanti alla porta: bloccano le scale, registrano video con i cellulari e lanciano domande a Beulah.

"L'ha davvero ucciso lei? Perché lo ha fatto?"

"Lavora qui? È la sua fan numero uno?"

"L'hanno aiutata? O ha fatto tutto da sola?"

Il signor Preston spinge indietro la folla finché non si trova di fronte a Beulah.

"Non mollatela, ragazzi," ordina la Stark mentre Beulah digrigna e lotta contro gli agenti.

"Stia tranquilla, signorina Barnes," dice Preston. "Non serve agitarsi. È così che si comporta una biografa della sua levatura?"

Di colpo, la donna si placa. È come se Preston avesse fatto scattare un interruttore. Lo fissa come se fosse la persona più importante al mondo.

"Mi permette di prenderle il braccio, signorina?" chiede Preston.

"State indietro, tutti quanti! Lasciate avvicinare il portiere," grida la detective.

Gli agenti non mollano la presa sui polsi di Beulah, ma permettono a Preston di prenderle il gomito. La ressa sui gradini osserva in silenzio.

"Non capisco," dice Beulah a Preston. "Ho rivelato la verità. Il mondo è un posto migliore senza Grimthorpe."

"Su quest'ultimo punto siamo d'accordo."

"Non lasci che buttino via la mia ricerca," lo implora. "La prego, la biografia deve vedere la luce del giorno. E riuscirà a fare in modo che qualcuno si prenda cura dei mei gatti? Non si meritano di soffrire."

"Farò quello che posso," risponde Preston.

Beulah si appoggia a lui e scende i gradini con passi leggeri, come una principessa accompagnata verso una carrozza reale anziché una donna sola e turbata che ha ucciso un uomo famoso. Preston la scorta fino in fondo alle scale, dove la attende Snow, accanto alla macchina della polizia.

La Stark apre la portiera dell'auto.

"Stia tranquilla, signorina," dice Preston, lasciando andare il gomito. Le protegge la testa mentre gli agenti la fanno accomodare sul sedile posteriore, chiudendo la portiera.

"Portatela alla stazione," ordina la Stark. "Arrivo subito." Uno degli uomini afferra le chiavi della detective e monta in auto.

La calca avanza, ma Preston e i fattorini la contengono fino a quando l'auto parte. L'ultima cosa che riesco a vedere è il viso confuso di Beulah che fissa fuori dal finestrino, chiedendosi come diavolo sia arrivata fino a quel punto.

Quando l'auto si è allontanata, la Stark sale i gradini in fretta, arrivando prima degli altri, e si sistema, statuaria, nella postazione del portiere.

"Signore e signori" grida con voce ferma e autoritaria. "Se avete domande, che siano scottanti, inappropriate o stupide, sareste così gentili da rivolgerle a me? I dipendenti dell'hotel hanno dovuto subire molti assalti negli ultimi giorni. Sia chiaro: *non hanno mai* avuto nessuna responsabilità di ciò che è successo."

La folla la circonda, ma la Stark non presta attenzione alla gente: sta guardando me.

Io faccio un inchino, indietreggiando di un passo e piegando il capo esattamente come la nonna mi ha insegnato anni fa. Quando sollevo lo sguardo, la Stark è sparita dietro un'incontenibile ressa di ospiti, reporter e dipendenti dell'albergo.

Mi sento frastornata e non riesco a prendere fiato. Mi tengo stretta alla ringhiera d'ottone per paura di svenire sui gradini.

Sento una mano sul braccio.

"Stai bene?"

È Preston a sorreggermi: è sempre stato presente nei momenti in cui avevo bisogno. Cosa farei senza di lui?

"Starò bene," rispondo.

Guardo verso la strada, osservo i segni lasciati dalle gomme dell'auto della polizia. "Dovrei pulirli," dico.

"Pulire cosa?" chiede lui.

"Quei segni."

"Buon Dio, Molly. Abbiamo pasticci più grossi da far sparire," risponde Preston. "L'ha fatto veramente quella donna, Beulah? Le ho parlato tante volte. Ha sempre detto di essere la biografa di Grimthorpe e la fan numero uno."

"Temo sia anche l'assassina."

Mi aspetto che dica qualcosa di rispettoso nei confronti della persona deceduta, invece non lo fa. Rimane in silenzio.

"Si ricorda che le avevo parlato di una camera che io e Lily avevamo pulito e che era talmente piena di cianfrusaglie da sembrare la tana di un topo?" gli chiedo.

"Certo," risponde Preston. "Hai deliziato Juan e il sottoscritto con quello strano racconto proprio la settimana scorsa."

"Quella camera era di Beulah. Piena zeppa di sporcizia, mucchi di flaconcini di shampoo… e il vasetto d'argento con il miele avvelenato."

Il signor Preston scuote il capo. "Solitudine e vacuità, che si stringono l'una all'altra per riempire il vuoto. Un dolore terribile con una cura semplice."

"Vale a dire?"

"Gentilezza. Un orecchio paziente, braccia affettuose. Se avesse avuto una qualunque di queste cose, forse non saremmo arrivati a questo."

Penso che abbia ragione.

"Molly? Sei sicura di star bene?"

"Sì. In realtà è un sollievo essere arrivati a una conclusione. Magari la situazione tornerà alla normalità da queste parti."

"Speriamo. Tutto è bene ciò che finisce bene," chiosa Preston. "Molly, mi chiedevo quando potremo ricavarci un momento per la nostra chiacchierata. Ho davvero bisogno di parlarti."

Annuisco. Poi, però, mi balza in mente un pensiero terribile. Non posso credere che non ci abbia pensato prima.

Stringo le mani di Preston nelle mie. "Non è malato, vero? La prego, mi dica che non sta morendo."

Preston ridacchia. "Ragazza mia, anche da bambina avevi troppa immaginazione. E una tendenza a saltare alle conclusioni. Non sono malato, Molly. Godo di ottima salute, quantomeno per un vecchio rimbambito come me."

Traggo un sospiro di sollievo. "Allora," dico, "ho solo bisogno di tempo per riposarmi e riprendermi. È stata una giornata impegnativa, anzi, una settimana impegnativa. Possiamo aspettare che torni Juan Manuel?"

Preston mi carezza il braccio. "Certo. In fondo, abbiamo aspettato fino ad ora. Non vedo come attendere di più possa fare molta differenza."

Una settimana dopo

28.

Da cameriera di un hotel quale sono, mi capita di avere una discreta quantità di déjà-vu. A volte, quando sto pulendo la camera 401, giurerei sull'Oxford Dictionary che sono nella 201. Di notte, in sogno, i corridoi si trasformano e si fondono, la biancheria sporca si mescola a quella pulita, ma alla fine risolvo tutto. Faccio i letti a tempo di record, piegando le lenzuola in modo da formare angoli perfetti, sistemo i cioccolatini sui cuscini e lascio ogni cosa in un perfetto stato di pulizia.

Ho un dejà vu proprio in questo istante. Mi trovo nel salone da tè e lo osservo un'ultima volta prima dell'evento, proprio come una settimana fa il giorno dell'annuncio che Grimthorpe non è riuscito a fare.

Ho apparecchiato i tavoli con tovaglie di lino bianco, piegato ogni tovagliolo a forma di bocciolo di rosa e sistemato le posate d'argento lucidate del Regency Grand in ogni posto apparecchiato. Ora sto ammirando il risultato:

è una visione magnifica. Speriamo solo che nessuno stramazzi sul pavimento, sconvolgendo l'ordine perfetto e offuscando l'ottima reputazione dell'hotel a cinque stelle.

Oggi possiamo risorgere: mi riferisco al Regency Grand, non al signor Grimthorpe. Lui non tornerà più.

Ho lavorato instancabilmente per arrivare a questo momento, ma non sono sola. Ho avuto molti aiuti. Questa mattina, mentre entravo in albergo, mi sono fermata sui gradini per salutare Preston,

"Il gran giorno è arrivato," ha detto.

"Sì," ho risposto. "L'annuncio è alle 10:00 in punto."

"Oh," esclama, schiarendosi la voce. "Intendevo il giorno della nostra chiacchierata."

Fra un preparativo e l'altro della conferenza stampa, mi ero dimenticata di averlo invitato a prendere il tè a casa mia. Gli avevo proposto di fare l'attesa chiacchierata nel pomeriggio per festeggiare il ritorno di Juan e aveva accettato.

Crede sia una sorpresa, ma so quello che mi dirà: andrà in pensione, lasciando il posto di portiere. È convinto che la notizia sconvolgerà il mio fragile equilibrio, ma non succederà. Sono più forte di quanto pensi. Le persone come me hanno imparato a tenere i piedi per terra.

Mi mancherà molto, naturalmente, ma andrò avanti. E faremo ancora i pranzi domenicali.

"Buona fortuna per oggi," ha detto Preston questa mattina. "Sono qui se hai bisogno di qualcosa."

"Lei c'è sempre," ho risposto. "E le sono grata."

Ha alzato il cappello, poi ho salito i gradini di corsa e sono entrata nel Regency Grand attraverso le porte scorrevoli.

L'insegna dalla cornice dorata nell'atrio pubblicizzava l'evento del giorno.

Oggi
Conferenza stampa VIP
ARGOMENTO: J.D. GRIMTHORPE
Autore di gialli scomparso
Ore 10:00
Regency Grand Tearoom

L'ho superata velocemente e sono corsa al piano inferiore verso il reparto pulizie, dove mi attendeva Lily per il turno. Abbiamo indossato le uniformi. Ho sistemato la targhetta di governante sul cuore, ma poi l'ho sorpresa dicendo: "Aspetta un attimo. Dammi la tua."

Lily mi ha guardato confusa mentre mi allungava quella di tirocinante. L'ho scambiata con ciò che nascondevo nell'altro palmo, una targhetta nera con lettere dorate:

LILY
Cameriera

È rimasta a bocca aperta mentre la afferrava. "Davvero?" ha chiesto, stringendo tra le dita la prova della promozione.

"Te la sei guadagnata. Mettitela," ho risposto.

Si è girata verso lo specchio e l'ha fissata sul cuore.

"Lily," ho detto, "pensi di poter servire il tè al nostro ospite VIP, proprio come hai fatto la scorsa settimana?"

Ha scosso il capo con gli occhi spalancati per lo shock.

"Non intendo letteralmente. Ti assicuro che il servizio del tè di oggi non si concluderà con una morte. Te la senti, Lily? Dimmelo se non ci riesci."

"Ce la faccio," risponde con una nuova voce sicura. "Una brava cameriera ha una mentalità costruttiva," aggiunge. "Me l'hai insegnato tu."

"Sarà meglio che vada," dico. "Prepara il carrello del tè, per favore. Potrai farlo entrare nella sala alle cinque in punto."

Lily fa un inchino prima di congedarsi.

Ho avvertito il rumore familiare dei passi pesanti che percorrono il corridoio. Appartengono soltanto a una persona.

"Buongiorno, Cheryl," dico, guardandola entrare nello spogliatoio.

I miracoli esistono. La dimostrazione era sull'orologio appeso alla parete. Cheryl era in anticipo per il turno!

"A cosa devo il piacere della puntualità?" chiedo.

"Non so," risponde con un'alzata di spalle. "Non si accenna a qualcosa sulla saggezza delle persone mattiniere in quell'irritante manuale?"

Ho stretto i denti, zitta. In fondo, la puntualità era un segno di miglioramento, ed è quello che mi auguravo.

Dopo una discussione tra me e Snow, una settimana fa, è stato deciso che nonostante i furti e i disastri, non l'avremmo licenziata. Volevo darle l'ultima possibilità di redimersi come cameriera.

Ho chiarito che non sarebbero stati tollerati altri atteggiamenti incivili. "In altre parole: non devi comportarti come un animaletto che rovista nei cassonetti," ho spiegato. L'ho paragonata a Pip, dicendole che nutrivo "Grandi speranze" in lei, per il futuro. Ovviamente non ha capito il riferimento al romanzo di Charles Dickens, così le ho spiegato che PIP era l'acronimo di 'Progetto di Investimento Professionale', ovvero che l'impiego di Cheryl era soggetto al rispetto di ogni capitolo del *Manuale di una cameriera*. Avrebbe seguito una nuova formazione, lavorando al mio fianco. E ne avrei osservato ogni mossa. Da allora, ogni giorno è sotto sorveglianza.

Credo che Cheryl sia grata della clemenza, non che lo abbia espresso a parole. Lo dimostra in altri modi: qualche giorno fa ha starnutito e stava per pulirsi il naso sulla manica, ma l'ho fermata. "Un fazzoletto è sempre benaccetto," ho detto. Ne ho preso uno dal carrello e gliel'ho allungato.

Ieri l'ho beccata mentre stava per usare la salvietta sul lavandino di un ospite. "Qual è la regola?" ho chiesto.

"Siete pregate di essere accurate quando sterilizzate," ha risposto con una lieve traccia di sarcasmo nella voce.

Come vedete, stiamo facendo dei progressi.

"Terra chiama Molly. Sei qui con noi?"

Mi scrollo di dosso i pensieri e trovo Angela e la detective Stark al di là del cordone rosso, accanto all'entrata della sala.

Angela lo solleva, entrambe si chinano per passare e si avvicinano.

"Detective," dico. "Non sapevo che venisse oggi."

"Nemmeno io," risponde lei. "Ieri le GREGGI sono passate dalla stazione di polizia per lasciarmi questo."

Mi mostra il pass riservato ai VIP appeso al collo. "Non sono riuscita a farne a meno," dice. "Tanto va la gatta al lardo che ci lascia lo zampino e via dicendo."

"Speriamo che nessun felino, o qualsiasi altro essere umano, venga ucciso durante l'evento di oggi," rispondo.

"Come stanno andando i preparativi del processo?" chiede Angela.

"Beulah si è dichiarata colpevole," dice. "Non ci sarà alcun processo. Verrà emessa soltanto la sentenza. Non crederete mai a quello che ha ammesso."

"Lo dica, la prego," implora Angela, sfregandosi le mani per la gioia.

"La cameriera che è riuscita a trovare, quella che lavorava per i Grimthorpe anni fa," dice la Stark, "sapeva tutto sulla ghostwriter nella villa, ha detto che aveva capito molto prima di essere licenziata quello che l'assistente di Grimthorpe faceva per lui."

"Ha parlato anche con la cameriera?" chiedo alla Stark.

"No. Ha raccontato tutto a Beulah, ma ha preteso l'anonimato: ha detto che aveva delle buone ragioni per essere invisibile. E quando Beulah si è resa conto di aver dedicato tutta la vita a un imbroglione, ha architettato il piano."

"Uccidere il signor Grimthorpe," dico.

"Non proprio," risponde. "Ha deciso di lasciargli il beneficio del dubbio. Ha riscritto la biografia, trasformandola in una denuncia feroce. Così ora ha due versioni: il ritratto lusinghiero e la critica feroce."

"Per quale motivo?" chiedo. "Perché avrebbe scritto la biografia in due modi?"

"Perché voleva chiedergli di persona se fosse un imbroglione o un predatore. La decisione su quale versione avrebbe pubblicato dipendeva interamente dalla risposta."

"Ma quando ha incontrato Grimthorpe fuori dalla camera, il giorno prima dell'annuncio, si è rifiutato di rispondere," dico. "Beulah ha scritto qualcosa nel taccuino."

"Già," esclama la Stark. "Lui l'ha rifiutata anche come biografa ufficiale, persino dietro la minaccia della pubblicazione di una denuncia."

"E poi le ha sbattuto la porta in faccia," aggiungo.

"Così, dopo quell'incontro, ha deciso di ucciderlo," dice Angela in tono cupo. "Quella tripla batosta ha fatto piombare Beulah in uno stato di rabbia omicida."

"E alla fine," dice la Stark, "si è scoperto che il carrello del tè del salone non era l'unico che aveva avvelenato. Aveva contaminato ogni vasetto di ogni carrello lasciato fuori dalla camera, dal giorno prima del grande evento fino alla mattina successiva."

"Il che spiega perché è morto così rapidamente," dico. "Ha bevuto tè avvelenato per più di ventiquattro ore."

"Accidenti," dice Angela. "È proprio come la trama del romanzo *Veleno & Castigo*. Che podcast figo sarebbe."

"Magari ci si può cimentare," dice la Stark.

Gli occhi di Angela si spalancano. "Pensa davvero che potrei farlo?"

"Certo," risponde la detective.

Prima che Angela possa rifletterci, il signor Snow entra nella sala. Indossa un panciotto verde smeraldo e un farfallino a motivo cachemire.

"Santo cielo," dice la Stark. "Qualcuno vuole fare colpo."

"Che piacere vederla, detective," dice. Estrae il fazzoletto dal taschino e asciuga il sudore in eccesso sulla fronte. "È tutto pronto? Gli ospiti sono fuori, in coda. Li faccio entrare?"

"Liberi i cani, signor Snow," dice Angela.

"E le GREGGI," aggiungo.

Snow si avvia verso l'entrata e, qualche minuto dopo, moltitudini di VIP si riversano nella stanza ben arredata. Molte sono riconoscibili come componenti delle GREGGI, i visi e i capelli grigi sono familiari. Tuttavia, ce ne sono due che spiccano: Birdy, la minuta tesoriera con i colpi di luce rosa, e Gladys, la leader portabandiera dai capelli ricci.

La Stark prende posto di fronte al palco mentre le donne la circondano: le rivolgono domande su Beulah e chiedono se ci sarà un processo, mentre litigano su chi si siederà accanto alla detective.

Nel frattempo i giornalisti si affrettano verso il fondo della sala, urlandosi istruzioni l'un l'altro, preparando le telecamere e i telefoni, concentrando l'attenzione sul leggio illuminato al centro del palco.

Avverto il telefono vibrare in tasca. Lo estraggo e leggo un messaggio del mio amato Juan Manuel:

Cinque minuti all'imbarco . Non vedo l'ora di TACDT!

"TACDT?" scrivo.

Tornare A Casa Da Te.

"Anch'io non vedo l'ora!" rispondo. Mi è mancato tanto. La vita sarà migliore quando lo vedrò entrare dalla porta di casa. Ho solo una preoccupazione: come gli spiegherò ciò che è successo mentre era via? Mi perdonerà per averglielo tenuto nascosto? Ora non posso pensarci. Non ancora.

Un passo alla volta. È l'unico modo per arrivare da qualche parte nella vita.

Controllo l'ora sul telefono: le dieci meno cinque. Con perfetto tempismo, Lily arriva con il carrello del tè. Lo porta a lato del palco e annuisce verso di me, mettendosi in posizione.

Gli ospiti sorseggiano il tè e gustano i tramezzini, un brusio denso di attesa riempie la sala.

Il signor Snow entra con in mano una tazza e un cucchiaino. Si dirige dritto verso le scale che conducono al leggio e accende il microfono.

"Buongiorno a tutti," dice, battendo il cucchiaino d'argento contro la tazza del Regency Grand per ottenere l'attenzione della folla. È un tintinnio delizioso.

"Con grande piacere vi presento l'ospite che farà un annuncio importante riguardo al maestro del giallo recentemente scomparso, il signor J.D. Grimthorpe. Vi prego di dare il benvenuto a una giovane di raro garbo e stile, l'ex assistente personale del signor Grimthorpe: la deliziosa Serena Sharpe."

La porta nascosta tra i pannelli di legno si apre, mentre il pubblico diventa silenzioso. La Sharpe, vestita con un abito di sartoria blu, sale sul palco.

Si sistema dietro il leggio e regge i fogli con gli appunti nelle mani tremanti. Si schiarisce la voce.

"Una settimana fa, un uomo che sosteneva di essere l'unico artefice di *La cameriera nella villa*, uno dei libri gialli più venduti al mondo, insieme a innumerevoli altri titoli di successo, onorò questo palco per fare un annuncio. Come sapete, quel discorso non venne mai fatto."

Nella sala non si sente volare una mosca. Gli sguardi sono tutti puntati sulla Sharpe.

"Oggi vi svelerò il segreto che non ha potuto raccontare. Eccolo: J.D. Grimthorpe non era l'autore dei libri. In realtà, sono stati scritti dalla mia defunta madre, la sua ex assistente personale."

Il silenzio viene interrotto da mormorii e sussurri che si rincorrono per il salone.

"Per oltre trent'anni," continua la Sharpe, "mia madre ha scritto ogni romanzo. Ha aiutato Grimthorpe a dare forma alle idee confuse e le ha trasformate in trame chiare e avvincenti. Veniva retribuita con un compenso modesto, come se fosse una segretaria, quando in realtà era una ghostwriter."

La Sharpe attende che i sussurri si attenuino prima di riprendere. "A suon di minacce, costrinsi il signor Grimthorpe a organizzare la conferenza stampa della scorsa settimana, durante la quale avrebbe dovuto rivelare la verità a modo suo, ovvero non del tutto sincero, ambiguo e narcisistico.

Non ho dubbi sul fatto che avrebbe trovato il modo di minimizzare il lavoro di mia madre, ma non mi importava, perché in cambio del silenzio avrei ricevuto un compenso forfettario e il cento per cento dei diritti d'autore."

"Alla fine, penso che la giustizia sia davvero possibile," dice Serena, "almeno a volte. La scorsa settimana, l'editore del signor Grimthorpe ha contattato i miei avvocati e mi ha informato che hanno avviato un procedimento legale per restituire sia il merito che i diritti d'autore alla legittima scrittrice dei libri, mia madre. Tutto quello che ho sempre voluto era che venisse riconosciuta come autrice. J.D. Grimthorpe era un imbroglione, non un maestro del giallo. La vera magia dietro il suo lavoro apparteneva ad Abigail Sharpe. Il suo nome verrà tramandato nella storia della letteratura, *in perpetuum.* Grazie."

Serena Sharpe posa gli appunti, scende dal palco e si dirige verso l'uscita della sala da tè. Quando la gente si accorge che se ne sta andando, balza in piedi e le rivolge delle domande in rapida successione.

"Signorina Sharpe! Dove sta andando? Ci sono cose che dobbiamo sapere!"

"Ci dica dell'altro! Com'era Abigail?"

"Dove prendeva le idee?"

"Trovava ispirazione dalla vita reale?"

"Signorina Sharpe, scriverà una biografia autorizzata?"

"Ci sarà il seguito di *La cameriera nella villa*?"

La Sharpe esce dalla sala con un corteo di ospiti, GREGGI e giornalisti che la segue. La raffica di richieste echeggia lungo il corridoio.

Dopo un paio di minuti la sala si svuota, tranne qualche ritardatario, inclusa me e la detective.

Mi avvicino alla Stark, seduta al tavolo di fronte al palco.

Lei prende un biscotto di pasta frolla da un piatto. "Bene, questo è tutto," dice, mordendolo.

"Proprio così."

"Wow. Sono deliziosi."

"Sfornati dalla cucina al piano inferiore."

La detective mi rivolge uno sguardo indagatore. "Molly, parlo seriamente: a proposito di quello che le ho detto l'altro giorno, sarebbe una grande detective." Addenta un altro pezzo di biscotto, mastica di gusto, poi deglutisce. "Giusto perché lo sappia: si possono indossare delle uniformi nella mia professione. Io preferisco lavorare in borghese, ma non significa che dovrebbe farlo anche lei."

Mi passa il piatto con i biscotti. Ne afferro uno.

"C'è anche una targhetta," aggiunge. "Potrebbe fissarla sopra il cuore, proprio come fa ora."

Addento il biscotto di pasta frolla e cerco di immaginarmi in un'uniforme di polizia, con DETECTIVE GRAY scritto sulla targhetta spillata al petto.

"Per caso la stazione di polizia si serve del lavaggio a secco?" chiedo. "Le uniformi sono igienizzate quotidianamente e avvolte nella pellicola?"

La Stark mi guarda di traverso. "Ma perché non riesco a prevedere mai quello che sta per uscirle di bocca?" chiede. "Quanto al lavaggio a secco, credo che potremmo provvedere alla pellicola, per la giusta dipendente. Tuttavia, devo avvertirla che le giornate di un agente di polizia sono lunghe. I criminali non vanno in vacanza. Lavoriamo più duramente della maggior parte delle persone."

"Più delle cameriere?" chiedo.

"Su questo devo darle ragione." La Stark si alza e si avvia verso l'ingresso della sala da tè. Si ferma sulla soglia e si volta un'ultima volta. "Prenderà in considerazione quello che le ho chiesto?"

Attende mentre do un altro morso al biscotto, mastico venti volte, e deglutisco. "Lo terrò in considerazione," rispondo.

"Bene," dice. "Ci vediamo, Molly Gray."

Quello che fa subito dopo mi lascia di stucco: mette il piede destro dietro quello sinistro, compiendo un inchino lento e profondo. Poi annuisce ed esce dalla stanza.

Epilogo

Mai temere un nuovo inizio. Un capitolo deve finire affinché ne cominci un altro.

Sono davanti alla vetrinetta dei cimeli della nonna nella casa in cui abitavo con lei e condivido con Juan Manuel, di ritorno dal viaggio.

Ho un panno in una mano e un uovo decorato nell'altra. Il Fabergé non viene pulito da oltre un decennio. Sono sicura di essere stata l'ultima a spolverarlo, quando mi misi nei guai per aver rimosso la patina del tempo, per aver riportato i gioielli anneriti a uno splendore lucente.

Non importa se la lucidatura sminuisce il valore dell'uovo. Non so nemmeno se sia un oggetto prezioso, come aveva suggerito la Grimthorpe anni fa. Non è importante: ciò che ammiro è qualcosa di così radioso e incantevole da togliermi il fiato ogni volta. Gli do un'ultima pulita prima di sistemarlo in cima alla vetrinetta, accanto alla foto della mamma da giovane. Maggie, la sconosciuta alla porta.

Maggie, che disse di avere lavorato come cameriera con la nonna. È così? Anche lei era impiegata in quella villa arida e senza amore, costretta a lucidare argento e subire i maltrattamenti di Grimthorpe? Tre anni dopo la misteriosa apparizione, la nonna mi disse che la mamma era morta. E, nonostante ciò, ogni tanto mi sembra che appaia dal nulla, bussando ancora alla porta come anni fa. Però non è così. E immagino debba accettare il fatto che non succederà mai.

Qualcuno bussa alla porta, sussulto. Guardo attraverso lo spioncino e sono sollevata nel vedere Preston, puntuale, in abiti civili, senza berretto e giacca da portiere.

Apro la porta. "Signor Preston, entri, prego," dico. "Ho preparato il tè. Abbiamo abbastanza tempo per fare una chiacchierata prima dell'arrivo di Juan Manuel."

"Fantastico," dice, entrando. Mi allunga una scatola.

"Muffin alla crusca con le uvette," dice. "I tuoi preferiti," aggiunge, strizzando l'occhio.

"Com'è gentile. Li aggiungo al servizio da tè," dico, portandoli in cucina.

Preston si sfila le scarpe, pulisce le suole con il panno nel ripostiglio e le sistema sullo zerbino all'interno.

"Com'è andato il resto della giornata, signor Preston?"

"Sono sopravvissuto," risponde. "Quando è finita la conferenza stampa, io e i fattorini siamo stati spinti sulle scale dalla ressa. Ho dovuto arginare la folla, mentre la povera signorina Sharpe fuggiva via con un taxi."

"La conosceva da piccola?" gli domando.

"No," risponde. "Diversamente da tua nonna, Abigail Sharpe non portava mai la figlia in villa. Tu eri l'unica bambina: un faro di speranza in una spaventosa oscurità."

L'acqua del bricco bolle. La verso nella teiera sul vassoio d'argento della nonna comprato in un negozio di articoli usati e lo porto in soggiorno con due tazze di porcellana.

Il signor Preston si accomoda sul sofà, ma è chiaramente a disagio. Si dimena e si sposta.

"Juan arriva tra poco," dico. "È atterrato. Ma abbiamo tempo per bere il tè."

"Benissimo," dice Preston. Verso il liquido nella mia tazza preferita, quella con le graziose margherite bianche e gialle, e gliela passo. Riempio la tazza in stile cottage della nonna per me.

"Sarebbe meglio che andassi subito al punto," dice. Prende un sorso e posa la tazza sul piattino. "Non c'è un modo facile per dirlo, Molly, anche se ho il sospetto che sappia già di cosa si tratta."

"Credo di sì, signor Preston. E non c'è problema. È giusto andare in pensione. Si merita di godersi il tempo libero. Nessuno può lavorare in eterno."

Preston mi fissa con uno sguardo incomprensibile. Dopo un attimo, rivela: "Molly, sono tuo nonno."

Ho la certezza di sentire delle voci, ma poi mi rendo conto di quello che sta succedendo. Il povero Preston è più vecchio di quanto pensi e sta perdendo il contatto con la realtà. Buon Dio, la mente sta cominciando a rapprendersi come latte caldo.

Ma quando lo ripete: "Molly, mi hai sentito? Sono davvero tuo nonno," poso la tazza. Il Fabergé, i muffin e il vassoio d'argento comprato nel negozio di seconda mano fluttuano davanti agli occhi.

"Molly. Ti prego, non svenire. Ecco qui," dice, mettendomi in mano la tazza. "Il tè guarisce ogni male."

"Lo diceva la nonna," sussurro in mezzo a lunghi respiri irregolari.

"Lo so," risponde.

Lo guardo mentre il mondo rallenta fino a fermarsi. "Signor Preston, è sano di mente?"

"Certo che lo sono."

Aspetto che continui il racconto.

"Anni fa, quando io e tua nonna eravamo giovani e innamorati, i suoi genitori fecero ogni sforzo possibile per separarci. Un tempo, tua nonna aveva tanti soldi, la famiglia era benestante e apparteneva alla buona società. Ai loro occhi ero soltanto un individuo povero e inutile. Ma, vedi, non sono riusciti a tenerci separati."

"In che modo?"

Preston beve un altro sorso. "Intendo letteralmente, non in senso figurato." Si schiarisce la voce, è imbarazzato.

Mi ci vuole un attimo. "Oh," esclamo. "Capisco."

“Quando scoprii che tua nonna era incinta, non fui sconvolto. Affatto. Dissi a Flora che era la cosa più bella che mi fosse mai capitata. Volevo fuggire e vivere felice per sempre.”

“E perché non è successo?”

“Il giorno nel quale avevamo pianificato di scappare, andai a casa sua, una villa di tre piani in un quartiere distante da dove abitavo. Bussai alla porta, ma non mi fecero entrare. I genitori non ebbero nemmeno il coraggio di parlarmi. Fu il maggiordomo a informarmi che era già andata via.”

“Era fuggita?”

“No. Era stata portata via contro la sua volontà. L’avevano mandata in una casa per donne non sposate, una di quelle nelle quali tolgono il bambino alla madre dopo la nascita.”

“Però non le portarono via la bambina,” dico, mentre gli occhi si rivolgono alla vetrinetta dei cimeli “La nonna la tenne con sé e riuscì a crescere mia madre.”

“Sì, perché fuggì da quel posto e tornò in città. Si presentò alla porta dei genitori e implorò il perdono, ma la ripudiarono. Era incinta di otto mesi. Accettò un lavoro come domestica in una famiglia facoltosa. Quando era ormai prossima al parto, si prese qualche giorno per partorire e continuò a lavorare con la neonata legata addosso in un fagotto.”

“Ma perché non è tornata da lei? Perché non l’ha aiutata?”

"Non voleva avere niente a che fare con me. I genitori l'avevano riempita di vergogna, dicendole che era una fallita e una buona a nulla incapace di capire la realtà, finché non fu troppo tardi. Per anni, tua nonna si rifiutò di vedermi. Acquistò questo appartamento e abitò qui fino al giorno della morte. Lo sapevi?"

"No," rispondo.

"Cercai di aiutarla, ma non me lo permetteva. Non mi lasciava nemmeno vedere la bambina. Alla fine smisi di provarci. Conobbi mia moglie, Mary, ci sposammo e nacque nostra figlia: Charlotte. E fummo molto felici, ma non ho mai dimenticato Flora. E nemmeno tua madre," dice.

"Maggie."

"Ti ha detto che si chiamava così?"

"No," rispondo. "Non me l'ha detto la nonna."

"Dopo anni, finalmente Flora mi fece ritornare nella sua vita. Avevo raccontato ogni cosa a Mary, naturalmente. La mia adorata moglie conosceva tutta la storia e il fatto che avevo una figlia con Flora fuori dal matrimonio. Mary era una brava donna. Lei e tua nonna costruirono una bellissima amicizia negli anni. Quando tua nonna affrontò un periodo difficile, fu Mary a convincerla ad accettare il nostro aiuto. Abbiamo fatto tutto quello che abbiamo potuto."

"I soldi dell'affitto ce li avete dati voi."

"Sì. E anche quando tua madre si immischiò con quel..."

"Con quel tipo poco raccomandabile?" suggerisco.

"Stavo per dire 'ladro e spacciatore', ma sei sempre stata più educata di me." Mi guarda con gli occhi orlati di lacrime. "Mi dispiace di non avertene parlato prima. Ci ho provato, ma non riuscivo a trovare le parole. Temevo che lo shock ti avrebbe distrutto."

"Non è successo," dico. "E non accadrà."

"Sei sempre stata più forte di quanto chiunque ti ritenga capace."

Rivolgo lo sguardo alla tazza della nonna che ho in grembo. "Non ho avuto una madre e neppure un padre. Ho perso la nonna," dico. Alzo lo sguardo verso l'uomo davanti a me. "Signor Preston, non posso crederci. Non sono mai stata più felice di adesso. È come una magia: ho ritrovato un pezzo della mia famiglia."

Avverto una mano calda sul braccio ed è difficile vedere Preston attraverso le lacrime. "Non so più come chiamarla. Signor Preston non mi sembra appropriato."

"Cosa ne dici di 'nonno,'" suggerisce.

Allungo la mano per prendere la tazza e sorseggio il tè caldo. "Sì," rispondo, posandola sul piattino. "Il nonno mi piace molto."

In quell'istante sentiamo un rumore provenire dall'ingresso: una chiave gira nella serratura.

La porta si apre e fa capolino Juan Manuel, che entra, trascinando il trolley. Balzo in piedi e mi precipito da lui.

"*Mi amor*!" dice, stringendomi in un abbraccio. "Quanto mi sei mancata..."

Che bella sensazione provo nel rivederlo. Lo tengo stretto e non voglio lasciarlo andare. Tuttavia, allento la presa appena mi accorgo di aver dimenticato Preston sul divano.

"Signor Preston," dice Juan. Si avvicina e gli dà una pacca sulla schiena. "Sta bene?"

"Sì," risponde il nonno. "Molto meglio di prima."

"Bene," dice Juan, mostrando un luminoso sorriso. "Prima di tutto, lasciatemi dire che la mia famiglia vi saluta. Se me ne dimentico, mi caccio in guai seri. Mia madre vi manda un abbraccio. Mio nipote, la pagella: vuole vantarsi dei risultati scolastici. Vorrebbe anche un cane, ma mia sorella non è d'accordo. Anche se la convincerà, ne sono certo. Ecco, guardate, è una foto scattata mentre mi salutano in aeroporto, prima della partenza."

Juan seleziona un'immagine sul telefono: la famiglia numerosa è riunita nell'area delle partenze e sfodera grandi sorrisi, reggendo uno striscione con scritto HASTA PRONTO, a presto. Sono così tanti che entrano a malapena nell'inquadratura.

Juan continua a parlare, accomodandosi accanto a Preston, io vado in cucina: prendo un'altra tazza, un piattino di dolci e li sistemo sul tavolino.

"Molly, guarda," dice, mostrando un'altra foto. "Mia madre ti ha scritto un biglietto in inglese." Lo solleva con una mano, indicandolo con orgoglio e ingrandendo l'immagine. *A mia nuora,* si legge. *Mi manchi e ti voglio bene. Vieni a trovarci presto.*

"Ma non sono sua nuora," dico.

"Non ancora," risponde Juan. Prima di chiedergli cosa intenda, ricomincia a cinguettare come un uccellino: dice che ha sentito la mia mancanza, è stato bello rivedere la famiglia, ma è meraviglioso essere di nuovo a casa.

Improvvisamente si fa silenzioso. "Che maleducato. Non vi ho chiesto come state. Mi dispiace. Lo sapete: quando sono felice non faccio che parlare."

"Sì, lo sappiamo," risponde il nonno, ridacchiando.

"Allora?" chiede Juan. "Va tutto bene?"

Gli verso del tè, sperando di non dover rispondere.

"Tutto è bene ciò che finisce bene," dice il nonno. "Però è stato..." Si interrompe, cercando la parola giusta.

"Un periodo turbolento," dico.

"Turbolento?" dice Juan.

"Significa burrascoso, altalenante, intenso," spiego. "Diciamo che abbiamo dovuto combattere con un animaletto infestante."

"*Cosa*?" chiede. "Qui?"

"No," dice il nonno, "in hotel."

"Ve ne siete liberati? Avete messo delle trappole?" chiede Juan.

"Certo," dico con un sorriso.

"In realtà," dice il nonno, "è stata Molly a catturarlo."

Juan si volta verso di me e schiude le labbra in un sorriso. "Eccola qui la mia Molly. La paura non la ferma mai. In realtà, non c'è nulla che sia in grado di fermarla."

"Hai proprio ragione," replica il nonno. "Lo sai che è così fin da quando era piccola?"

"Davvero?" risponde Juan. "Mi racconti."

Mentre conversano, il nonno prepara il terreno per le rivelazioni sismiche: l'assassinio avvenuto in hotel durante l'assenza di Juan e il fatto che non è solo il portiere del Regency Grand, ma un mio parente. Carne della mia carne. Sono seduta di fronte a loro e li ascolto, sorseggiando il tè dalla tazza preferita della nonna.

Lei non c'è, non è seduta sul divano tra il mio tesoro e il suo, né sta canticchiando il solito motivetto in cucina. Ma sono sicura che sia qui, perché c'è sempre stata: è la chiave di ogni cosa. L'evoluzione della mia vita testimonia la sua presenza ogni giorno.

So che mi sta guardando. Avverto le sue parole persino ora:

Le sorprese non finiscono mai, Molly.
Ciò che non ti uccide, ti rende più forte.
Le cose belle accadono a chi sa aspettare.

Ringraziamenti

Ci vuole collaborazione per scrivere un libro. Proprio così.

Quando scrissi *La cameriera* lo feci in segreto, con il timore del fallimento. E se non avessi soddisfatto le aspettative? E se la gente non avesse apprezzato ciò che avevo messo nero su bianco?

Non potevo tenere nascosto *L'ospite del mistero* così come avevo fatto con *La cameriera*. La buona notizia? Mentre lo scrivevo ho potuto contare sul miglior gruppo di supporto che uno scrittore potrebbe mai avere. Queste persone mi hanno sostenuto, guidandomi dietro le quinte mentre procedevo, a fatica, lungo la più difficile delle avventure: il temutissimo Secondo Libro.

Madeleine Milburn, non ti rendi conto di quanto tu sia straordinaria. È un atto di sovrumana generosità dare così tanto a così tanti scrittori. Grazie infinite anche allo strepitoso gruppo della Madeleine Milburn Literary, TV & Film Agency: Rachel Yeoh, Liane-Louise Smith, Valentina

Paulmichl, Giles Milburn, Saskia Arthur, Amanda Carungi, Georgina Simmonds, Georgia McVeigh, e Hannah Ladds.

Qual è la forma editoriale perfetta? Il triangolo. I miei tre editor geniali formano una triade così potente da indicarmi ogni volta la giusta direzione. Ringrazio Nicole Winstanley della Penguin Random House Canada, Hilary Teeman di Ballantine US, e Charlotte Brabbin presso HarperFiction UK. E grazie anche alle meravigliose équipe delle vostre case editrici, in particolar modo a Dan French, Bonnie Maitland, Beth Cockeram, Meredith Pal e Kristin Cochrane in Canada; Michelle Jasmine, Caroline Weishuhn, Taylor Noel, Megan Whalen, Jennifer Garza, Quinne Rogers, Kara Welsh, Kim Hovey, Jennifer Hershey, Hope Hathcock, Diane McKiernan, Elena Giavaldi, Pamela Alders, Cindy Berman e Sandra Sjursen negli Stati Uniti; Kimberley Young, Lynne Drew, Sarah Shea, Maddy Marshall, Emilie Chambeyron, Alice Gomer e Bethan Moore nel Regno Unito.

I miei sostenitori del mondo del cinema includono Chris Goldberg, scrittore e produttore geniale presso Winterlight Pictures, Josh McLaughlin della Wink Pictures dalla irriducibile positività, e l'esperta e affascinante Josie Freedman presso ICM.

Amici, scrittori e professionisti del mondo editoriale: sapete chi siete. Se citassi tutti i vostri nomi, potrei provocare un'altra crisi della carta, Adria Iwasutiak, Sarah St. Pierre, Janie Yoon, Felicia Quon, Sarah Gibson, Jessica

Scott, Adriana Pitesa e Carolina Testa: mi ricordate cosa significa lavorare nell'editoria con passione.

Aileen Umali, Eric Rist, Ryan Wilson, Sandy Gabriele, Roberto Verdecchia, Sarah Fulton, Jorge Gidi, Martin Ortuzar, Jimena Ortuzar, Ingrid Nasager, Ellen Keith, Matthew Lawson, Zoe Maslow, Liz Nugent, Amy Stuart, Nina de Gramont e Ashley Audrain: fate in modo che non perda l'equilibrio e la ragionevolezza (be', diciamo che fate del vostro meglio). Grazie anche ad Arlyn Miller-Lachmann per i commenti e le riflessioni sagge.

Devo scusarmi per il fatto di avere il miglior fratello al mondo, Dan Pronovost (mi spiace per chi ha altri fratelli, ma non ci sono paragoni). Ho anche la fortuna di avere accanto la sua famiglia, la mia meravigliosa cognata, Patty; mia nipote, Joane; e mio nipote, Devin. Mi fate ridere e sono anche grata del fatto che, a volte, ridiate *di me*. Questo la dice più lunga di qualsiasi altra cosa. Freddie e Pat: mi auguro di alzare ancora a lungo calici di margarita con voi. *Ma tante Suzanne et ma cousine Louise*, siete in queste pagine e nel mio DNA per sempre. E il mio amato Tony, non so come o perché tu riesca a sopportarmi, ma sono contenta che tu lo faccia.

Lettori, voi siete meravigliosi. Rendete il mondo un posto migliore. Grazie per il supporto.

Papà, sei stato il primo a leggere questo libro. D'accordo, non sei più con noi, ma continuo a sentire la tua voce ogni volta che ti chiamo nella mia mente. Grazie per le risposte.

Finito di stampare
nel mese di novembre 2023
presso
Puntoweb s.r.l.
Via Variante Cancelliera – Ariccia (RM)

Printed in Italy

Si prega
di non disturbare,
indagine in corso.